当时只道是寻常：

许建俊散文选

许建俊 著

岁月就像一条长河，
左岸是无法忘却的回忆，
右岸是值得把握的青春，
而中间飞快流逝著的，
是隐隐的伤感。
世间太多美好的东西，
但真正属于你的却并不多。
看庭前花开花落，宠辱不惊，
望天上云卷云舒，去留无意。
其实这也是一种境界。

团结出版社

GRITY PRESS

图书在版编目(CIP)数据

当时只道是寻常：许建俊散文选 / 许建俊著. —
北京：团结出版社，2014.1(2017.10 重印)
ISBN 978-7-5126-2321-7

Ⅰ.①当… Ⅱ.①许… Ⅲ.①散文集-中国-当代
Ⅳ.①I267

中国版本图书馆 CIP 数据核字(2013)第 302510 号

出　　版：团结出版社
　　　　　(北京市东城区东皇城根南街 84 号　邮编：100006)
电　　话：(010)65228880　65244790(出版社)
　　　　　(010)65238766　85113874　65133603(发行部)
　　　　　(010)65133603(邮购)
网　　址：http://www.tjpress.com
E — mail：65244790@163.com（出版社）
　　　　　fx65133603@163.com（发行部邮购）
经　　销：全国新华书店
排　　版：北京文贤阁图书有限公司
印　　刷：北京中振源印务有限公司

开　　本：710 毫米×1000 毫米　16 开
印　　张：15
印　　数：5000
字　　数：180 千
版　　次：2014 年 1 月　第 1 版
印　　次：2017 年 10 月　第 2 次印刷

书　　号：978-7-5126-2321-7/I.872
定　　价：39.80 元

有些东西正离我们远去（代序）

　　晚饭吃过，灯突然熄了，以为是自己家的电表跳电了，就赶紧去查看。结果一切正常。

　　问题出在哪儿呢？正纳闷，窗外楼下传来越来越响的声音。开窗一看，小区笼罩在一片黑暗中，原来是停电了。因为天太热，断了电的居民楼简直成了烘箱。于是，平时不大来往的左邻右舍，都纷纷走出黑暗的家门，三三两两从小区各个角落聚到了门卫处。那里有卖日用品的小店，也有整天站得腿发酸，见到每一个业主都点头哈腰的小区保安。有人是来这里买蜡烛的，也有人是专门来和保安聊天的。只不过，买蜡烛的人最后都未能如愿，因为店里没蜡烛，倒是有手电卖。这样，有人买了手电一路打着回家去了，更多的人则选择了在这里等待。

　　相比农村人，城里人最大特点就是对政府的依赖。他们相信，这时候供电部门一定在想办法抢修，说不定再过三五分钟电就来了。那就熬吧，反正又不是自己一家。而白天里的匆忙和陌生，这时都显得无关紧要。此刻，议论停电是消除彼此陌生的最好语言。

　　但是，睁着眼睛的城里人，似乎谁都无法熬得住太长的黑暗。当一个多小时的等待之后，小区依旧是漆黑一片时，大家就再也忍不住了。于是有人打起了供电抢修热线，也有人打起了市长热线，而我则回去找可以照明的东西。

　　翻箱倒柜，一家三口折腾了半天，好不容易从一个多年未开启过的盒子里找到了半截蜡烛。我清楚地记得，那还是女儿出生那年买的，用了一半，还有半截就一直留在了那里。尽管搬过几次家，但一直没舍得扔掉。一方面是敝帚自珍，一方面也是备在那里应急的，没想到此刻还真就派上了用场。不过，蜡烛有了，新的问题又冒了出来：没有火柴，加上自己又没有烟瘾，一时竟为了怎么点亮它而犯起愁来，后来才想到用燃气灶去点。等黄黄的火焰照亮一屋子时，12岁的女儿顿时欢呼起来。此刻，探头窗外，一个几百人的偌大小区，目光过处，除了难得晃动的几束手电光外，我们家的这半截蜡烛竟然成了奇迹！

电，终于在一个小时之后来了。瞬间，那不容分辩的蜡烛所难以抵御的光明，再次印证了现代科技的伟大，而正是这种伟大，支撑起了和我们这座城市一样的那一座又一座的现代化大都市！只是，话说回来，这种伟大其实又是极其脆弱的，脆弱得甚至经不起那些衣衫褴褛、被泥浆染得分不清颜色的农民工兄弟的一个闪念：往往，他们一锹下去，一个小区就乱了规律，水没了，电没了，到了过年过节，煤气瓶和纯净水也没了。

——原来，很多东西正离我们远去，但很多东西又是永远值得我们怀念的。即便是科技再发达的今天，我们还有很多永远值得怀念和珍惜的东西。正如那半截蜡烛，也许很多时候，它只是一个年代的记忆，却永远和我们的呼吸紧密相连！

以上这段文字，是我2006年夏天的一次生活偶拾。文字记载的这段经历，想必很多人都会感同身受。如果要用文字来概括现在的人，可能有一个字比较靠谱，那就是忙。无论学历如何，无论身份怎样，无论城市农村，无论文科理科，无论年龄大小，无论贫穷富裕，似乎这个世界里没有一个人在闲着。

不能输在起跑线上，婴儿还在母亲肚子里时，就被逼着听各种音乐，从零点起飞；幼儿上幼儿园虽然汉语表达还吞吞吐吐，却被逼着学英语；为了上一所好学校，小学、初中、高中，一个个孩子的书包是越减负越沉重；一进大学，功课负担没了，就业负担却重了——与国考（公务员考试）相比，高考简直是一次最容易的毕业会考；终于找到了工作，各种事业与职业的迷茫又来了。于是，男的在忙着晋升，女的在忙着寻找自己的终生依靠。没找到工作的，要么自己从零起步闯出一番新天地，要么卷起铺盖成为城市里白天流汗最多，到了晚上却永远找不到一片真正属于自己精神家园的农民工。

这是一个城市里,连骑三轮车整天穿梭于大街小巷、新村路口,叮叮当当敲着破饭盆收废品的人都一再提醒自己要低调的时代。也是一个平日里忙忙碌碌,为生计而操劳得很少能够犒劳自己犒劳家人,却在节日里提前将短信发得手指发麻的时代,电话里嘴对嘴的亲切问候少了,短信里手指按动数字和字母下载的现成问候多了;8分钱的邮票牵挂少了,穿着马甲打开窗口的小企鹅QQ聊天多了;家里吃饭其乐融融的团聚少了,豪华包厢里人走茶凉的奢华客套多了;朋友相见古道热肠掏心窝子的少了,推盏换杯之间说段子话悲催的多了……如今的城里,究竟还有哪一个人能够放声高歌?即使在农村,又究竟有谁还能在茶余饭后,串东家走西家,把一个村的新闻讲述?

当燃气灶终于取代了炉灶,农村的那份曾经浓酽的淳朴,此刻正在渐行渐远;当城里的农民工兄弟越来越多,农村"三八六零"(妇女、老人)部队和儿童团(妇女老人和孩子)里每天都在上演着一种被摧残的悲剧;当2012年春晚这顿世界上规模最大、食客最多的年夜饭,终于少了赵本山这道传统的小品大餐时,世界的新陈代谢,早已将常州先贤赵翼的那句"江山代有才人出,各领风骚数百年"的经典,篡改成了"江山代有才人出,各领风骚三两天"……当已经疲倦的小品东北风带头大哥赵本山,此刻终于暂别春晚可以稍作休整之际,谁又能不联想这会不会是一场秋风扫落叶呢?

花无百日红,天下宴席终有曲终人散时。

谁念西风独自凉,萧萧黄叶闭疏窗。沉思往事立残阳。

被酒莫惊春睡重,赌书消得泼茶香。当时只道是寻常。

生活的悲欢离合,个人事业的沉浮兴衰,心灵深处的启悟遗憾……天若有情天亦老。人生总是苦恨居多。其间许许多多的痴与怨,只怕是连天也会老去。那一段段往昔岁月中的零碎片段,只叹当时真以为再寻常不过!

一切终究是不会再回来了。就让本书的这些文字,寄托在纳兰容若的这首举重若轻的《浣溪沙》里,陪你走近那些正在远去的身影。而那些身影,曾经是那样的让我们心灵震颤,灵魂静默……

总是大步流星地朝前走,与自己出发的距离一定会不断地延伸,但是,一个速度走下去,蓦然回首,你真的还能认识来时路吗? 速度太快的时候,短暂的休息不是退缩,更不是在续写龟兔赛跑的寓言。

当有些东西渐渐离我们远去,我们不妨把脚步放慢,甚至暂时停下来,休整一下再走!

目　录

第一辑　乡关何处

第三辑　梦里时光

第四辑　幸福随想

当时只道是寻常：许建俊散文选

乡关何处

其实，每个人都有两个故乡。

一个是生我养我的地方。在那里，一草一木，一山一水，点点滴滴构筑起自己对人生、对未来、对世界的最初印象。

另一个是自己的精神家园。无论你走多远，当身心疲惫的时候，那里总是你终于可以停下来，静静地闭目养神的地方！

问山（两章）

家在山这边

轻轻跨出一步，一只脚就已经落到了安徽。

地理上，这里属于天目山余脉，断断续续，首尾相连，成为苏皖两省天然的分界线。其中最大的一座，相传是春秋时期伍子胥过昭关途经并得以脱险之地，故得名伍员山。伍员山东麓就是我的老家伏家村，西麓是安徽的下吴村。两村之间，一条不过一尺宽的山路，将中国南方的两个大省近近地隔开。

眼前是一方三角形的湖。深秋时节，山上的野柿树上，一串串橙红色的野柿压弯了枝条。远看，似灯笼一般旺旺地把秋天点燃。湖中，一群鸭子和白鹅，正随着湖水漾起的波纹悠闲地漂着。偶尔一两声长鸣，若无其事地打破着两个省的宁静。时光在这里从容成一幅映在水里的画，天高云淡，山影逶迤，恬淡中，蕴涵着几分神秘与遐想！

湖边山腰上，是一排青砖红瓦的两层楼。主人老朱是土生土长的山里人，年轻时到部队当过卫生兵，退伍后放弃医生职业在外面开船跑运输。走南闯北，见风使舵，大风大浪里吹了近20年后，又回山里承包起了这片地。日出而作，日落而息，在他的操持下，无论是山上放养的草鸡、山羊，还是湖中的鹅鸭、鱼虾，都是吃腻了荤腥的城里人开胃的抢手货。况且，这里春天小麦、夏天西瓜、秋天山芋、冬天橘子，一年四季瓜甜果香、鸡飞羊咩，整个一个农家生态休闲山庄!

每逢周末，在常州城里坐办公室的女儿会自己开车回来，与这里的野柿树和那带着泥土清香的乡音，分享人生的另一种状态：山那边挂着月亮和星星，那是乡村注视的眼睛；山这边是太阳露出的晨曦，这是城市摇曳了一夜的柔情。我愿意爬上山顶，看油菜花儿黄黄，看杨柳树青青；我愿意爬上山顶，去寻找春天的身影……

城里的时光总是匆匆，城里的空气总是嘈杂。女儿回来的次数多了，身边的朋友来的也多了，山这边一下子成了很多城里人心中永远牵挂的地方。

这里本来是一片山水冲积而成的稻田。长期以来都靠天耕种，碰到风调雨顺，自然会有收成。要是遇到干旱，基本颗粒无收。30年前，一场大旱让村里所有河塘都白底朝天，稻田里正在抽穗的稻子棵棵都晒裂了叶子。这下，县委书记坐不住了，窝进一辆乡下人称为乌龟车的上海牌轿车里一下冲到村里，扣上顶写有"农业学大寨"的草帽直奔这里，一座山一座山地看，一块地一块地地走，一路擦汗，一路皱眉，乡亲们见他热得嘴唇发白，就端上一碗泡得发黑的大麦茶，书记双手接过，埋头，水没喝下，眼里的汗就下来了……

村口那条不宽的村道上，一溜灰尘箭一般插向山外，灰尘起处，乌龟车终于驶出了村里人的眼睛。再开进村里的，是一车又一车来自附近好几个公社的人，和一台台抽水机。按照县委书记踏勘后定的线路，不分昼夜开沟挖渠，驾机抽水。一星期后，30公里之外大溪水库的水，经过十三级抽水站的提升，还真的爬进了高出水位200多米的山里!当那一股白花花的水，温柔地淌进旱得发白的稻田时，整个田里如油锅一般响起了一片"哧哧"的吸水声。此刻，掬起一捧稻田里的水，痛快地扬起脖子，那才真叫亲切、甘甜!

而即便这样，每每到了来年青黄不接之时，村里大多数人家的一日三餐还是难以保证。

为什么?问天天不应，问地地不语。

那就问山!

这时，山那边的安徽下吴村却瞒着县里搞起了包产到户，田里种什么，自己说了算。于是，粮食产量增加了，其他副业收入也多了。每年麦子扬花时节，下吴村的粮食一担担被借到山这边的伏家村，挑来的是一担担粮食，更是伏家村一次次对大锅饭的怀疑。终于，山这边再也等不及了，老队长一声长哨，全村老少一律停下手中的活，有人拿皮尺，有人拿锄头，有人拿镰刀，男女老少齐出动，三个整天，把村里 117 座山头和所有田地量了个遍，一边量，一边用锄头、镰刀或挖或砍，理出了一道道分界线。回到村里，每个自然村按照 50 户一组，人口老中青搭配，经济贫富结合，各村编出 3～4 个组后，在几张小纸条上分别写上 1～4 个数字，然后往地上一抛，各家一个代表趴到地上去抓阄，一项涉及中国最大人口的重大改革"联产承包责任制"的雏形——"包工到组"就此萌芽，并很快发展到了真正意义上的联产承包责任制。

过去是跟着老队长的哨子磨洋工，这下是自己的田地自己做主：能种水稻就插秧，盛不长水的漏斗田里栽棉花，边边角角种桑麻，鸡鸭成群再也不用割尾巴，山上山下，芝麻西瓜……再到麦黄时节，山那边的米不再往这边挑了。没几年，村里越来越多的茅草房翻建成了新瓦房。

村头，当年的乌龟车换成了气派的红旗轿，县委书记又来了，走到这片当年旱得让他流泪的稻田边，不见了旱得开裂的禾苗，却见满地躺着的西瓜。村里人随手采下一个，放在膝盖上捶开，红瓤沙瓤，老书记看着，嘴没碰，心就醉了……

问　山

老家伏家村西边是伍员山，南边也是一座海拔 800 多米的高山，名曰金山，为溧阳境内最高的山。就是它将伏家村阻隔在平原之外。山外人眼里，住在山里的人除了淳朴好客，似乎总脱不了见识少的帽子。而在山里人眼里，面前的那座山虽然名叫金山，可除了长石头和毛柴之外，却再也长不出别的。所以一直以来，山里人对金山并无好感。

金山脚下有一条河，因山得名金山坝，它常年流淌于伏家村与下吴村之间，源头就是伍员山。传说，每年夏至的那天中午，要是爬到伍员山的最高峰，用耳朵贴在山顶的那块大石头上静静地听，这时，烈日当空，夏蝉和山鸟正在小憩，山风温顺地宿于山谷，平静之中，会听到山肚中传来阵阵轰隆轰隆的水声。老人们还把更老的前辈传下来的话，一代一代往子女们的耳中灌：那山的肚子里是一个连着太平洋的地下海，里面活跃着两条巨蟒。因为经常打闹，便会掀起阵阵大浪，那浪花渗出山体，就形成了现在的金山坝。传说虽然是传说，但那金山坝除了盛产红鲤鱼之外，还真有特别之处，就是坝里的水常年冬暖夏凉。尤其是冬天，常常水汽蒸腾，俨然天然温泉。只是，这些早为村里人司空见惯。洗澡、浣衣，捕鱼、浇地，花开花落，年复一年，汩汩清水，静静远流，以前从没人过多地关注过它。然而，当开放开发的春风真的吹进山里的时候，因为守着一座金山而穷了一代又一代的村里人，也开始认真地研究起身边的这些山山水水了。祖宗流传下来的金山到底有没有金子？难道是穷惯了的祖先无奈的寄托，还是一个始终未能解开的谜？

呵，金山，你究竟沉睡了多少世纪？难道要把这真正的金子一直藏下去吗？村里人又动起了祖祖辈辈不曾有过的念想，决定再次问山。

1986年秋天的这个时候，村里几个学过养殖技术的年轻人，在金山坝边垒起水泥池，在水产专家的指导下试养起了罗氏虾。城里请来的几个专家手往水里一伸，当即一脸惊诧：这里的水质、水温最适合马来西亚罗氏虾的繁育。而当时市场上1公斤罗氏虾可卖七八十元。短短几年，这里就成为华东地区最大的罗氏虾繁殖基地。接下来，村里以罗氏虾为龙头，渐渐发展起了热带鱼养殖业。仅水产一项，村民人均年收入就高达4 100元。

之后，村里人再次问山，山顶栽松树、杉树，山腰植药材、毛竹，缓坡种茶叶、板栗，房前屋后种果树，林地里放养草鸡和山羊。再看金山，竹黄树绿，茶果飘香；竹林里，鸡飞蛋落，羊群满坡……过去只长毛柴、石头、歪脖子树的117座荒山，如今变成了117座"绿色银行"。沉睡了数千年的金山之谜，终于被揭开了谜底。这时的伏家村，尽管山林面积比山那边的下吴村少2000多亩，但全村人均年收入却高出下吴村3倍多！

滴在土里的每一滴汗水，换来的是村里人日子的丰盈，而生活丰盈了的村里人，对山的拷问并未停止：劈山开路，竖电杆，拉电线，把程控电话、有线电视和标准化道路几乎通到每个山头；修水库，建农庄，村里盖起了全乡第一座教学楼……

山里的变化，引来了中国最高级别党报的记者。1995年7月28日，《人民日报》发表长篇通讯《山这边，山那边……》，通讯开篇就是：伍员山横亘在苏皖之间，山两边的自然条件相似，民俗相同，山民共砍一山柴，同饮一溪水。可是，从 80 年代开始，山两边的区别却渐渐明显起来——安徽的下吴村远远落后于江苏的伏家村……报道出来，老家一下出了名，就连当时的安徽省委书记卢荣景、省长回良玉也亲自批示，"要在全省展开思想解放大讨论"。于是，一场"三年赶超伏家"的活动在下吴村展开。

山连山，山靠山，山拥山，昔日是 117 座山害苦了伏家村；如今，也是这 117 座山富裕了伏家人。青山依旧在，今昔巨变，真正变的是伏家村人的观念。当山那边开始赶超山这边时，村里人自有自己的胸襟：山那边有个采石场，却没有一条像样的路。于是，村里人主动翻到山那边，与下吴村共商联手开发大计，并带去资金和劳力，帮助下吴村开山筑路。短短数日，道路通了，山两边的人突然发现，尽管两个村一个属于安徽，一个属于江苏，但两个村的距离原来这么近。

此后，山那边兴建村校，20 多个孩子没地方上学，山这边学校主动领过来，并专为那些孩子整修教室。山那边种板栗遇到难题，山这边人除了手把手教，还帮助培训技术人员……在山这边的帮助下，山那边人均收入连年翻番。

曾经，为了给自己的羊群争一块嫩草地，两边放羊的少年多次展开几乎是你死我活的领地之争，常常由此激发两村大人之间的纷争。记得最长的一次，时间长达一周，双方参战人数近百，最终，是双方的生产队长不得不坐下来协商。30 年日月更迭，从山这边翻过去的，其实并不仅仅是一座山！

凭着一份特有的精明，山这边在奔小康的路上领先一拍。而当山那边开发荒山的隆隆炮声响起之际，山这边的观光农业开发又开始了，并于 1998 年进入了全国百佳生态村行列。现在，金山吴楚古战场、伍员山上马石、刘伯温后裔故里等丰富的人文资源，正成为山这边的开发目标。没准，一个天目湖边上新的旅游景点，就在下一个 5 年、10 年或 20 年成为现实。而眼前的这个周末，将村里那 500 亩荒山经营成休闲农庄的老朱，又要忙着接待来自城里的游客了……

山那边飘来晨雾和炊烟，那是农家独享的安宁；山这边是春潮涌动的温馨，这是家园捧出了和谐的绿阴。我愿意住在山林，看桃树花儿开，看湖水碧波清；我愿意住在山林，去编织城乡的美景！

山腰上有一片杉树，那是我幼年时跟着大人随意栽下的。当时，村里每年都组织大人到杉树林里翻地，因为觉得那些落下的杉树籽发出的幼芽被剪掉可惜，我就好奇地将小杉苗拣回来，信手栽到我家自留地边上，栉风沐雨，30 年日月轮回，昔日豆芽般的杉苗，如今已经碗口粗了。每天，它们总是执著地仰望着天空，根深深地扎进地里。

站在自己栽的树下，看着山下人家，我知道，从这里迈开脚步，一个个脚印都将坚实地留在身后……

咸菜兄弟

一个酒盅大小的碟子，一小口切得细细碎碎的咸菜末，里面间杂着星星点点的尖椒，或者断头断尾的小鱼小虾。旁边是几杯事先冲泡好的茶，袅袅娜娜的清香上面，是几个等着开席的食客优哉的心情。此刻，他们一边闲聊，一边在勾兑着自己的食欲——在城里最高档的宾馆里，每逢吃饭，只要讲究一点，就常常少不掉上面这一碟菜。它的存在，仿佛就是专门为吃腻了大鱼大肉，见到饭就感觉到累，而把吃饭当作自己拿一份薪水，尽一份职业，例行一份公事的任务的人准备的。要不，怎么原本在农村常常让父老乡亲在亲戚面前，极伤自尊地大叹端不上台面的咸菜，就叫起了"开胃菜"的雅号呢？

咸菜能登大雅之堂，于我这样一个从小学到高中，一直浸泡在咸菜汤里的人来说，过去是实在没有想到，现在则是一种难以抹去的回味。如今，我和它是那样的亲切，每次见到，总有一份他乡遇故知的情愫，慢慢地从我人生的那一头，向我渐近中年的这一头走来，就好比见到了自己失散多年的兄弟一般！

一

秋风起，树叶落，金黄的稻谷刚堆上场，地里叶肥肉厚的大白菜就在等着主人收割了。丘陵地，黑沙土，这白菜特别好侍候。选上一棵苗，往土里一竖，壅上些鸡粪，日后隔三差五地浇些水，这菜就如 18 岁少女一般，一天一个样！

我小的时候，杀白菜是村里家家户户秋后的一件大事。每到这时，因为洗菜要占据河塘仅有的几个蹲位，为错开时间，三五邻居便会在端着饭碗串门的当口，商量各家收菜的日子。一旦敲定，一家老小便拿着镰刀齐出动，刷刷刷，地头就倒下了一片青青白白的菜。只几天工夫，村里 200 多户人家，屋前屋后，树上、草垛上、围墙上，或者是两棵树之间，随便扯上一根绳子，白菜就或挂或铺地占上了。山里的太阳是蘸着清晨树叶上的露珠泻下来的，伸手摸一下太阳下的白菜，手上就好像握住了一把金黄金黄的菜香，<u>丝丝缕缕，干净得滤不出丝毫杂质</u>！

晒过两个太阳，大人会叫孩子拎上一篮子鸡蛋，到村头的小店去换四五斤食盐回来腌菜，大人则把晒好的菜挑到河边去洗。先是抓住根部一片片用手擦干净，然后抓过菜叶在水里一捞，用力一甩，拎起来就干净了。洗菜是细活，一般都是家中女人干的。男人的任务是洗好一口大缸、踏菜，那都是力气活。

晚饭后，饭碗一撂，母亲会端上事先烧好的洗脚水，让父亲把脚泡在里面洗个透彻，然后是我们兄弟几个挨个洗。等脚上的水晾干了，就由父亲领着一个个跳进缸里踏菜。这之前，母亲和姐姐已经在缸底铺好了厚厚一层菜，上面撒上一层盐，然后我们赤脚上去用力踏。那时农村吃的是粗盐，大的盐粒比蚕豆还大，而且棱角分明，光脚踩上去，刚开始不仅冷，还有些钻心的疼。这时，总是父亲带头，先把大盐粒踩进菜里，然后再让我们动脚。尽管如此，嫩嫩的脚板还是有些疼。好在山里人生来就是赤脚走天下，再扎脚的盐粒也就一咬牙，很快便如履平地了。等把菜秆从白踏到绿，叶子从青踏到黑，有"呼哧呼哧"的水声从脚下滑出来，站在一旁的母亲会带着姐姐和妹妹，立刻将洗好的菜又铺上去，再撒上一层盐，于是我们又踏。

踏菜虽不算重活，却很让人心烦。大小三个男子汉，三双六只脚，在一个蚕扁大小的缸里一边转圈，一边用力踏着菜。踏踏铺铺，铺铺踏踏，这样反复十多次后，就连一直兢兢业业的父亲也有些吃不消了，就双手撑着腰踏。一会儿再吃不消，母亲会拿来一根扁担，让父亲撑着继续踏。最不累的是在里面凑劲的我，兴致高时，暴风骤雨般一阵乱踏，好似浑身都是使不完的劲；但很快又上气不接下气地要爬出缸外去歇一歇，然后，再跳进来踏。如此反复，乐此不疲。见自己虎头蛇尾的样子，父亲会稍微歇下自己的频率，讲起那个我听了许多遍的白头翁的故事。说这些时，父亲很平静，就是今天回想起来，也没有人们想象中的那种语重心长。但那道理却像脚下的盐在默默中都渗进菜里一样，字字都深深烙在我记忆的芯板上。其实，生来的很多为人处事的道理，就是在父亲的脚印后面一点点深入我骨髓。以至于现在身上的许多禀性，都是承继了父亲的，也许这就是一个人的风骨！

也就是在这个时候，作为对我们的奖赏，姐姐开始炒瓜子了。这里是"呼哧呼哧"的踏菜声，那里灶上传来哔啵作响的阵阵瓜子香，墙上煤油灯暗黄的光影里，是一家人忙忙碌碌的身影。那个年代，丰收的全部内涵其实就这么简单！

等把缸外面洗好的菜全都铺进缸里，双脚踏到漾出的咸水淹过脚背时，母亲会自豪地说，菜踏熟了。就叫父亲搬来两块预先洗干净的大石头往上面一压，家里一年的日子，就这样全泡在缸里了……

到了夏天，骄阳似火的日子，母亲又会将缸里腌成黑褐色的咸菜起出来，用绳子穿成一排排的往太阳下挂，待咸菜晒干后存在那里，就可以一直吃到下一个腌菜的日子。

二

上世纪七八十年代，老家每家每户每年都要腌上一缸菜。像我家姊妹兄弟多的，咸菜缸也最大。一缸菜吃一年基本没问题。而且，还可以省下许多买盐的钱。那咸菜刚开始吃还有股青绿绿的味道，那是菜还没有完全熟透。等到颜色渐渐变成脆黄时，味道就非常耐口了。

平常，咸菜可以用来当作早晨下粥的小菜。要是亲戚来了，母亲会从缸里抽出一棵咸菜切成碎片，或炒肉，或炒鸡蛋，再加上几片红辣椒，那真是色香味俱全了。而且，这咸菜从不变质，只要能想出花样烧，一年四季都拿得出。要说这咸菜最大的贡献，还数我们这些在外读书的人了。那时因为学校和家庭条件，凡寄宿学校的学生，一日三餐就是咸菜。星期天晚上，母亲从缸里洗出十几棵咸菜，然后在刀板上切碎放到锅里不停地炒，等锅里冒出一缕缕白呼呼、稍带着些香香糊味的烟时，就盛出来装在盆里，放在灶上等它冷却。早上，母亲会早早起来，将菜装进洗得干干净净的瓶里给我带上，这就是我在学校要吃一个星期的菜。

在学校，同学们一端起饭盒，就会三三两两地聚成一堆，边吃边交流着学习上的事。饭盒里一端堆着的，差不多都是咸菜。家里经济条件稍好一点的，咸菜中会放些黄豆、豆腐干之类的。再好一点的，里面会有肉。不过，这样的人往往吃饭时，会和吃得最差的人一样，找一个僻静角落，是甜是苦一个人独自享受。不仅他自己不愿让人家看到眼馋，就连像我这样知趣一点的人，也会有意躲得远远的，以尽量避免那种咸菜遭遇大肉的尴尬。那种年代，咸菜不仅是人们交往的一种语言，也是相互间的一种距离。

因为父亲"四类分子"的帽子很晚都未能摘去，加上家中有五个兄弟姐妹，所以，家境并不宽裕的我，很小就明白了节俭的重要。每次打开菜瓶，人家的咸菜泛着一种湿湿的翠黄，而我饭盒里的咸菜却是见风就干，风一吹，很快就出现一种麻木的暗黄色。咬在嘴里，因为烂而不脆，那蔫菜叶丝就特别喜欢往牙缝里钻，那都是因为菜里面的油太少。小学课本里，说到云贵高原总会套用一句"春雨贵如油"。油有多贵？现在吃着各种色拉油的孩子肯定难以想像了。而在那个年代，城里买油要凭票。在农村，一年四季吃的油，也基本上靠自家的一点自留地来补充。而偏偏那时珍贵的就是家有三分自留地。谁家多占了一条田埂，哪怕是多栽了两棵山芋，都是要被生产队"割尾巴"的。好在我们家孤门独院，与村上其他人家分开单独住在一片竹林中。田边地头，人勤地不懒。母亲偷偷种些油菜和黄豆，收上来用小磨一转，一季还能榨出二三十斤菜油或豆油。因为来之不易，母亲每天早晨都要用汤匙，事先把一天炒菜要用的油量在碗里，这样，即使母亲放工晚了来不及烧饭，姐姐烧菜也不会多浪费油了。

虽然油水少，却并没有影响我的身体和学习。一年年咸菜的日子，我不仅难得生病，而且成绩也深讨老师的喜欢。一次，在镇上小学做老师的哥哥为我送菜，因为正好是吃饭时间，看到我因为咸菜油少而故意避开同学，一个人默默在角落里吃的情景，当时他什么也没说，放下菜就走了。

后来，母亲听说了这件事，当时也是默默不语，只是眼里分明挂着两颗明晃晃的泪。从那以后，每次给我炒菜，母亲都会想办法往里面加一些其他的菜。因为黄豆要留着磨油，她便将蚕豆炒熟，然后拌在咸菜里用水一煮，并尽量多放些油。有时，家里鸡蛋多了，她会在菜里再夹进几个荷包蛋。碰上家里有肉，也会挑出瘦的给我带上。而很多时候，我会对这种特殊待遇尽量拒绝，并尽量要求菜由我自己来炒。我知道，我的菜里油一多，家里烧菜放的油就少了。

上高一那年，为了不使自己吃饭时在同学面前过于穷酸，我特意叫母亲买来便宜的猪大肠，洗干净后用油简单一炸，就放在咸菜里拌着炒。那样既能天天尝到荤味，也不至于在同学面前太尴尬。结果，这招不仅维护了我的自尊，也满足了我长身体动脑筋的食补。

那时候，一瓶咸菜尽管装的时候都是想尽办法要多往里面塞，但真正吃起来，如果不能掌握好分寸，一瓶咸菜想熬到星期六中午的最后一顿是很难的。特别是到了冬季下午时间长，人最容易饿，因此咸菜吃起来也快。

每到星期六中午，宿舍里所有同学都会把自己的咸菜瓶集中到一张空铺上，然后大家共同分享。这时，尽管每个人都清楚那一溜各色各样的瓶子、缸子，其实都已存货不多，但依然会满怀期待地紧紧围着它们吃。所有的头都向着那瓶子、缸子伸着，画饼充饥一般。当最后一口饭哽在喉咙口实在下不去时，就有人拿来开水，往那空了的瓶或缸子里一倒，就着咸菜汤末一兑，总算吃完了这一星期在学校里的最后一顿饭！

从初中到高中，6年里不断装进的咸菜和那越来越重的咸菜瓶跟着我，一年又一年。只有星期六下午上完两节课后，我们所有的寄宿生背着书包拎着菜瓶回家后，菜瓶与我们才有了短暂的分离。作为对孩子的犒劳，这个晚上，母亲会烧上一个星期里留下来的最好的菜。然后，一家人像过年一样，围在桌前，享受着那浓浓的亲情。过了一天，也就是星期天的晚上，我又会和母亲一起，一个烧火，一个炒菜。那旺旺的火焰伸着长长短短的舌头，在锅底时高时低地舔着。这时，耳边响起的，依旧是炒菜的母亲，在问我的学习情况，并合着下星期的天气趋势，关照起我外面的日子来。

带着一家人的梦，明天，我又将带着那瓶咸菜一个人上路！

说起来，那时每个同学用来装咸菜的瓶子、缸子也都有着各自的故事。它们有的是奖励生产能手用的白瓷茶缸，有的是家里爷爷奶奶外公外婆吃剩的麦乳精瓶……斑斑驳驳、朴朴实实中，它们都有着自己光荣的传家史。像我用的菜瓶就是大哥念书时用的，然后传给二哥、大姐，然后再传给我。一只简单的菜瓶，寄托着一家人的读书梦。先是指望大哥能在书里见到"颜如玉""黄金屋"，但偏偏大哥初中快毕业那年，公社大修水利，规定家家户户都要上劳力。那时，父亲刚从学校教师岗位上下放回家，因为水土不服，很快就落下了严重的关节炎。大队催工紧，身为长子的大哥硬是放下书包，卷起行李，背着父母的无奈与惋惜，挑一副挖河泥用的挑子，挤上生产队上河工的拖拉机替父出工了。大哥的菜瓶，连同一家人读书出头的梦，就这样传到了二哥头上。

上中学时，二哥最信奉的就是"面壁十年图破壁，难酬蹈海亦英雄"。他把这句话写在书桌对面的土墙上，也深深刻在了我们全家人的心里。因为他的成绩一直很好，所以，我们全家特别是父母一直以他为荣。家中再苦，或者父亲母亲为了家中琐事闹起了不和，只要二哥一回来，一切都冰雪消融。二哥也因此使自己的咸菜瓶里有了和其他同学一样诱人的翠黄，有了偶尔也会加上些瘦肉的咸菜。不过，也是命运多舛，偏偏到他临近高中毕业，国家取消了高考制度，一直想着上大学的他是壮志未酬，不得不卷起铺盖回乡务农。于是，一家人对大哥的遗憾就这样从二哥和大姐的身上，最后落到了我头上。那寄宿学校的历史比我还长的菜瓶里，留下的是兄长太多的青春梦幻，留下的是父母太重的拳拳寄托！

春夏秋冬，咸咸淡淡，当我终于没有辜负家人的期盼，走在自己所钟爱的事业之途上时，眼前最难割舍的，是和那咸菜兄弟一般的情谊！

老乡

　　25年没有回去了，此刻，怀里真的像是揣进了一只兔子。你没敢说自己忘过那里的乡亲，毕竟你从一个热血沸腾、风华正茂的热血青年，在那里被锤炼成了一个知道什么是披星戴月、什么是渴望、什么是满足、什么是希望、什么是艰苦与忍耐的中年人。

　　人就是在逆境中成长，在艰苦中磨炼，在痛苦中寻找什么是知足常乐——保尔·柯察金就是在这时候走进你的心灵的：人的一生应该这样度过，当他回首往事时，不会因为自己的碌碌无为而感到痛苦！

　　如一个旅人，25年在人的一生中，只是一趟车经过一个驿站时的一次短暂补给。这种补给，需要你用一生来记忆！

　　临行前，你与曾经和自己一起下放的同学老吴通了电话，一份同样的怦然心动，被一根线从这头传到那头——这是怎样的一种魂牵梦萦，又是怎样的一种刻骨铭心？9个生产队，就偎在117座山下。土地肥沃，民风淳朴……那是在喧嚣的闹市、嘈杂的市声之后的一处绝好的栖身之所。

　　苍天寄风雨，黄土载日月。

　　人就是在这种空间里塑造着自尊。这种自尊，是人生的一种资源，更是支撑一个人的一生的资本！

　　临上车了，一双手从背后重重地拍过，是一脸汗水的老吴。25年前，你和他也是在这里踏上火红而又充满歌声的征途，开始了另一种人生。就是在那个远方的乡村，你们一同喝着邻居大婶熬制的大麦粥，跟着那帮乡下兄弟学会了抽纸卷烟，学会了耕田耙地，学会了割麦插禾……25年的梦，一次次醒来的记忆，此刻，就因为老吴的这一拍，都悬挂在脑海的屏幕上。

老吴把九只小塑料袋郑重地交给你，也把远方乡村的期盼捎进了你的行囊。

就在几天前，现在已是一家味精厂生产厂长的老吴收到了乡村来信。说地上种的西瓜长得像葫芦，栽的番茄开花不结果。村村在搞农业大调整，可就是原本肥沃的土地这下一年一年地不听使唤。乡亲们急，老吴更急。他一再叮嘱你带9个小塑料袋，把9个生产队的土样逐个取回来，自己要亲自化验。那乡亲，那土地，那一草一木，依然是那样的亲切！

你去了，转车，再转车。终于到了，迎接你的是聚散两依依的亲人目光。

乡亲们从河中把鱼捕上来，给你炖上，昔日的邻居大婶，背着自己的孙子在厨房里忙着，她拿出土制的酱油倒进锅里，又从锅里舀起一点汤，一次次尝，一次次添着佐料，当香味充满一屋子的时候，她那布满皱纹的脸上，终于漾开幸福的笑。那是一生中最最虔诚的一次，这种虔诚，甚至超过了自己第一次为丈夫生儿子的那一刻。

菜端上桌，孙子被她支到了门外。25年前，每当自己来做客，邻居大婶的婆婆也是这样！

吃过，说过，泪也流过，乡下兄长粗糙的手握着你白皙的手，听到的话去掉了遮掩，去掉了所有的城府；一句句，还是那样厚重地响在耳际。

最后，你缓缓地拿出一只塑料袋递了过去，乡亲一阵激动之后又慌了起来。当年也是这个时候，你带去的一块"光荣"牌肥皂，一袋"海鸥"牌洗衣粉，几粒"小白兔"奶糖，让乡亲揣在手上说遍一个村子；而如今，看着这一袋包装精美，印着字母的塑料瓶，乡亲们谁都说不出什么。

最后，乡亲开口了：还是城里人……还是城里人没忘本哪……

还有好多话，就这样噎在嗓子里，说不出。一双粗糙的手就这样握住白皙的手，摩挲着，松也不是，推也不能。

今夜无眠。

乡村的静谧在眼睛里翻动，一句话也在喉咙里堵着。你睡不下去了，终于张开了沉重的嘴，虽然嗫嚅，但那意思乡亲们还是听明白了，这是要钱的，是传销！他们知道，因为电视新闻里经常看到报道，他们本来不想要，也知道不能要，但最后还是收下了。虽然妻子的脸色有些难看，但丈夫的眼色使她赶快去筹钱。其实，妻子也明白了，电视里三天两头在说，如今城里的"4050"人员许多人正面临着下岗再就业，"今天工作不努力，明天努力找工作"，当初下放，如今下岗，这城里人的日子也难啊！

很快，钱筹过来了。接着，一块崭新的毛巾，一盆热开水，新的，热的，就这样，让你洗去一夜的疲惫！你把脸深深地埋进脸盆，也把城市和乡村淹没在那热热的水里。抬头，思绪就顺着指缝滴到盆里。

你再也待不下去了，回吧。

回到城里。一出车站，一双眼睛在期待着你的答案，又是老吴。

你把手下意识地伸进包里，但很快又抽了出来：9只塑料袋没有了！

"你丢掉的不仅仅是9只塑料袋啊……"老吴无奈地拍了一下你的肩，回过头去。留下一声重重的叹息，老吴登上了去乡下的班车。

一条路从城市延伸到乡村，这时，你头脑一片真空，四周的一切顿时陌生起来……

溧阳话

作为一个老家在天目湖畔的游子，我常常会有这样的冲动：茫茫人海中，只要一听到溧阳话，就会忙不迭全神贯注地去捕捉它的来路，并主动凑上去套近乎。想来，这也许是自己在外面待久了，加上生性难改恋家心切吧。

"宁听苏州人相骂，不愿听溧阳人讲话"。说起溧阳话，上大学时我是没少吃苦头。在他人看来，溧阳话凿头凿脑，硬得像把凿子，不仅说惯了那软绵绵，黄莺婉唱般的江南同学不喜欢，甚至连那些南腔北调的苏北同学也对它不屑。更不用说上到语音课，一位天津来的老师几乎一讲到翘舌与不翘舌的发音时，总免不了要把溧阳人天生的"直舌头"给数落一番。如此一来，那些视溧阳人为"溧阳佬"的外地人，似乎就更有理由鄙夷这溧阳话了。

也有忍不下气的溧阳同乡，课后去找他们摆不平。无奈人家不吃你这套，尽管你这里是声嘶力竭，一腔正气，他那厢却仍是和颜悦色，天地太平。那软绵绵的回音，事后品品虽觉得带刺，但乍听时却还是黏糊糊的。脸红脖粗之余，方懂得以柔克刚的道理。

不过，无论怎样觉醒，我还是放不下溧阳话。在老家溧阳，男人女人自然都说溧阳话。男人说得硬，女人说得也硬，而且，大多数女同乡说起来，那分贝明显要男人高出许多。有人说溧阳女子个个都是大嗓门，这话虽绝对了点，但确实有一定的道理。

"老子天下第一"，这便是溧阳话不讨人喜欢之处。溧阳人开口便是"我老子"，而且字字铿锵，炸得让不熟悉溧阳人的外乡人心里直毛。可是，一旦三两杯白酒落肚，或者一番投机的话入耳后，你便会听到这么一句——"朋友不是狗日的"。而且溧阳人说此话时，脸上的表情一定生动得足以使你五脏六腑难以平静，让你立马改变对溧阳人的看法，这便是说话硬声硬气的溧阳人爽快之处，也正是溧阳人好讲义气的外露。

两年前，我的一位同乡在北京火车站遭窃，正当他两手空空，一筹莫展之际，来了一位说溧阳话的中年人。他抱着试试的心理上去向那位陌生的同乡求援。那中年人听后，没多言语就掏出 150 元钱给他，等我这位同乡买了票回来，中年人又捧来方便面、雪碧之类，要他带在路上吃。末了，说了句"好走"后，转向插入总是拥挤的人流……胜似他乡遇故知，两人除了知道彼此都说溧阳话外，再也不知道谁和谁了，而像这样的事，在溧阳人中是非常多的。

平心而论，我对溧阳话确有一种特殊的感情，但作为溧阳人，我也深知溧阳话是有许多不足之处的。

古时有为朋友两肋插刀之说，现今溧阳人对自己答应办的事也挺讲厚道。你若客气或一脸怀疑状，他会一拍胸脯，头一甩给你个"这算什么话"！这就是硬气的溧阳人最崇尚的说话算数，这在一定程度上似乎也体现出了溧阳话硬声硬气的特点。但细一琢磨，这个硬气有时还是可以商榷的。因为，硬代表踏实的一面固然值得提倡，但倘若太硬有时也会陷入固执。毋庸讳言，固执的禀性在大多数溧阳人，尤其是男同胞中还是有着相当大的市场的。而且，有时候这种固执甚至让你觉得很可爱，于是便有人会说溧阳人往往"难开窍"，其实这与溧阳人的义气也是有一定关联的。

义气自古以来就带有两面性。好帮助人，能接近人是义气；好感情用事，容易冲动也是义气。我在外面常听到这样的评价，说溧阳人在外面比较喜欢"凑热闹"，甚至"瞎起哄"，说此话者还会援引在车站所见到的溧阳人大多不喜欢排队等例子来加以佐证。这个例子就其本身来说虽并不一定经得起考证，但说溧阳人喜欢感情用事我以为还是可以接受的。事实上，我们溧阳人的确还保留着这一不优不劣的中性特点。

"言为心声""闻其声而知其人"，我想，怎样使自己既踏实认真但又不太固执，既重视人间情谊而又不动辄感情用事，这大概是今天我们溧阳同乡该好好思考的一个问题。

另外，随着市场经济的深入，我们所处的环境已变得越来越小，人与人之间的相互接触更为频繁，因此，溧阳老乡似乎还应把舌头稍稍卷一卷。倘若总是直着舌头跟人说话，尤其是谈生意，恐怕难以拉近彼此的距离。既然世界是大家的，当然更是我们溧阳人的。因此，留一份爽快之外，溧阳人更重要的是要留一点家门之外的含蓄。这样说，不知我的溧阳同乡会同意否？

溧阳芹菜

凡到过溧阳的人，几乎没有不想亲口尝一尝溧阳芹菜的。

溧阳芹菜又名旱芹，其茎既嫩又酥，吃起来甜丝丝、脆生生的，满口溢香，故而成为溧阳的一大特产。

家在溧阳，我可说是一生下来就喜欢吃芹菜。小时候，每当跟姐姐上街，只要一看到菜摊上那码得整齐崭新的鲜嫩嫩的一溜，就禁不住缠着姐姐掏钱买。只是这东西当时虽只有几毛钱一斤，但对我们这些靠卖柴、养鸡攒油盐的山里人家来说，只有在办事或过节时才会买上一二斤。买回来后，通常排在水缸边，每晚洒上些水，有亲戚来时，便分出一把待客，既可熟炒，也可和着酱醋生吃，或在热汤中烫着吃。

芹菜从根到叶都可以吃，叶子可以炒蛋黄，茎可以炒肉丝，根洗净拌上面粉放在油锅里一炸，便是一道清脆可口的"龙须菜"了。

小时候我们家也种过芹菜，最初开始是由我引起的。有年初秋，邻居给了我们家一把老芹菜，母亲放在水缸边竟一直忘了种。出于好奇，我在菜地边挖了一块小空地，把已经开始腐烂的芹菜根埋下去。不久，那根就冒出黄黄的芽来。这以后，我就隔三差五给它浇水、培土，并模仿着邻居的做法，小心翼翼地找来木板为它夹土。当时，二哥因为嫌整天读书闷得慌，也常帮我夹。到冬天，芹菜居然长得很嫩。

过年时，母亲为了凑碗菜，便想到了那一小块芹菜。望着母亲挖回来的那把茎长不足三寸，尚未完全转白的芹菜，我虽有些舍不得，但终究还是被母亲的几句表扬满足了。好在亲戚们吃后，也对我的劳动大为称赞。没挖掉的芹菜，虽然我一如既往地花工夫，但最终还是与母亲挖掉的情状差不多。

后来，以种芹菜而闻名远近的姑父来我家，从与他的闲谈中，我才知道了种芹菜远不像我所做的那么简单。

要使芹菜长得好，首先要选好土质，最好是选那些既靠近水源，又向阳的地方。因为芹菜需天天浇水，同时还要有足够的光照和通风时间。其次土壤要深，以便有足够的土可以用来作为夹土。一般初秋时开始培植。种时将老芹菜整棵横埋在事先挖好的一排排浅沟里，再将菜籽饼与家用肥拌和后，盖满浅沟，并铺上足够的草，以防土壤浇水后板结或使种芹霉烂。等芹菜出芽后，要天天浇水，并注意勤松土、常除草。当新芽长出地面约二寸多，颜色开始由嫩黄转向深暗时，要像打土墙一样，用木板为它夹土，仅让芽尖裸露在外面。

我们平时在菜园里见到的芹菜地，大多是一垄垄如墙一般的菜埂，而那一条条的深沟便是为芹菜夹土时取土留下的。这沟在天冷时，便可贮上水，为芹菜保温防冻。

种芹菜是这么复杂，挖芹菜自然也是一件不轻松的事。因为，芹菜只有天冷才卖得上价。而此时正值水寒地冻，再加上菜田中少不了水，这使得本来就夹得很紧的土，经那么一冻就更难挖了。洗当然就更不容易……

姑父说话时，还有意向我伸出了他那双满是裂痕和冻疮的手。末了，他说，别看好的芹菜茎嫩叶黄，有小手指肚那样粗，培养起来可真不比哺养小孩省手脚！

姑父的这样种芹菜的经验，今天看来，也许可以当作溧阳芹菜之所以成为溧阳特产的理由，而这其中包含得更多的，似乎还是溧阳人的勤劳。

说实在话，身为溧阳游子，近年来，我几乎无时不在为家乡人的这一共同禀性而感动、自豪。

上世纪80年代初，溧阳在江苏省内还只是一个与苏北各县实力相近的一个县。那时的溧阳，除104国道外，境内竟无一条像样的公路，也没有一家上档次的企业。就连县城也只是一片低矮且简陋的平房。那时候，城里城外，不分男女，年轻人最时髦的便是一身国防绿。可如今，乡乡有了柏油公路，而且还在全国率先将公交车通到了每个自然村，家家户户的收入都比过去翻了好几番。此外，在沙河水库基础上改建成的天目湖旅游度假区，则享誉全国及海内外，成了享誉华东旅游线上的新亮点。由溧阳人组成的建筑大军更是闯遍全世界……

溧阳城变大了，变高了，变美了。一座具有现代化设施的新兴城市，正在陈毅、粟裕等老一辈革命家战斗过的土地上崛起！

这变化，当然来自溧阳人那无比智慧的勤劳。远的不说，当年修路时，那家家出钱，人人出力，四季奋战的动人场面便是佐证！

诚然，勤劳并非只是溧阳人的特点，但，76万溧阳人民却凭着这勤劳二字，把溧阳的历史写进了昔日日思夜盼的梦里！

也许正是因了这种对勤劳的崇敬，当现在的我在异地待久了，偶尔回溧阳时，只要一坐到乡音缭绕的桌子旁，闻到那股芹菜的芳香，肃然的感觉便会油然而生。是对父老乡亲的感激，更是对一种精神的牵挂。

只是，现在的溧阳，那脆嫩可口的芹菜却少了，菜摊上难找，种的人更少。就连我那世代以种菜为业的姑父也改行做了菜贩。至于他家那几分侍弄了一代又一代的菜地，如今除大部分荒芜外，只有一小部分还在被儿孙们寅一茬，卯一茬地随便种些杂物。因为记者这一职业习惯，我曾就此问过姑父"转业"的原因。对此，他没正面回答，只是这样反问我，外面不是很多人连水稻也不种了？还有，你没见大家正在把前些年辛辛苦苦种下的桑树一块块挖掉？姑父当时的样子，显然是嫌我的话太多余了……

年前，姑父托人从溧阳捎来几把芹菜，并特别关照说，今后恐怕再难吃到它了……

不过，就在我以为芹菜作为溧阳的特产，可能真的要与我们永别之时，3年后，一个好消息来了：精明的溧阳老乡不仅把芹菜形成了规模种植，还探索出了基地＋农户＋公司的产销一体化龙头企业生产模式，从农村泥土里挖出来的芹菜，洗干净后套上精致的包装盒，一下子走进了上海、南京等城市的大超市，并成了五星级酒店的抢手货。而且，就连台湾、香港的美食家们，也都以席上有一道脆嫩可口的溧阳白芹而倍感自豪！

周城羊肉火锅

知道溧阳有个天目湖的人，大多知道天目湖有个砂锅鱼头，而知道砂锅鱼头的人，也就差不多都晓得溧阳还有个响当当的周城羊肉火锅！

在溧阳，只要是冬季，无论谁家来了远在他乡的客人，主人几乎都要让他（她）亲口尝一尝周城羊肉火锅，仿佛不这样，就会觉得对不住远方来客。因为，在溧阳，"周城火锅人人吃"已是一句家喻户晓的广告词了。只是，这广告不是电视、报纸做出来的，而是大家亲口吃出来的。有一个据说是大致准确的数字，说不含农村，仅一个不太大的溧城镇，冬天里最盛时，一天要吃一千多次周城羊肉火锅！

周城是溧阳市西北部的一个小镇，小镇大部分地区为丘陵。这里山高水清，树多草茂，喂牛养羊便成为各家的一项副业。如此，羊肉火锅之起源于此，自然得天独厚。

其实，最初山里人养羊倒并非是为了卖钱。那时，居家最多也只不过养一两头羊，其目的主要是为了积点肥，以便省些田里的开支。再者，就是因这儿女婚姻嫁时有这样的风俗，即男方必须在娶亲时，给女方送上羊腿、猪腿以示诚意。在当时，喜欢吃羊肉的人似乎也不多，大多数人还是嫌羊腥骚，因此，养羊自然就赚不了钱。

后来，是镇上的一户个体饭店的老板对羊肉产生了兴趣。经过一番琢磨，他用辣椒、生姜、白糖、蒜等作料，将羊肉连皮放在砂锅中用文火炖，直至皮软肉松，腥中带香之后再端出来吃。当时，烧这样一份羊肉若算成本，按当时的物价也就 5 元左右。等这位老板以 12 元一份惴惴乎试探售售，没想此物一出，竟令食客们胃口大增，你夹我捡之中，砂锅内已是肉尽汤存。而盆四周，一双双兴犹未尽的眼睛正齐刷刷地直射那樱红的羊肉汤。

对于万物，人脑也许不是万能；但就吃而言，人有时会表现出超乎寻常的灵感。许是正应此话，望着那诱人的羊肉汤，一位食客忽发奇想，让老板端上一盘烫好的粉丝倒进汤中，点火一热，竟又是一味上等佳肴。从此，溧阳吃羊肉的人开始逐渐增多，而且，吃法也不断发生变化。山里多柴，所以，当时最普遍的吃法便是羊肉火锅了。

最早的羊肉火锅烹饪起来颇有点原始味。即事先在桌上架上一只三角鼎状的小铁锅，锅内放上一只小酒杯或小汤碗，杯中倒些酒精或度数较高的白酒，然后将烧好的羊肉连砂锅一起架在小铁锅上，点燃酒精边热边吃，中途还可添加佐料及羊肉、菠菜、粉丝、萝卜之类。如此吃起来，即便天再冷，吃的人也会觉得浑身热乎乎的。尤其，伴着那腥中溢香的袅袅烟雾，是一屋其乐融融的和谐氛围——尽管煤气灶、铜锅等的加入，已使原本显得土气的羊肉火锅日趋进入现代化！

羊肉火锅的看好，使一些整天巴望致富的山里人看到了希望。被 117 座山紧紧围着的周城镇洑家村当时的党支部书记王海清就是其中一个。这位只有小学文化的共产党员，土生土长的山里风俗告诉他，山里人要富只能靠山。于是，他发动村里的几个特困户上山养羊。一年下来，"羊馆"们还真尝到了甜头，这下，山上山下一下冒出了几十户养羊专业户。

山里人常念叨他们的村支书精明，说他是个"土秀才"。那是因为他没学过裁剪却能做出合身的衣服，没学过财会，却一样定笃笃把一个村的出出进进，分分厘厘在算盘上拨得溜溜转！

确实，王海清的精明，在羊肉火锅上同样得到了体现。1995 年 10 月底，这位刚提拔为周城镇兼职副镇长的"土秀才"，在常州参加市第八次党代会时，见四川火锅风靡常州，顿觉身下的椅子发烫。会议一结束，便赶回镇里找书记商量，一个劲要让周城的羊肉火锅烧出周城。几天内，他就网罗了几位"火锅高手"加班加点，仅在 11 月初，就在以往用特殊配方及烹调方法烧制的羊肉火锅基础上，推出了真空包装的"周城羊肉火锅"，一改过去可吃不可带的羊肉火锅而为柜台上夺人眼球的商品。"周城羊肉火锅"由此正式诞生。

《周城羊肉火锅烧红溧阳城》，当年 11 月，《常州日报》曾以此为标题报道了周城羊肉火锅的消息。一位养羊专业户看过报道后高兴地说，这把火是一个共产党员用自己的心烧旺的！

当我把这话转告给王海清时，他先是欣慰地一笑，稍作沉思后，很有把握地说，明年冬天，"周城羊肉火锅"将烧向更多更远的城市！

"会的，一定会的。"我情不自禁地脱口而出！

馄饨的回忆

那是我进大学后第一个寒假开学的前一天。吃过早饭，母亲问我："小青，要开学了，还想吃点什么？"声音轻，也柔。

知子莫如母，母亲知道我天生恋家，所以，几乎每次出远门，她都要让我把想吃的、想要的东西告诉她。然后会一一想办法来满足我。这样做，主要是怕我在外面不安心。

"我什么也不想吃，你就歇歇吧，看您整天累的！"我马上回答。

"不累！"母亲说着，手习惯地搓着围兜。忽然，她的手停了下来，像想起什么似的说："差点忘了，前天你不是说要吃馄饨？倒也是，才开年，吃了馄饨心里稳顿，蛮吉利！"说完，母亲就顶块雨布，出去弄菜了。

外面下着雨，淅淅沥沥的，好多天了。到菜地的路虽不长，但坑坑洼洼泥泞得很难走，下了雨就更滑。我倚着门，望着母亲雨中渐渐模糊的身影，心里在默念着她早些回来……

终于，母亲回来了。拎着菜，头发湿漉漉地粘在额上，分不清是汗还是雨。

菜择好，母亲开始剁菜馅。她动作快，没多久，一盆青里透红的菜肉馅就做好了。接下来，她在脚下垫张小凳，站在上面弯着腰在台上擀皮子。多少年了，我家一直是这样，无论是吃面条还是吃馄饨，那厚厚的粉团，总是被母亲用她那根从外婆家当做嫁妆带来的擀面杖一道道擀得又白又薄。村上一些年轻女人见了，都劝她把面粉送到生面店去给机器轧，说那样人也省事。可母亲每次都说："反正人也闲着，再说机器轧的也没自己擀出来的鲜……

那根溜圆光亮中泛着紫红的擀面杖，在母亲的手下均匀地滚动着。望着她那随着擀的动作一起一伏的背，听着她脚下凳子和手下的台子共鸣出的"吱嘎吱嘎"的喘息声，我忽然觉得，母亲真的老了。岁月累弯了她的背，也染白了她的头发。那吱吱嘎嘎的声音，像是在诉说关于她那长长的故事！

村上人都说母亲最能吃苦。母亲原本是教师，后来因为时势逼迫，无奈之下，挑起一副箩筐，一头装着还在襁褓中的我的大哥，一头装着锅碗瓢盆，把一个简单的家连夜从镇上搬到了外婆家的小山村……奶奶曾告诉我，母亲在生下我的前两个小时，还在田里挑河泥；生下我三天，就下地去挣那七分钱一天的工分了。那时候，为填一家七张嘴，犁田耙地，轻担重活她都做过……

前一天是母亲 52 岁生日。她总说人如一盏油灯，油点完了，灯就熄了。还说做小辈的要替长辈想，多为他们做点事，让他们多歇息。可我每次向她要活做时，她总要我多休息，说这样好有精力去学习、工作！

当时只道是寻常：许建俊散文选

开始包了，母亲一只只裹着，认真得俨然一个考生正在进行着一场举足轻重的考试。没多久，一筛子馄饨就包好了，直到锅里热腾腾的水汽冒出来，母亲才心满意足地将那一个个仿佛有了生命的馄饨，鸭子一般赶下锅。望着夹杂着面粉香味的馄饨一只只窜上来，她直起身子，用手轻轻捶她那弯酸的背……七八分钟后，锅里那一只只馄饨浮起来了，擦去额头的汗，母亲盛起一碗刚煮熟的馄饨端给我："快尝尝，鲜吗？"

我有些迟钝地端过馄饨，这时，母亲那双慈祥的目光凝视着我，像是在期待着什么，热热的。

"唔，真鲜!"我吃着，只觉得胸口有股热热的东西在翻滚，再也说不出什么……母亲听了，黄褐色的皱纹里隐隐地落了一层厚厚的笑意……我吃过无数摊点上各种机器轧出的皮做的馄饨，也吃过别人手工包的馄饨，而只在这一刻，才真正分辩出母亲做的馄饨的滋味!

母亲一边望着我吃，一边用她那刚空下的手给我理着有些乱的头发，一下，一下，从头上那舒服的体验里，我感到了她此时的专注。这时，我的眼泪痒痒地滑出眼眶，怎么也止不住，落到碗里，立即溅起一圈圈色彩斑斓的油花……

倒去的老屋

老屋倒了!

就在它轰然一声响起的刹那，父亲的心仿佛被那披靡而下的土块压着，沉沉的疼。也许冥冥中的一种感应，就在这一刻，多日没有光顾老屋的父亲竟会来到老屋面前，抛一根鱼竿在屋前池塘边默默地坐着。

池塘是荒废的，因为以前放养的鱼从来都是没长足斤两就被人偷了，所以父亲也就不再放鱼苗了。此刻，在这里究竟是钓鱼还是在等着什么，似乎父亲开始自己也说不清，直到老屋倒塌的那一刻，他才明白，原来是老屋约他来见这最后一面的……两行泪顺着布满皱纹的脸一路颠簸而下——那是人世间最深的一种痛；更是父亲一段永远抹不去的记忆！

——还有什么比亲眼看着自己一手建起来的房屋倒塌更让人痛心呢？

一

虽然是土坯墙，但在整个村子里，老屋应该算是最好的了。

记得建这所房子时，一个村的劳力都出过汗。在那种口中不离"万岁万岁"吃了上顿愁下顿的年月，当独门独姓寄人篱下的父亲在一个秋天，终于提出要在村子一角搭三间房时，全村男人都光着膀子扛着钉耙锄头前来帮忙砌墙了，女人们则拿着镰刀上山去砍那盖屋顶的茅柴。人多天照应，几个日头晒下来，不仅墙砌得平整结实，那茅柴也都晒得匀称。接下来就是去买桁条和椽子。那时山里人造房子，土和柴是就地取材不劳心思，最伤脑筋的是桁条和椽子。这些材料村里的山上虽然都有，但不得大批砍伐；即使要砍也要层层审批，而且一次最多只能申请三棵。于是，为了我家建房，当时村干部和父亲商量下来，只能到距离我们村 30 里之外的平桥公社青山村去买。那里紧挨安徽的广德和浙江的长兴，为典型的鸡鸣三省之地。因此，有些所谓资本主义尾巴的事，在那里还没像我们村里抓得这么紧；加上我们家有亲戚在那里，所以事情很快就谈妥了。只是考虑到沿路设有很多树木的关卡，要是用车运，一旦被关卡的民兵查获，不仅木材和车子要被没收，人也会被那帮民兵们捆起来吊着痛打一顿。为安全起见，只能晚上行动，而且要绕开公路翻山越岭走山路，这样就只能用肩扛。

当天中午，村里十几个壮劳力自愿来到我家，和我父亲一门兄弟六人一起，一人一碗稀饭下肚，就拍拍身子出发了。他们化装成收山货的生意人，一路步行到了平桥公社青山村。在我的一个亲戚家，一人喝下一碗南瓜糊糊就进山选木料了。临走时，父亲的口袋里特意装了几个熟山芋，那是专为路上可能遇到的狗准备的。

选好木料，天一黑，他们就一人扛一根一百多斤的木料下山了。一路上，父亲和我那青山村的亲戚走在最前面，然后依次三人一组相隔一段距离，前后以咳嗽为号，两声表示前面平安无事，可以紧紧跟上；三声则表示前面遇到陌生人，要稍等一下。若是四声连咳，则情况最遭。此刻，后面要赶快一组组通知，立即改道或马上把木头隐蔽到安全地带择机行事。好在这天晚上下起了小雨，走夜路的人少，这样一路有惊无险，到第二天凌晨，所买木料总算安全回村。

望着那一棵棵粗壮的木料，年幼的我既感叹山里人的淳厚，同时也感叹那时人的体力——那是拖着饥饿的肚子，再撑着那近两百斤的木头在山上不停地行走，而且，随时还要做好被盘问，甚至被吊着痛打一顿的准备……

房子很快盖起来了。到了夏天，有许多大而黑的马蜂会来屋檐下做窝，偶尔分泌出一团黄黄的蜜来，每当这时，我和村上的光屁股伙伴就会拣起来，往嘴里一塞，那味道特别甜。也因此，村上许多同龄人特别喜欢到我家来玩。有时，我们还会自己点火在灶里烘山芋吃。一次，因为不小心将火星带了出来，并很快烧着了灶边上的柴，眼看着火苗就蹿到了房顶。这时，不知是谁叫了一声"救火啊"声音不响，却传进了一村人的耳朵，很快，家家户户都有人触电般抄起脸盆、水桶，一路朝我们家飞奔而来。泼水的、抢运东西的、上房顶堵火的，就连那些曾经因为琐事和我们家红过脸的人，此刻也心急火燎地拼命灭火！火被压下去了，男人们又帮着修补好屋子，女人则帮着打扫残局，直到我们一家人平息了心惊肉跳，大伙才放心地离开。望着村里人惋惜而又满足地离开的影子，即使在20多年后的今天忆起此情此景，也依然有一股端肃的感动在喉咙口起伏：危难之时，人的心总是这样的容易贴近！

二

那时候，老屋前的水塘水很清。一到夏天，村里的小伙伴就来游泳。为了学游泳，我也经常是吊着塘边上的柳条在水里泡。时间长了，胆子也渐渐大起来，到后来，没有大人在旁边我也敢下水了。一次，也许是柳条被揪得时间长了，竟突然在我没发觉的时候一下断了，顿时，我眼睛一黑，两口水下肚后，继而两眼一黑，人直往水底坠。等我醒来，已经躺在了家里的竹床上了。原来，就在我往水底沉时，从地里回来的王大叔正好经过水塘边，见我人头淹到了水下，他跳下水一把将我抱起来，一阵忙乎，我与死神擦肩而过。

如今，王大叔早已儿孙满堂。有次回老家，当我和他说起这些，他竟连连摇头，说不记得有这回事了！也许对他来说，救一个人乃举手之劳。本来，养家糊口，将一家人拉扯大，势必要经历各种病痛和天灾人祸，这些就如风霜雨雪，一年四季年年都要经历一番，有太多关于肚皮的事要记，又哪会腾出空来去记自己曾经施恩于一个懵懂少年呢？——这就如这老屋，既然竖在那里，就必须为人们遮风挡雨，尽管最终也许主人并不会完全记得它的所有恩德，但它是不会背叛主人的，永远不会！

老屋之所以会在我的文字中，从家而变成老屋，原因是在于人对城市的一种向往。起先，我们住的地方一直被村里人唤作小村，那里最开始只有我们一户，后来又从其他地方搬来两户，但很快又因为交通等原因，一家家都搬到大村上去了。到上世纪八十年代末，我家也在大村上建了三间瓦房。这样，老屋就只能用来养羊和养猪了。再后来，瓦房改建成了楼房。而且，只要三五个月不回村，楼房就又冒出了许多。而这时，邻里之间走动的脚印也明显少了！

想必，当农村房子的结构从原来的平面扩张而走向城里的由下而上发展时，人与人之间的层次感也由此越来越清晰，并渐渐模糊了许多曾经温馨的记忆。于是，作为一种对某种精神或品质的守望，无论是具体还是抽象，老屋都难以找到自己支撑下去的理由了！

老屋倒了，在它残垣断壁围起的中间，是父亲精心整理出的一方菜地，如今四季都郁郁葱葱。隔三差五，父亲会来这里除草、施肥、浇水，并将长大的菜间出来送给我们。望着那黄土中的一片充满生命的绿，我仿佛看到了风雨中那不堪寂寞的老屋痛苦的形状。

都说人是房子的胆，想来自从我们离开老屋迁到大村上住已经有 20 多年了。20 多年里，除了我们难得从城里赶回老家，偶尔去看看老屋外，更多的日子，是那房子边上我们植下的树和竹子在默默陪伴着它。日复一日，朝朝暮暮，20 多年 7200 多个日子，寂寞堪与何人说？

如此看来，老屋倒去也算是一种解脱。毕竟与其孤寂地撑在那儿备受折

当时只道是寻常·许建俊·散文选

磨，还不如瞬间倒去安生——至少，青青菜地会让主人常常光顾这里，并经常想起它来，想起那些与老屋相伴的日子里，许多正在过往的背影……

听书

一阵鼓声响起，一村人的耳朵就都竖了起来……这是暖场，今晚的书快要开场了。于是，叫丈夫的，拖儿女的，搀扶年老长辈的。此刻，鼓声响起的地方，成了全村人的方向。而调皮的男孩简单扒拉了几口饭后，就三步并作两步飞奔而去。

说书人老段来自邻村，他老姐嫁在我们村，所以，村里大人小孩都认识他。我们村离城远，一座座高高低低的山，把村子与外界隔得远远的，平时几乎无外人来往，因此，谁家来了客人，就像是一村人来了客，一顿饭功夫，便都认识了，连小孩也不例外。说书人就是这样被村里人妇孺皆知的。

"时间也不早了，人也不少了，三通鼓响，咱就亮起那个破口哑嗓，给列位看官表一表那薛仁贵征东……"急风暴雨般的鼓声，夹杂着快捷的竹板声，在一间不大的屋子里碰撞。黑压压的人群里，或坐或站，或张口看着，或闭口聆听，老段喉咙里不断蹦出来的句子，让一个村的人沉浸在很久很久以前的那场激越、凄惨、而又让人回肠荡气的情节里。程咬金的仗义豪爽，徐懋功的足智多谋，尉迟功的大胆正直，李世民的雄才伟略、薛仁贵的勇猛奇特……一个个英雄人物或奸佞小人，从唐朝走进了这个远离城市的山村，在这些祖祖辈辈以土地为伍的山民面前，接受着美与丑、真与假、善与恶的拷问……

每当这个时候，老段的地位，自然要远远高过当时的村支书（那时候，村支书仿佛皇帝，左右着一个村男女老少的命运）。人们对老段的尊敬，除了是佩服他的记忆力外，就是他对忠诚与奸臣爱憎分明的态度。你听，说到忠臣落难，他不仅会将鼓声与竹板演绎得悲怆而婉转；而且，摇头晃脑中，常常是声音几近哽咽，甚至有点点泪花隐约闪动在他那满是皱纹的脸上。他这三下两下，以至台下便有唏嘘声此起彼伏。而说到那些诡计多端，陷害忠良的奸佞小人，竭尽各种刁钻歹毒之能事，妄图置忠义之士于死地时，他又总是咬牙切齿，仿佛在诅咒自己前世的结怨之人。尤其是当那些奸佞小人最终受到当朝皇帝的惩罚时，他更是停下鼓板，大声斥责，简直把听众的情绪调动得恨不得各个都要站起来山呼万岁，拍手称快！

不过，老段说书也常常让人遗憾，那就是每次他都会在精彩处来个紧急刹车，不是"花开两朵，各表一方"，就是"欲知后事如何，请听下回分解"。每当这时，大家就会缠着他再讲下去，但一般他都会以各种借口予以婉拒。至多，也只简单地给你说说下面大致的情况。其效果，显然不是先前声情并茂的那种。这样，如我这样的男孩，一个晚上的梦便都沉浸在他的书里。而第二天，村前池塘边的码头上，洗衣的女人们谈得最多的话题，自然也是老段书里的内容。

听大人说，老段到村里说一次书，村里给他的报酬是管一顿饭，另外补贴3个工分。按当时一个工分年终可分红一毛六分钱计算，老段一个晚上的劳动所得，在那时也就是够买1斤熬不出油的瘦猪肉而已。

在老段的鼓声与竹板声中，幼小的我，就听过了《水浒传》《封神演义》《岳飞传》《杨家将》。现在想来，依然对说书的老段心存感激，是他让我们那些成天和烂泥玩具打交道的山里孩子，在懵懂中知道了很多一般人难以知道的事。比如，现在城里的孩子恐怕就只有在电影里才能看到这样的情景了。也是他，在那种精神生活极度贫乏的时代，让一个村的两百多号人享受到了一个个充实的夜晚。

难怪那时候，老段是可以以说书而为职业的，比如，一到连续阴雨天，田里的农活没办法做了，他就忙起来了，往往几个村子轮流排队。

老段的生意最后清淡，那是由于收音机和电视机的普及。到现在，他家里也早已添置了大彩电，至于他肚子里的那些书，恐怕也早已成了孙辈们的催眠曲了！

不过，说来也怪，如今每次回到老家，每当夜幕降临，看到家家户户关起门，打开电视的时候，我总会不自觉地想起童年听书时的情景。记得那时只要鼓声一响，全村人便倾巢出动，接下来就是聚集在老段面前，沉浸在同一部书的情节里。

而每当这种时候，家家户户的主人只是将门轻轻一带就来听书了。事实上，大多数人家的门其实都是敞着的，尽管人不在家，但谁都不会为可能丢掉什么而担心。

这样的日子，还会有吗？

收音机情结

我最早迷恋收音机是在小学时代。那时，收音机里正播送刘兰芳演播的长篇评书《岳飞传》。一到晚上六点半，村里难得的几户有收音机的人家，便都将收音机放到客厅里对着门的八仙桌上，将频率调到这个节目，并尽量将音量调至最高。因为我们村正好四周被山围着，那些带天线的收音机，此刻也都将天线拉到了尽头，并摆到了一个自认为是最好的位置。仿佛是一道无形的命令，整个村子都沉浸在出奇的宁静中。

几天下来，村里的收音机逐渐多了好几倍。就连处在多事之秋的我们家，也开始酝酿起买收音机的计划了。只是，因为家里的钱要留着盖房，愿望最终还是流产了。

好在，按照当时村里的礼俗，逢人盖房，主妇的娘家一般都要送收音机，以示隆重。于是，我便天天念叨着家里快点盖房。

终于开工盖房了，上梁那天，我特意提前跑到外婆家去看礼担，当见到礼担里果真有一架天蓝色的熊猫牌台式收音机时，我高兴得恨不得一下子飞到家里去报信。谁知，等小舅和我同样高兴地挑起担子准备走时，外婆突然走了过来，她站在礼担旁，眼睛定定地看着收音机，老大一会儿，才自言自语地说："收音机还是拿下来吧！"说完，她有些犹豫地将收音机抱回房里。此时的我高兴劲全然消失，一脸的尴尬与失望让我不得不低下头去。幸亏 10 岁男孩的那点自尊维持了我的表情，否则，面对这个突然陌生的外婆，我一定会大哭一场。

晚上，我把当时的情形讲了出来，只见母亲没听完就揉起了眼睛。倒是身为"老九"的父亲坦然，听完，他叹了口气，说："你外婆拖那么多儿女也不容易，这收音机是应该留着送给你小姨家！"

房子盖好后，家里又开始筹备大哥的婚事。接下来，又是二哥和大姐。如此，我家买收音机的愿望变得可望而不可即。有年冬天，村上有个小伙子因整天听收音机惹恼了他父亲，一气之下，其父竟将儿子的宝贝疙瘩随手一扔。因为门口不远就是一村人淘米洗菜的水塘，他这一扔，也许用力过猛，正好扔进了门口的水塘里。只见那收音机落到水面，泛了几个圈后就沉到了水下，虽然父子俩连忙拿来锄头钉耙立即打捞，但除了钩上来一根烂草绳和一只破布鞋外，竟连收音机的壳也没碰着！而我知道后，竟数日梦着塘里的水早日抽干，以便将那只水下的收音机捞为己有。

有次吃饭，我将此梦说出，想不到父亲也说他也曾有此梦。当时，我听了突然产生一种莫名的感觉。1988 年我进大学后的第一学期，因为经常在校报发表文章得了一些稿费，我就买了台 15 元的微型半导体，一到晚上 8：30 分，就立即打开它听中央人民广播电台洪云和傅成丽主持的《今晚八点半》节目。一次，收到父亲来信，从信中读着他念子心切，一种从未有过的恋父之情便油然而生。于是，没听满一个月，我就利用学校国庆节放假，专门回家将它送给父亲。心想，这对他来说也是一种思念儿子的寄托。从那年到现在，花落六度，我的收音机好好坏坏、低档高档的先后换了好几台，并最终被电脑和 MP3 取代，而父亲的那台却一直在他耳边响着！

老井·老人

　　村西头 50 米一棵百年老枫树下，躺着一眼老井。

　　与平常井不同的是，它是根据自然泉眼挖成的。山石砌成的井沿深不足 2 米，似圆非圆的井口，直径 1 米左右，像一面不规整的镜子，整天透着森森的光。因靠近路边，夏天人们经过这里，大多会经不住这清凉的诱惑，而情不自禁地歇下脚，弯腰掬起一捧清水淋漓地喝下。顿时，那清凉便直透心扉。而那些挑着重担在烈日下奔走的人，则把这井当作一种鼓励自己累了时继续前行的理由。常常是一鼓作气地冲到这儿，然后歇下担子就着树阴和井里泛上来的清凉，用手作扇，扇一份悠闲，扇一份感激。每每这时，仿佛感染一般，很快就会有一长溜的担子依井而歇。老井是山里人渴了的寄托，累了的向往。

　　这虽是口老井，但井沿上却总是很难找到青苔，不是长不出，而是有人眼睛里容不下那影响水质的东西，这个人就是黄奶奶。

　　黄奶奶的真名村里很少有人知道，因为丈夫姓黄，所以大家都叫她黄奶奶。而她丈夫很早就离她而去，长眠在了另一个世界。小时候听大人说，那是抗战时候的事。她丈夫先是被抓丁当了伪军，后来开小差投奔了新四军游击队。那是陈毅、粟裕领导的新四军江南指挥部下面的一个分支。东征西伐，战火纷飞中，丈夫除了给她留下三个嗷嗷待哺的儿子，竟连一抔黄土都没有留下，但丈夫的样子却永远埋在心底。

　　那时，山里不仅穷，而且缺医少药。因此，一个寡妇带着三个孩子的命就这样交给了老天爷。为了生存，除了乞讨，黄奶奶就去山上找那些扔在山上的"死伢子"。那年月，山里女人生下孩子夭折是常事。往往孩子一咽气，父母就忍痛给自己的骨肉裹上一件像样的衣服，然后用竹篮装着送到山上去"升天"。每次，黄奶奶都是流着泪先给"死伢子"磕个头，然后就从上面扒下衣服，重新洗一下给自己的孩子穿。期间，小儿子生过一场病，险些夭折，后来在她的精心护理下总算活了下来。不过，从此就又聋又哑……风里雨里，一路煎熬，以致30多岁的她就已经一头白发，而且腰也直不起来。矮矮的个子，脸上的皱纹就像她穿的一件件结满补丁且洗得发白的衣服。

一天，黄奶奶正在井边洗衣服，突然一阵枪声从不远处的山尖响起。没多久，井边树林里就钻出一瘸一拐两个小伙子，肩上和腿上流着血，黄奶奶看那穿着，立刻就明白了几分，简单一问，果然是新四军的情报员。因为到山里侦察在这一带活动的土匪头子张大嘴的情报，不小心误入了土匪的伏击圈。

黄奶奶赶快把两个战士引到自家灶头边蹲着，然后抱起柴禾盖到他们身上。完了，她回到井边继续洗衣服，让三个孩子拿瓢打起了水仗。咿咿呀呀中，三个孩子很快成了落汤鸡，不过，两个受伤的战士留在地上的血迹也随之消失。没多久，一队着黑衣，扛鸟铳的土匪追过来。他们朝黄奶奶扫了一眼，问了一句"有没有看到两个新四军"后，在摇了摇头的黄奶奶身上没看出可疑之处，就走了。

等脚步远了，黄奶奶立即回到灶间，用讨来的洗锅水兑了点麦麸煮熟了给伤员吃。就这样，两个伤员养了三天后，由于伤口溃烂急需回总部治疗。晚上夜深人静，黄奶奶叫大儿子到村头探了探，确认平安无事了，就立即推出丈夫做的那辆木制推车让伤员坐上去。自己在后面推，两个儿子在前面拉，挑着平时少人走的小路，一口气将他俩送到了离周城镇不远的观山下。

回到家已是第二天清晨鸡鸣时分，虽然累，但她和孩子都很欣慰。

然而，就在这天下午黄昏时分，传来了让她直到临终前都感到内疚的消息：说是两个新四军的联络员被土匪在镇上抓到后处决了，就扔在离村不远一座水库边的山上。莫不是那两个战士又被抓了回来？黄奶奶有一种不祥的预感，但没法求证。因为，她根本就不知道，或者说是从没问过两个战士的名字。其实，那年月，许多中华儿女就是在一种连自己姓名和地址都没来得及留下的情况下，就永远地倒下了，就像黄奶奶的丈夫……

晚上，黄奶奶带上三个儿子，悄悄将两个被打得已看不出模样的战士埋掉，坟头就向着老井。黄奶奶说，要真是那两个情报员，老井就是他们相遇的地方！

从那以后，每年的清明，黄奶奶都会带上儿子给两位无名烈士的坟培土，那坟头上静静飘动的白纸带，系着她深深的自责。也是从那时起，每年的夏天，她都要给老井掏泥、清洗。静静地用水桶一下一下地把井水挂上来。等到把一人多深的井水挂完，她又慢慢地爬到井下，搭着凳子用瓢将里面的淤泥一瓢一瓢舀上来，然后，一点点刮干净井边的青苔，再拎来清水细细洗一遍。做这些，她认真得仿佛在给自己远行的游子缝补一件御寒的衣服……岁岁年年，时间使越来越多的人把她当成了烈士的亲人，并将这些与老井联系在了一起。

解放后，当有人因为黄奶奶的丈夫当过伪军而准备给她扣上地主成分的帽子时，马上就有人拿出这一条予以反击，黄奶奶因此没有评上地主。不仅如此，因为这，她的二儿子还当上了村里解放以来的首任生产队长，并一直连任到上世纪80年代的分田到户。大家说，那是黄奶奶积的德！

等孙男孙女在黄奶奶对过去岁月点点滴滴的絮叨中渐渐长大，并成家立业时，她也越来越老了。尤其是当一个个和她年龄相仿的人，一年一年别她而去到了另一个世界时，她依然不忘自己每年要做的两件事：清明为无名烈士扫墓；夏天来临时为老井清淤。于是，每年夏季总有这么一天：那棵百年老树下，黄奶奶佝偻着背，在一瓢一瓢地舀着井里的淤泥。而每次清洗过后，那蓝森森的井水又会清澈宜人，甚至有一种甘甜。更奇怪的是，有年秋季大旱，当大小河塘干得底朝天时，唯独老井泉水不断，那汩汩泉水，竟滋润了一村人长达两个月的干旱日子！

有人说，像黄奶奶这样的人肯定会长命百岁。但是，黄奶奶并没有活到100岁，就在她88岁那年的一个冬天，她一觉睡去就再没有醒来。为了尽孝，儿孙们决定土葬，但那时谁归了天都必须火化。于是，晚辈们就在晚上悄悄将老人的灵柩埋进了山，就靠着那两个战士的墓，坟头依然向着老井。心知肚明的村里人当然都没有异议，然而，不知是谁在无意中竟漏了嘴，一个月后，上面知道了，要村里起出棺材拉去火化。为了不使黄奶奶在天之灵受到骚扰，村里人无奈中一边咒那个漏嘴的缺德鬼，一边将一桶柴油倒在稻草上，在黄奶奶墓旁敷衍地点了把火后了事。

如今，村里早已通上了自来水。年轻人也渐渐疏远了老井。在他们眼里，老井如摆设，静静地与那棵百年老树为伴。倒是那些上了年纪的人还是会天天到老井边担水，说是闻不惯自来水里的那股药味。而每年夏天，黄奶奶的三个儿子也照样会像黄奶奶一样洗一次井。所以，现在井口依然长不出青苔，井水还是那样清凉。而且，人走到边上，依然能看到自己水中晃动的影子，遇到有风的时候，有时那影子还会幻化出一个佝偻着背，在里面掏泥的老人。

百年枫树下，老井成了一面镜子，照着一个人，和一个越来越远的故事。

蛇宴

蚕豆上市的时候，蛇便多了起来。田埂边，麦田里，菜地头，稍不留心，就会听到一声嗖的声音，那是蛇在前面跑呢！

孩提时，走在路上最怕的就是听到这种声音。每次战战兢兢地走过水沟边，总要一次又一次地有意把脚步踩得山响，或故意咳嗽，为的是给胆小的自己壮胆。特别是经过那些看上去多日没人走过的地方，这种心理就更加强烈，而且，就仿佛疑人盗斧一般，越想越发感觉那蛇说不定就在前一脚将要踩下去的地方候着。其实，现在想来，蛇也是因为怕人才跑的，而并不是只有人才怕蛇。要不，好端端地盘着待着，它怎么会跑那么快呢？这么说来，人其实是世界上最可怕的动物。而人之所以感到怕，不过是自己在吓自己罢了。

村里的小周刚从部队复员回乡。在穿着那件去掉了领章和五角星的军装，从村东到村西一户户打过招呼之后，他很快就回到了去部队以前的角色——

一个种田的小伙，只是因为进过部队，才在地位上给人一种敬畏。很多人眼里，起码他的力气比以前大了，胆量也一定可以。毕竟拿过枪呢！枪是人的胆，一般人是没有这样的福气的。

小周的胆量确实没有辜负乡亲的希望，这很快就在他回来的一个星期后得到了验证。

那天天气很闷热，小周身上那件草绿色军装已经被汗湿了半截。要是在参军前，他肯定要赤膊了。如今，从军营里刚滚过4年，他多少也得注意些文明，再加上自己也才结婚半年多，更要维护一个小伙形象。所以，尽管穿在身上有些不自在，他还是尽量地捂着。

那天的活是农村比较累的一件差使，就是将各家各户割来的青草，放到河塘里用河泥一搅拌，然后再钩上岸堆在那里任其发酵，最后等风干了挑到田里去做有机肥。那时什么都要凭计划，再加上交通不便，乡亲们就想到了就地取材，河里的泥，加上地上的草，只要人把力气拌进去，就没有不肥庄稼的。

快近中午时分，岸上的草泥已经有一人高了。望着毒辣辣的太阳，大家的耳朵都竖向了队长的嘴边。在那个穷得没有手表的年代，队长是凭着经验，看太阳的高度来指挥生产的。队长今天似乎很沉着，也许他知道别人在等着他的哨子，但依然闷着头在铲泥。

就在大家东京讲到西京，快要没有话题的时候，一条黄风蛇窜了出来。就从队长的铁铲下面，大概有扁担这么长，浑身闪着黄色的光晕，头高耸着仿佛鸵鸟一般。那蛇一边不停地转动，一边快速地吐着信子。女人们很快不顾一切地尖叫着往岸上跑，男人们虽说镇定，却几乎都警惕地做好了防御的姿势。只有小周显得很镇静，就像是战场上的哨兵突然发现了敌情一样，迎着蛇的眼睛，露出一股凛然正气！

也许是因为真的遇到了对手，刚才还昂着头、吐着信子的蛇，此刻居然缩起了头，小心翼翼地看着眼前这小伙子，一边似在紧张地盘算着突围的计谋。这架势，俨然两军对阵，正陷入对峙僵局。周围一个村的目光都聚集在一条蛇与人的对垒中，天因此而变得空灵，时间因此而失去了意义。

小周的眼睛里，似乎燃起了一把烈火，充满着阳刚与坚毅。只见他放下手中的铁铲，稍稍调整了自己的位置，然后，以一种快得仿佛闪电一般的速度，迅速冲到蛇跟前，刷地拎起蛇尾，继而猛烈地抖动起来。就在他的三下两下中，刚才还虎虎生威的蛇浑身耸了下来。只两分钟工夫，就有气无力地散落在了泥地上。女人们从惊魂未定中，重新认识了4年前走出村口时，差不多还拖着鼻涕的小周。队长则是一脸的感激，说还是当兵的胆大！

上午紧张的忙碌就因为蛇的出现，而在一种余味连连的高潮中慢慢结束了。小周不仅收获了一条供一村大小人等都享受一番蛇汤的黄风蛇，还收获了一村人对他的敬重。晚上，他家本来就不宽敞的小屋，因此而显得拥挤。

因为小周当过兵，所以，当他招呼晚上去他家吃蛇宴时，村里大多数有脸面的男人就来了，有的还带着孩子前来尝鲜。

桌子是旧的，就是山上就地取材的树，随便刨平，六根拼成一块，装上四根柱子当脚的那种。颜色是自然的，要不是岁月沉淀在上面的那一道道土色印痕，这桌子就像是一个大树桩。中间架着一口冒着腾腾热气的铁锅，一股浓浓姜味从锅里溢出来。那时，乡下有一种说法，说烧蛇一定得用铁锅，如果用铝锅烧，水一热，剥光了皮的蛇还会在锅里翻身打滚！究竟是否真是这样，没人试过，反正，烧蛇，人们就总是用铁锅。而每当桌子上有蛇，旁边就一定会有一盘蚕豆瓣，用油炒的那种。按村里习俗，吃蛇一定要吃豆瓣，这是用来削减蛇肉中的土腥味。而且，豆瓣一定要选那种没有完全老透的青蚕豆。炒制时，也一定要用铁锅，这样炒出来的豆瓣硬中带软，味道特别香。

酒是散打的，那时山里人最有名的白酒就属山东招远产的粮食白酒，八毛钱一斤。酒喝完了，瓶还可以卖一毛三分钱。大人们围桌而坐，每人面前放着一双筷和一枚小酒盅。那酒盅盅口约5分硬币般大小。所以，一斤酒像这样的酒盅，一桌起码可以倒4个来回。毕竟那时酒也是凭票供应，人是有量也无酒。酒盅小，才能细水长流！

菜不多，但山里人实在，聚餐图的是气氛。至于菜，往往三两咸菜就可以让两个知己喝得颈红嗓门粗。所以，尽管今晚的菜很一般，但大家除了话不断外，并没有多少人真的在吃蛇肉。仿佛事先都说好了似的，一个个都是尽量将那肥壮的蛇段夹给孩子或女人吃，说是孩子吃了不长痱子，女人吃了皮肤嫩，自己则象征性地喝一点蛇汤。然后，再夹起一枚豆瓣，呷一口酒意味深长地喝下去……

席间，小周讲的关于山外面的那些新鲜事，自然是最吸引人的。小周说

当时只道是寻常：许建俊散文选

在部队时，看到附近农民养猪能赚钱，种菜也能赚钱，就是在山地里栽西瓜、番茄，种茶叶，也比简单地种粮强……酒越喝越少，话越喝越多，等到小周的媳妇端上第三盘豆瓣时，在松明子灯的照下，队长的脸已经通红了。他看了看小周，又看了看一桌的男人——今晚这一桌，可是村里说得上话的权威人物。老队长突然站起来，从自己的裤袋里摸出一只塑料哨子，一把拉过小周的手，说，从明天起，你就当这个生产队的队长，这哨子由你来吹！

队长这突如其来的举动，让一桌子人一愣，但很快大家就静下来，象征性地劝了队长几句后，就不约而同地劝小周把哨子接下来。

在松明子灯映照下，每个人的脸都红红的。小周端起面前的那只小酒盅，举起来一干而尽。见此，其他人也依次喝掉杯中酒。哨子就这样传到了小周手上。

等到大家散尽时，天幕上的星星已经很稀了。送走大家回屋前，小周下意识地摸了摸裤袋中的哨子，那硬硬的还在，上面还带着老队长的体温！

关门之际，小周的眼睛里，松明子灯此刻变成了电灯。明亮的白炽灯下，他和老队长正高兴地喝着大碗的酒，在红木的桌子上，不仅有满满一锅蛇段，还有丰盛的菜肴……

35年后，小周抱起了孙子，办起了厂，小山村在他的带领下，早已建设得成了城里人艳羡的生态园了。

这是一天的傍晚时分，小周从当年部队带回来的行军包里拿出那枚塑料哨子，带着两瓶五粮液和一包从城里的大酒店里带回的椒盐蛇段去看老队长。因为中风而瘫痪在床多年的老队长一见那枚塑料哨子，竟像孩子似的吹了起来。虽然低，但仿佛一村的人都听到了；很快，队长家那宽畅的楼房里，围满了左邻右舍的人。末了，老队长把塑料哨子依然交给小周，笑着说，35年前的那条黄风蛇出来的真是时候！

老队长的话音落在大家的笑声里，落在人们对小村过去的回忆里，也落在又一个早晨即将来临的黄昏里……

红肚兜男孩

背靠一座牛头山,四面环山的伏家村,形似一方山水冲积而成的小盆地,进进出出都得翻山越岭。九个自然村之间,都被一座座大小的山分隔开来。本来靠山吃山,可那山上除了不多的香草、桔梗之类叫得出名的药材之外,就是石头和那些成不了材的松树、栗树,还有七长八短的茅草。即使冬天,天不亮将一担干茅草一身热汗地从村里挑到十五里外的周城街上卖掉,回到家差不多已经是日落西山了,掏出换回的二三块钱,此时,没舍得在街上吃饭的肚子早已咕咕叫。穷山困得人没办法,大人就把出头的希望,寄托在了孩子身上。也就是在上个世纪七十年代初期,村里将牛头山东山腰的碾米厂,改建成了小学,原来分散在各村的复式班,都集中到了山腰上。

孩子们上学要翻过一座山头,那山名叫野鸡山,是牛头山向北延伸出的部分,山不是太高,山上草木不多石头多,间杂着一丛丛带刺的荆棘,牵牵连连,纠葛于乱石之间,脚插进去,不仅高低不平,而且常会被荆棘绊着,所以很难走。不过,秋天时,却是野鸡藏身的好地方,趁人不注意,飞到田里吃饱了,往山上一飞,哧溜钻进了荆棘丛,你就别想逮住它。白天,孩子上学吃力;晚上,大人们到学校上扫盲班也不便。于是,大家都怪学校不该选址在这里。可村支书老朱说了,伏家村巴掌大个地方,就围了大小一百一十七座山,而且,九个自然村都分散在山脚,学校不这样建,就是神仙来了,都一样端不平这碗水。

老朱那意思,就这个地方,别无选择了。

正好,那时毛主席那篇《愚公移山》,刚刷到村头仓库墙上。《愚公移山》

标题两边，相向印着毛主席头像，老人家正慈祥地望着远方，头像下面紧拥着五朵向日葵，一派生机盎然。就是在这种氛围里，村里决定从山头辟出一条路来。各村生产队长一声哨响，男女老少都带着工具到癞痢山两边忙开了。也就几天工夫，一片片推掉的土石，逐渐在牛头山和野鸡山之间筑起了一道坝。最后就剩下山头那片整块巨石了，一打通，路就通了。那黑糊糊的石面上，长满了石蒜和青苔，一锄下去，尽管火星直爆，却依然动静不大。无奈之下，村里老何等几个曾参与过镇江谏壁电厂建设的石匠提出用火药炸。

老朱向公社打报告，申请来了火药和雷管，一阵敲打之后，一声声震天轰鸣，一块块坚硬的石头就裂开了口。石匠们上午打洞，十一点左右加药、拉线、点火，然后跑出五十米地，趴在那里等着炮响石落。三天下来，男女老少都习惯了，一到中午十一点过后，山两边人，都下意识地离山头远远站着，等那轰的一下，然后是哗啦啦石头砸到地上的声音。山里人大多没有钟表，那些日子，女人一律听着山炮声音淘米烧饭。

第五天中午，太阳的影子早就晒进了门槛。平常，山上炮声早该响了，可今天女人们却发现山炮竟迟迟没响。

今天这是怎么了？正纳闷间，突然山头传来一声闷响，接着就是哗啦啦一阵石头落地声。女人们于是拎起米和菜到河塘去洗。就在这时，山头传来一片叫喊，紧接着，夹着一路撕心裂肺的"救命"声，一砣人影飞也似的冲下来，径直奔向村医疗站。

不好，出事了！

四面八方的人，开始冲向村医疗站。

石匠老何矮矮的身上，压着石粉和鲜血模糊得不成样子的血人。血人是负责点火的老王！赤脚医生石头一边给老王包扎止血，一边招呼人给他掐人中。尽管手脚麻利，老王还是昏迷不醒。石头拿听筒往他胸口一按，眉头严肃得吓人。一阵让人发瘆的平静之后，石头的嘴动了："快找张躺椅，送公社卫生院！"

往十五里外周城街的路上，四个壮劳力轮番抬着昏迷中的老王，拼命往公社卫生院跑。没来得及摘下耳朵上的听筒，石头就将药箱往屁股上一吊，一路跟着。一村人的心也都跟着他们颠簸……

就在刚才老王点过雷管，看着它燃得越来越远，等那一声熟悉的轰响时，却半天没有声音，哑炮？老王小心翼翼地沿着雷管一路检查过去，等到用手去拨弄那根以为灭了的雷管时，火光如霹雳一般刺来，轰的一声炸开了。当时，老王一声"炸了"出口，扭头就往山下滚；几乎同时，他的眼睛和双手被飞出的碎石击中了……

这一天，正好是老王老婆生下儿子十天的日子。在这前面，有了来娣、跟娣、招娣三个女儿，这第四个，硬是超计划生育逃出来的。老婆明英也是前天才从一路之隔的安徽岗南，被一个戴眼镜男人用板车拖回来的。戴眼镜男人头上一直压着顶鸭舌帽，见了人除笑笑之外，从不讲话。脸虽然黑，但看上去不像山里人。老王说是他家的远房亲戚，因为以前从没来过，所以大家才觉得生。

老王炸伤后，支书老朱起先曾叫大家别告诉他老婆明英，免得伤心，但很快明英还是知道了。要不是村里老人说没满月的女人不能出门，加上怀里这个王家的根来得也不容易，她一定会赶到现场的，这下，她只能哭着把三个女儿叫到床头，叫姐妹仁快去医院看父亲，是死是活，早来个信。

本来刚盼来儿子一家人欢喜，此刻家中倒了顶梁柱，一家人哭作一团。好在那个戴眼镜男人和左邻右舍的照顾，明英这家里家外才好不容易安顿下来。

炊烟漫上山冈的时候，姐妹仁和石匠老何总算从医院带回了让人稍稍松口气的消息。老王醒了，尽管双眼炸坏了，今后眼睛可能像两个窝窝。幸好黑眼珠没坏，不至于成瞎子。最可惜的是双手没保住，截掉了一半。老王醒过来第一句话，就问还有谁伤着了？得知倒霉的就他一人，老王放心地哭了，说：好是好，可从今往后，自己就废人一个了……话说了一半，姐妹仁和老何也号啕大哭。这下，老王却又停止了哭，说有好事了。这话果真止住了周围的哭。

老王做了一个梦：梦见刚筑好的坝埂上，跳出一个白白胖胖的小男孩，三岁左右，胸前围着个红肚兜，圆圆的大脸蛋，除了一直对着老王笑，他一句话也不说地自顾在坝埂上跑。老王追过去，想问他话。可男孩只是引着他在坝埂上兜圈子。末了，两人都累了，就保持一定距离坐下来喘气，可眨眼工夫，男孩就不见了。

正当老王要去找时，身边倏地冒出一棵叶子对生的草，微风一吹，轻轻摇曳。那草叶细细的，尖尖的，表面上还有一层粉嘟嘟的绒毛，青紫色草茎上，隐约闪着条红丝带。草的样子，很像老人们传说中的龙胆草。正当老王要去摸那棵草时，双手却像脱离了他的身体一般，怎么也使不上劲。他想用力挥，却听到"叮当"一声，一把剪刀落到了金属器皿里，原来是老王被石头砸烂的两只手，让医生给齐腕部截掉了。

"你们回去赶快找，那红肚兜男孩肯定是老辈人说的人参宝宝！看来，坝埂上一定有龙胆草，那可是百年难遇的仙草，要是我当时手上有根针就好了。说不定还真能找到。"老王的一番梦境，让姐妹仨和老何一下忘记了是在医院，听一个刚刚截掉双肢的人说话。那一刻，四人都沉浸在了对仙草的憧憬里。就连他们回村里的一番讲述，也让本来揪心的人眼里，个个多了份神秘。

其实，老王梦到的仙草，一直是村里人在寻找的一种药材。当时这种草很名贵，据说一棵就能卖一万元以上，是山中珍品中的珍品。祖祖辈辈，山里人都在传说着，寻找着，却从来没人真正见过。老人们说，那草很有灵气，它出现时，一般先在你面前蹦出一个白白胖胖的红肚兜男孩，圆圆的大脸蛋除了笑之外，会一句话不说地引着你兜圈子。这时候，你要尽着耐心和他玩，并乘他不备，掏出一根扎着红丝线的针，快速刺到他的红肚兜上。这样，红肚兜男孩一变成草，你就能循着那根红丝线找到龙胆草了。而能够见到龙胆草的人一定是有缘分，否则，一般人遇到了也不一定能认出来。而有缘之人，常常冥冥中会做好准备，就是事先带上一根穿上红丝线的针。比如，老王有缘遇到了（虽然仅仅只是个梦），但他没有带针，那就是说他没做好准备。再说了，如今即使有针，他也……村里的长者话说到这里，就自己把后面的话咽进了肚子。那是突然想到了现在还躺在医院里的老王，那个正当壮年却没有了双手的顶梁柱！

他就是有了针，不也没有手了吗？听的人又是一阵唏嘘……好在，村支书老朱很快放下了一句让大家烫心的话：从今以后，老王就享受五保户待遇……

野鸡山头的炮声终于平息了，巧的是，那带着老王痛苦与血迹的一炮，也将这里最后一块挡道的石头炸开了。几天后，一条通往学校的山路修好了。而且，从此在这条路上走的人，大多数口袋里会带上一根穿着红线的针。据说，村里还真有几个人遇到过那个白白胖胖的红肚兜男孩，地点也是在那个坝埂上。遗憾的是，等他们掏出针刺过去时，红肚兜男孩早就不知所终了。

高中毕业的大平去村校代课第一天，就碰到了一件新鲜事。

那天晚上，大平从学校值完夜班回家，走到野鸡山头向坝埂这边看时，一道红光中，坝埂上一群红衣女子正在那里载歌载舞。月光从牛头山上泻下来，透过塘坝里的水雾，悠闲地落在轻歌曼舞的红衣女子身上，飘逸的声音和曼妙的舞姿，灵动地传向天际……大平的心怦怦直跳，一种想看又不敢看的心态，压得他连气都不敢喘。为了给自己壮胆，他嘴一张，响响地一声干咳，继而是一口响痰，"噗"地吐向远方。只这一下，坝埂上就一片沉寂。大平逃跑一般回到家，撞开门，把那仙境一般的一幕，告诉母亲，话没说完，后背早已大汗淋漓……

大平从一场大病中醒来时，坝埂上有关仙草的说法也就更神秘了，在猜测、害怕与期待中，大家似乎都在等待着下一个奇迹。

戴眼镜的男人

五月的太阳照到田里的时候，地里的小麦已经堆到了场上，早稻又该栽插了。

老王还躺在医院里，他住院后，家里的活儿由三个女儿和那个不说话的戴眼镜男人料理。虽然经常有人会打听戴眼镜男人的来历，但一想到老王为大家失去双手的痛苦，也就不再深究。一个没有了顶梁柱支撑的农家，能有一个男人来支撑，也算老天有眼。

那是老王受伤的第九天，中午饭过后，支书老朱进了老王家，半根烟工夫，戴眼镜男人就跟着老朱到了秧苗田里。老朱递给他一张秧马，让他坐着在自己旁边拔秧，见他不会，老朱就给他示范，只三五分钟，戴眼镜男人就会了，只是手脚慢一点，拔着拔着，又落在了老朱后面。老朱就放慢速度等他。

秧田里的秧拔掉将近一半时，公路上传来了汽车喇叭声，目光过去，一辆敞篷吉普眨眼就开到了田边。周围干活的村民都好奇地围过来。车停下，蹦下个穿蓝裤，白上衣，戴白色大盖帽的公安，身后跟着两个挎着枪的民兵。三人一下车，就脱下鞋子向老朱这边走来。没等大盖帽和老朱说话，两个挎枪的民兵就下到田里，一把拖住了戴眼镜男人。因用力过猛，戴眼镜男人一个趔趄，连着秧马倒在了田里。这时，两个民兵冲上去将他的头死死按住。一边按，一边训，说，"你到现在还不老实，还想跑，你就是插上翅膀逃到台湾，老子也能把你抓回来！"

事情如此突然，除了老朱比较镇定外，其他人都被眼前这只有在反特电影里才看到的一幕蒙住了。戴眼镜男人爬起来，一脸惨白，看了看旁边的老朱，又无奈地扫了一眼周围后，他就低下了头。老朱也看了看他，然后摇了摇了头，就不知所措地抓着一把秧站在那儿。手上，秧苗上的泥水正一滴滴地落到水里，溅起一圈水晕后，很快又恢复原样。

一身泥水的戴眼镜男人被两个民兵反扭着手，跌跌撞撞地上了田埂，大盖帽公安取出一副手铐，响响地给他铐上。这时，挎枪民兵突然想起什么似的，又返身冲到田里，将戴眼镜男人拔出的秧一把把捏过去。最后，还真的从一把秧里，捏出了半包七分钱一包的"经济"牌香烟。两个民兵如获至宝地大步冲回田埂，脚步落处，溅起的泥水直往人身上砸。上了田埂，他们又从车上将戴眼镜男人拉下来，刷墙一般一阵推过去，拉过去，要他老实交代还藏了什么。戴眼镜男人一个劲哀求，但那俩民兵就是不依，最后，一下将他推倒在田里。这样，身上刚淋干水的他再度沾满泥水，而且，眼镜也被推掉在泥水里，他低头摸了半天，还是一无所获……

大盖帽公安看了看手表后，朝两个忙碌的民兵扫了一眼，意思是可以走了。两个民兵这才罢休，并洗手准备走。这时候，一个怀抱婴儿的女人一路喊着跑了过来，是石匠老王的老婆明英。老朱意识到了什么，马上从田里走到大盖帽公安面前低声说了几句，像是哀求什么。只见大盖帽公安又看了看手表，然后点了点头，这下，本来发动的车又停下了。

看着浑身泥水的戴眼镜的男人，明英只有眼泪没有声音。她将一包洗得干干净净的衣服递给他，然后将儿子转给一起来的大女儿来娣。又从儿子头上扯下遮阳毛巾，为戴眼镜男人一遍遍擦拭身上的泥水，等擦拭得差不多时，又从行李包中拿出一双干净布鞋，要给他穿上，就在这时，明英的手停下了，眼睛直直地停在了戴眼镜男人腿上。

一溜殷红的血正蚯蚓一般，从戴眼镜男人白净的腿上漫漫渗出皮肤。明英看了看四周，突然起身飞快跑到不远处的学校食堂，从里面端来一个小碗，里面放着半调羹菜油，她俯身将菜油均匀地抹在戴眼镜男人脚上伤口处，然后用手掌心轻轻地在伤口上方不停地拍。没多久，两条肉嘟嘟的青蚂蟥，从伤口里挤出来。

等明英把戴眼镜男人腿上的血和油擦干净后，老朱也从泥水里摸到了那幅眼镜，递上来给戴眼镜男人戴上……看着这些，周围的人，包括大盖帽公安和那两个民兵，都一时不知如何是好。

山里五月，下午二三点钟的日头已经很有些烤人了。也许是穿得太严实，大盖帽公安的额头上已浸出了汗，过了好一会，他才想起什么似的，看了看手表，然后朝两个民兵挥手。于是，吉普车载着戴眼镜男人，卷起一阵灰尘走了。

纸再厚，也终究包不住火。几天后，戴眼镜男人的来龙去脉迅速传遍了整个村。

那时，生产队是工分制，一个满 18 岁的壮劳力，一天不管出工出不出活，一般都按一天一个工计酬。女的打七折。不满十八岁的人，按五到八折计算。好的年成，年底分红一工还有一毛钱，大多数年份也就二三分钱。所以，一年忙下来，到年底分红时，那些靠吃预支粮的人家，不仅分不到钱，往往还要带着钱去补退赔款，来年青黄不接之际，一日三餐难以保证的人家很普遍。

这时，山那边安徽下吴村瞒着上面搞起了包产到组，田里种什么，自己说了算。粮食产量增加了，其他副业也多了。每年麦子扬花时节，下吴村粮食一担担被借到山这边。因为山那边的条件比这边好，大约一个月前，心心念念盼着儿子的老王，就把暗地里怀孕的老婆明英送到了安徽岗南的娘家，让她躲在那里生第四胎。没想到，就在十多天前，伏家村妇女主任春英得知消息后，就带着两个民兵赶了过去，刚进村口，就有人飞快地给明英送信。明英没等在田里挣工分的娘回来，就抓起衣服从后门跑了出来。大道人多眼杂，她专挑小路走，慌忙中，进了一片开阔的油茶园，那油茶树一律两米多高，枝繁叶茂，遮天蔽日，人在里面，仿佛置身大海，渺小得如临深渊。

直到看见茶树上一个个青皮诱人的油茶果，明英才后悔刚才太莽撞，不该进这个地方。以前做姑娘时，因为家里吃的油不够，她曾年年来这里拣油茶。那时每年七月中旬，这里油茶果泛红时节，村里男女老少就会放弃那几分钱一工的活，带着饭结伴到这里来拣。说是拣，其实就是连拣带偷。

油茶园是江苏省第七劳改农场的，由一批批来自各地的犯人栽，犯人采，也由犯人管。不过，能做到管理的人一般罪行比较轻，而且是改造得比较好的。这种人身份也就由劳改犯而换成了场员。

油茶园到底有多少亩？没人说得清，只晓得当初来拣油茶时，为了不迷路，村里人一般四五个人在一起，隔几分钟就互相招呼一声。尽管如此，村里向来胆大的荣生，有次还是走散了，结果两天后，才由农场通知村支书老朱去领人。回来时，荣生衣服上满是棍子抽的痕迹，据说他被吊起来痛打了一顿，连拣带偷的油茶果也被悉数没收。从此，对这茶园，虽然大家是年年来，但年年都提心吊胆。而且，就在今年的正月十三，这茶园里还就地枪毙了一个强奸妇女的劳改犯。

事情发生在除夕前一天，邻村老毛家女儿桂萍被父亲差去农场边姐夫家，接外甥来家里吃年夜饭，本来路不远，可那天等到鸡进囤、羊进圈，还是没见桂萍人影。老毛连夜往女婿家赶，一到那里，吃过饭的女婿一家在刷碗，一听岳父的话，都急了，就沿路分头去找，但到第二天早晨还是没有人影。就在村里更多的人帮着找时，不幸消息回来了。桂萍在山上找到了，可怜18岁的姑娘被人用绳子倒挂在了茶树上。而且，上衣褪到了胸脯下面，裤子扒到了地上……看着咽气多时的女儿，山上山下，一片号啕！

公安部门的调查也就在事发后的第六天早上取得了进展。当天早上，农场七大队火夫蔡大牛在给人分早饭时，突然神色异常，特别是见到戴白色大盖帽，穿蓝裤子的公安进来吃早饭时，竟然连手上的饭勺，一下抖落到了地上。最终，蔡大牛承认了强奸桂萍的罪行。

那天，桂萍走到油茶园边时，因一时内急，就跑进油茶园，解开裤子在茶树边小便，可她的这一慌忙举动，竟掉进一双饥渴却又无意中游移的眼睛。也许是长期禁锢的一种爆发式奔突，此刻的蔡大牛是魂魄飞离，无所顾忌地在顷刻间，将一种多年的积蓄放纵到了极致，并最终因双手用力过猛，而将桂萍活活掐死。等从畅快中清醒过来时，蔡大牛吓得不知如何是好。稍稍稳定了情绪后，他决定用桂萍腰上的蚕丝裤带，将她头颈吊到树上，摆弄出上吊自尽的假象……

想到上面这件伤心事，又急又怕的明英下意识地摸了摸自己的肚子，隐隐感到里面的婴儿正在踢她，这才想到刚才走得匆忙，连吃的也没带，此刻，肚里孩子一定是饿了。想到这里，尽管很怕，但明英还是决定去周围找吃的。

密密层层的树林里，地上除了瘦瘦黄黄的小草，和一些不结果的野红薯藤外，几乎见不到任何可以用来充饥的食物。明英拖着沉重的身子，在树林里尽量朝着有光亮的地方走。她清楚，越是亮的地方，就距离林外越近。大约走了二十几分钟，突然听到了卡车引擎声。这附近应该是有出去的路了，于是加快了脚步。十几分钟后，眼前果然出现了一片西瓜地。

看着横七竖八躺在地上的西瓜，明英恐惧的心理渐渐退去，有的是一种对老天怜人的感激；而肚里孩子也像是看到了西瓜，竟踢得更起劲了。抬头望天，太阳高悬头顶。应该是正午了，明英看了看四周，瓜地东边和西边，各有一个稻草搭在树上的瓜篷，高高的，样子很像电影《地雷战》里那鬼子的岗哨。也许，看瓜人此刻正在午休呢！听着此起彼伏的知了声，明英自我宽慰地伏下身，去找自己即将下手的西瓜：一定要熟的，而且最好是红瓤沙瓤！

这样想着，手已经碰到了一个大西瓜，手指习惯地弹了弹，"噗噗"两声，熟了。明英将西瓜捧回了树林，熟练地放在腿上准备捶开，但很快又把手缩了回来。她怕那样会震坏了肚里的孩子，就走到一棵茶树边，把瓜放到上面，只三下，西瓜就成了两大瓣。还真是红瓤沙瓤！她抓起一块吞下去。一股清凉顿时直透心扉。而且，肚里孩子在一阵欢快的蹦踏之后，竟也温顺了许多。

瓜饱水足的明英准备继续寻找出路，这时，一个戴眼镜的中年男人突然从她眼睛里冒出来。他正笑嘻嘻地看着自己。显然，他已在那里看了好长时间了，虽然头上压着顶鸭舌帽，但那穿着依然是劳改犯的打扮。明英不知所措地捂着肚子，连连后退。戴眼镜的男人连连摇手，像在叫明英别害怕，自己不会伤害她。

明英停下来，将信将疑地看着他，直到感觉他真的没有恶意之后，才一屁股坐到地上。事实上，这么多时间下来，她已经累得撑不住了。戴眼镜的男人看了看明英，然后拣起一截枯树枝，在没草的地上写起字来，一边还做着手势，像是要明英去看。明英试探地挪过身，探头去看地上。上过小学的她认得几个字。戴眼镜男人姓黄，是这里的场员，来这里之前，曾经是常州一所中学的化学老师兼总务。见此，明英就叫了他一声黄老师。

城里的老师怎么会到这里来改造呢？还有，老师怎么会是哑巴呢……她正要深想下去，谁知肚里剧烈地痛起来。她想屏住，却丝毫不奏效。而且，下身很快就有了一种悬空的感觉，仿佛正站在一个高高的悬崖上，眼前有成千上万只金色苍蝇，嘤嘤嗡嗡，上下乱飞，灌得耳朵要炸裂开来。渐渐地，她完全失去了知觉，突然一脚踩空，从悬崖上一下子落到了深潭之中，漆黑一片，深不见底……

不知过了多久，一声婴儿的啼哭，把她从深水潭中重新拉上了岸。等张开眼，发现已经躺在了床上，面前站着一位慈祥的六十多岁的女人。正诧异间，老女人开口了：恭喜了，大姐，母子平安，还是个带把的！

老女人麻利地从身边抱过一个褓褓，这时，一个乌黑头发，紫红皮肤的男婴正扯着嗓门"哄啊哄啊"地找吃的，明英没顾得上多问，立马将女人递过来的孩子，放到胸前喂起了奶。

接下来，明英说了自己的情况，也知道了身边的这两位大救星。老女人姓刘，就住茶园边上，是附近出了名的媒婆，同时还是个民间接生婆。因为热心，周围很多人都认识他，包括农场上的戴眼镜男人——就是那个黄老师。那天，见明英大汗淋漓，黄老师连忙背起她，一路小跑到了这里。刘大妈一看明英的样子，顿时明白了什么，再一看，明英下身已经见红，于是连忙叫黄老师烧水，自己则找来脚盆、剪刀为明英接生。

刘大妈命硬，丈夫在她二十五岁那年，就在一次修路中被山炮炸死了，留下一个遗腹子生下没多久，也因为吃不饱而夭折。后来，农场上一位当医生的老场员和她好上了，隔三差五悄悄相会一次。因为比黄老师大二十多岁，黄老师就喊她继娘。平时，黄老师有些换洗衣服也送到这里，并经常将自己节省下来的馒头、大饼带给刘大妈吃。

相对来说，农场对场员的管理要比正在改造的犯人宽松，特别是像黄老师这种看瓜人。一星期中，只要星期一和星期六去点个名就可以了，所以，这以后几天，黄老师就经常带些油条和麻花来给明英补身子。

在刘大妈家躺了五天之后，刘大妈和黄老师商量，由黄老师用板车送明英母子回家。本来说好送到家后，黄老师就立即回农场，可老王见到自己盼星星盼月亮终于盼来的儿子后特别高兴，加上人家又是大恩人，就一定要留黄老师住一晚上。黄老师盛情难却，却没想到老王后来摊上了炸伤的事，恰巧又是最忙的时候，于是就耽搁了。这下，农场点名时发现少了人，就四处发协查通知，最终，村支书老朱也接到了上面查人的电话，一听长相，就知道了老王家那个戴眼镜男人的来历。

听了明英的讲述，村里人都怀念起那个戴眼镜的黄老师来，但很快又在繁忙中忘记了他。割麦插秧这些活，每天占据着大伙的心事，肚子填不饱，什么都白搭。

三天后，老王还躺在医院里，失去了双手的他，梦中一直念叨着那个红肚兜男孩，村里人空闲时，常常说起那个传说与梦境。自从那一次晚上的奇遇之后，大平就再也不敢一个人走夜路了。老人们说，那是他的阳气不够，给大仙吓着了；倒是阳气十足的光棍荣生胆大，自从大平的事发生后，荣生曾经多次带着红丝线的针，一个人故意去野鸡山头来回走，却不知何故，每次都失望而归。于是，一到工余休息，大家再说起大平遇到红衣女子跳舞的事，他就会一脸失落……

天上一颗星，地上一个人，星与星不同，人和人各异，不是自己的运气，勉强不得。

木林媳妇

六月的风一吹，田里刚栽下去的秧苗就又长出了一大截。远远看去，似一望无际的绿色海洋，风轻轻地在上面滚，卷起一波一波的浪，缩在山脚下的那些低矮房子，因此而显出难得的平静。

中午时分，一个消息振奋了全村的人，并很快吸引很多邻村的人赶到这里看稀奇。

稀奇就在村会计木林娘家，只几分钟时间，她那个窝在猪圈边的小院就挤满了人，外面一拨拨的人还在不断涌进来。人群中，木林娘正在用一块破碗瓷，刮着身边一大堆看上去像莲藕，又有点像人参的树根。说是树根，却长得和胖胖的男婴一样，手臂是手臂，小腿是小腿，连那两腿之间的小尿壶把都粗粗壮壮的讨人喜欢。木林娘用碗瓷片刮去上面一层紫褐色的薄皮，嫩白的肉就露了出来。这些看上去是一大堆，其实只是盘根错节长长的一根。它是木林娘上午在野鸡山下坝埂边的韭菜地头挖来的，那地方埋着木林父亲。

木林父亲坟墓旁边，是一堆乱石头，那是从田里拣出来的。那些年种田，肥料全靠塘泥。时间长了，夹在塘泥里的石头就多了，石头肥田万万年，那石头自然要拣掉；否则，夏天插秧踩上去，脚不戳破，也会咯得麻上好几天。虽然那时候还兴"割尾巴"，不准拥有自留地，但对于墓前这块巴掌大的地方，也没人会去计较。况且上面还扔满了石头。木林娘想老头子的时候，就一个人来这里说话。她相信，睡在这里的老头子会听到她的话。尤其是媳妇骂她老不死的时候，她就会在这里哭着说上老半天。渐渐地，就抽空把这里平整出来，在上面种上了韭菜。旁边一堆石头也一年年地高了，大了，上面还长出山芋苗一般的藤，向四处蔓延开来。几年下来，新藤成老藤，把石头堆整个包裹在里面。这下，风吹雨打，石堆反而越来越坚固。而且一年四季，那片韭菜地也许是有了老伴的照应，竟然一把草灰一撒，那韭菜是割了一茬又一茬。这样，空了的时候到这里松松土，也就成了木林娘三天两头的念想。

这天中午，木林娘松土累了，就歇下来，当眼睛落到石堆上那绿得发黑的藤条上时，竟萌发了看看藤下究竟长的是什么的想法。有这个想法时，仿佛有个人也在催她。定神一想，那人就是在这里睡了六年的老头子！

木林娘仿佛一下年轻了六岁，捏紧锄头，小心地将石头从藤下一块块弄出来，很快，里面就露出莲藕一样的根茎，而且越挖到里面，竟像蜂窝一般一大团。木林娘觉得奇怪，越奇怪就挖得越有劲，晌午过后，才将那一大团根连叶子一起彻底挖了出来。

木林娘挖到龙胆草了！

木林娘挑着那一大团树根回村里的时候，消息立即飞进了各家各户。

院子里，羡慕、失落、后悔、惊奇在每个人脸上变换着，似乎人人都在羡慕木林娘的好运气。木林娘也一遍遍讲述着自己挖到这宝贝前前后后的每一个细节，一边有一下没一下地刮着上面的皮。这时，木林媳妇端着满满一碗蛋炒饭过来：我娘，快吃饭，别饿着了！

"哟，太阳今天怎么从西边出来了，木林媳妇也会叫娘了！"村里几个和木林媳妇年龄相仿的女人开始哄笑。木林媳妇涨红着脸，笑着说，西边出来东边出来，都是照人的太阳，你管呢？

木林媳妇的娘家在周城街上，在她自己看来，要不是父亲成分不好，自己一个长得有模有样的人，怎么也不至于下嫁到这个穷山恶水的地方来。所以，自打嫁到伏家村，她几乎年年要和木林母子吵上七八次，而且每次都寻死觅活。不是喝农药，就是要跳河。一开始，村里人一听到消息就立马跑来，用一张竹床抬着她，往十五里外的周城卫生院跑，紧赶慢赶到了医院，医生一查，却发现她除了嘴唇上有点农药味外，胃里根本滴药未进。就稍微洗了洗，又叫人抬了回来，害得几个壮劳力三番五次，光着膀子一身臭汗抬去，最后又一身臭汗抬回来，而她倒躺在竹床上睡得逍遥，就连木林后来也受不了这折腾。有次，木林火了，就说通医生，一到医院，不管喝还是没喝，首先给她来了个大灌肠。结果，几缸水下去，木林媳妇难受得是眼泪鼻涕往外

当时只道是寻常：许建俊散文选

冒，从此再也不提喝农药的事了，却改成了跳河。

木林家门口是一片麻田，麻田边上是村里二百多号人喝水淘米的塘，塘里的水都是雨水和山上的泉水，加上每年冬天都要清塘罱泥，所以很干净，一到夏季，还是村上人天然的大浴池。

有天黄昏时分，女人们正在河边淘米准备烧饭，木林媳妇却突然大哭着从家里冲出来，直往塘边跑，一边衣衫不整地大喊救命。淘米的女人被她突如其来的举动吓傻了，尽管追在后面的木林一个劲地喊大家快拦住，别让她往塘里跳，但还是没人反应过来。这时，跑到塘边的木林媳妇突然伏下身子，两手一个劲地将塘里的水一把把往自己衣服上捋，边捋还边嚷嚷要跳河了……

女人们一下明白过来了，一个个看着她笑。这一来，木林媳妇索性一屁股躺在塘边，两腿一蹬，骂起了短寿命的木林来……后来，男人们发现，这木林媳妇其实水性很好，而且，天一热，就会在麻田里脱光衣服，一个骨碌滑进水里，一个猛子能扎出五六十米远，这样的女人，村里独此一人！

神经兮兮的，活脱一个十三点！

村里老人看来，最不该摊上的就是木林媳妇这样的人，今天她怎么就破天荒地叫起了"我娘"，而且还将平时恨不得放在嘴里咬得稀巴烂的婆婆喊得这么亲呢？

还不是木林娘挖到了龙胆草！这下木林家可是要发大财，翻大瓦房了。

哈哈……又是一阵哄笑，平常冷清的小院，今天热闹得过节一般。

木林娘挖到龙胆草的消息，终于传到了医院老王的耳朵里。他再也躺不住了，马上带信回来，说要看看龙胆草，让他也见识一下梦中那个红肚兜男孩的化身。因为还在抗感染期，医生不同意，但老王天生倔，说了的事，不做浑身就会像爬满了蚂蟥，怎么也不自在，最后竟然不吃不喝起来。医生把情况告诉了支书老朱，老朱一想，提出个折中办法，说就拉他回村看一次，以防万一，由医生陪着，看完了还是拉回去。说不定这一看，他的伤会好得更快。医生一听，这话有道理，加上医院里懂草药的陈副院长也对龙胆草感兴趣，就同意了。

下午，陈副院长陪着老王回到了伏家村。老王没直接回家，而是被拉进了木林娘的小院。听说老王专门回来看龙胆草，而且还来了医院副院长，小院更加热闹了。当老王家大女儿跟娣和木林娘共同握着一截带着叶子的树根送到老王眼前时，躺着的他，竟要求坐起来，两眼盯着那莲藕一样的树根，亲热得如见到了自己旧时的相好。这时，陈副院长也将眼睛凑上来，用手指小心抠出一小片皮下嫩白的肉，然后送到嘴里仔细嚼，顿时，一股粘粘的汁液粘在了舌头上，味道有点甜，也有一丝淡淡的苦。这一刻，四周的人都在等着他的眼睛，木林媳妇的嘴更是半张着，期待地看着陈副院长。

陈副院长轻轻吐出一片之后，簇紧了眉，伸手准备再去掐那皮下白白的肉。这时，木林媳妇舍不得了，忙从木林娘和跟娣手上夺过那截树根，说"我来掐吧。"她眼睛在根上游移了好半天，才在末梢小心地掐下一小片递给陈副院长，陈副院长接过，还是放进嘴里细细嚼，半分钟后，终于开口了："这不是龙胆草，绝对不是！"

"什么？你说不是？"木林媳妇怔怔地看着陈副院长，一道凶光，从眼球里射出来，直刺陈副院长的脸，"你怎么就能说它不是龙胆草？"

"你说它不是龙胆草，那它是什么？"木林娘像一只鼓胀的皮球，被一下放了气，有些讨厌地看着陈副院长。

"是呵，它是什么？"老王和在场的人都在问。

"它是一种近似何首乌的植物。哦，这也是一种药材，不过值不了龙胆草那么大价钱，是一种南方山区很少见到的薯科植物。一般会生长在北方沙漠地带的石头堆里，南方地区出现，大多是飞鸟衔来的。如果大家愿意的话，我想带回医院进一步研究。

"不要说了，薯科植物？你说它是红薯，是山芋，屁话！亏你还是副院长呢？十足一个鸟毛灰！想骗山里人见识少，把大家糊弄过了，你好把它带回去卖大钱是吧？告诉你，老娘我和你一样，也是吊街角长大的，别在这里不懂装懂了，好好回去练就练就，怎么头上都没毛了还是个副院长吧……"木林媳妇吐沫如苍蝇一般，连同眼睛里的凶光，一齐射向陈副院长，呛得陈副院长一脸猪肝色。

尴尬间，支书老朱来了。一看这阵势，老朱忙打起圆场。一场喜事因陈副院长的来临变得不欢而散。

陈副院长和老王回到医院已是晚上八点过后，安顿好老王，陈副院长推出自己那辆六成新的"老凤凰"准备回家。这时，夜班护士小丁匆匆跑来，说伏家村送来位喝农药的病人，怕是命保不住了。

伏家村？喝的什么农药？陈副院长重新支好车子，冲进急诊室。二十分钟后，他走出抢救室，一个中年男子连忙迎上来。

"剂量太大了，没用了。"陈副院长边走边叹气。

一声"我的娘呀"，中年男子瘫倒在地上。中年男子是木林。原来，陈副院长离开伏家村不久，木林媳妇就和他娘大吵了一通，并将那一大堆树根扔到了塘里，还要木林娘吐出中午那一大碗蛋炒饭……

回家前，陈副院长内疚地来到老王病床前，像是告诉老王，又像是自我检讨。"今天我真的不该把龙胆草的真相说出来，可你知道，我是医生……"

"也不怪你，事实就这样，真人能不说真话吗？不过，我相信，伏家村里一定有龙胆草，一定有。"

老王长长地叹了口气，双眉又舒展开来，此刻，仿佛那个红肚兜男孩又在向他走来……

春天的身影

两个月后，老王的伤痊愈了，支书老朱叫老何带着老王的三个女儿把他拉回了村。而这时，眼望着山那边包产到组热火朝天，山这边也等不及了，老朱连夜把各村生产队长召集起来，开了一个晚上的会。天一亮，全村老少一律停下手中的活，连续三天，拿着皮尺、锄头、镰刀，把村里一百一十七座山头和所有田地量了个遍。然后每个自然村按照五十户一组，人口老中青搭配，经济贫富结合，各村编出三四个组后，在几张小纸条上分别写上一至四个数字，然后地上一抛，各家一个代表趴到地上抓阄。老王家因为困难，村里特意把他分在了男劳力多的一组，以便帮他。

老王回家的第一件事，就是请老何扶着他，去那个让他断掉双手和差点瞎掉眼睛的野鸡山头转转。当初放炮的石头，早已成了一个大豁口，中间一条路像是宽宽的扁担，平柔地向山两边弯去。这时候，回家吃中饭的学生经过，见到老何和老王，都上来打招呼。几个大孩子一见老王，还上来朝他鞠躬，老王慌得不知是受还是不受。

老何说，老王为学校修路受伤，学校专门开大会讲了，当时，很多孩子流泪了。其中四年级老师布置的作文题目：《让我难忘的人》，全班大部分学生都写到了老王。

患难战友，一世兄弟。老何的话，说得老王泪直滚，他急忙离开了这里。从那以后，没有特别的事，他再也不愿去野鸡山，因为他怕见到鞠躬的学生。毕竟，当初那样做，不值得被人抬举。而且，当时他根本就没想到这样做会失去双手，如果知道，现在想想倒要考虑考虑了。毕竟，好端端的双手没了，吃饭、大小便这些本来自己做的事，一下子都要麻烦别人了。

这样想着，老王开始一门心思练习起自己那双断成一半的残肢，还让老婆明英在他半截手臂上绑上把勺子，学着自己吃饭。开始几天，新愈合的伤口因为练得太频繁磨出了血泡，但渐渐结出了一层厚厚的痂。而自己吃饭问题也顺手了，一年下来，又学会了挑担、抽烟，并能自己解决大小便。一年前那倒霉的一炮，正在逐渐走远。

空闲时，看着渐渐长大的儿子茶恩，老王依然会情不自禁地想起那个红肚兜男孩，想起那个戴眼镜的恩人黄老师。本来，对支书老朱是心存十二分感激的，因为老朱让他享受了五保待遇。但这么一年多来，他始终觉得老朱在举报黄老师那件事上不够仗义。这件事，自从在医院里得知黄老师被抓走时起，他就一直记着。可老朱后来也向他交底了，既然黄老师是犯了事到监狱改造的，就应该回到那里去。否则，他和老王一家都担不起窝藏犯人的罪名。那样，说不定最后连老王夫妻也要搭进去……

想不到犯人里居然还有黄老师这么好的人……晚上睡不着时，老王和明英常常说起黄老师。当初，为了记住他，特意给儿子取名茶恩，意思是茶园边遇到了恩人。有一次，老王带着老婆和儿子专门到社渚农场边的刘大妈那里打听过黄老师的消息。刘大妈说，黄老师好像加刑后转到句容农场去了。

而且，上个月，刘大妈的老相好说，最近上面有政策，凡是"四清"中问题不大的犯人都要重新审核，光社渚农场就有一千多人要落实回城。刘大妈的相好也准备回老家南京，而且还要带上刘大妈回城登记结婚！

"你是好人，所以有好报。"见刘大妈越说越开心，老王和明英也都高兴，同时，他们也在心里希望黄老师也能有个落实。

等到下一个麦收季节，村里联产承包到组又开始承包到户了，老王家分到了九亩责任田，五亩多山地。这时的老王，耕田耙地也基本练得毫无障碍了。这年春天，村里到处繁忙，田里栽水稻，地里种西瓜，园子里栽番茄，自己的地，种什么不用生产队长吹哨子，什么东西来钱种什么。于是，老王就在自家地里种起了西瓜和山芋，为了秋后有个大丰收，他还在田里插上了双季稻。可没想到老天不帮忙，一场大旱，所有河塘白底朝天。这下，县委书记坐不住了，窝进一辆乡下人称乌龟车的上海牌轿车，一下冲到伏家村，一座山一座山地看，一块地一块地地转。支书老朱和几个乡亲跟着，见书记热得嘴唇发白，就端上一碗泡得发黑的大麦茶，县委书记双手接过，埋头，水没喝，眼里的泪就下来了……

村口那条不宽的村道上，一溜灰尘箭一般插向山外，灰尘起处，乌龟车驶出了村里人的眼睛。再开进村里的，是一车车来自附近好几个公社的人和抽水机。按照县委书记踏勘后定的线路，不分昼夜开沟挖渠，驾机抽水。一星期后，30公里之外大溪水库的水，经过十三级抽水站的提升，还真的爬进了高出水位200多米的牛头山脚！

而即便这样，地上种的西瓜仍然长得像葫芦，栽的番茄开花不结。就连那山芋虽然长得块头不小，却满身是疤，浑身是缝，泥嵌在里面，不仅难洗，而且，缝里还经常窝着一条条肥地蚕。这样下去，一年到头，从鸡叫忙到鬼叫，日子还是紧巴巴的，山里人家要出头，还得找龙胆草。

老王又想起了梦中的红肚兜男孩。这年，儿子茶恩也三岁了，虽然脸也白，却没有红肚兜男孩那脸上的光泽，也没那么肥嘟嘟的可爱。这样想的越多，就越发思念起那棵梦中的仙草。有空的时候，他又会不自然地去曾经不愿去的野鸡山，而且，每次都会在坝埂上寻找梦中的红肚兜男孩。

三年多时间，坝埂上各种野花野草青了又黄，黄了又青，将三年前的那个新坝埂早就封存进了记忆。在这里要找梦中的仙草，无异于大海捞针。

那天中午，正当老王在坝埂上找龙胆草时，一阵飞机轰鸣声由远而近刺向村里。老王一抬眼，就见一辆摩托车开进了村，上世纪八十年代，这样的交通工具在深山老区自然少见。很快，村里人的目光都聚向了它，老王也赶回村里，赶向那辆摩托车。只见摩托车径直冲向村西头，最后停在了老王家场子上。一个五十岁不到的戴眼镜男人熟练地跨下车，站在那里笑着打量起了眼前的一切。

是他，是那个不会说话的恩人黄老师！老王和明英同时愣住了。

是他，是那个在秧田里被公安抓走的劳改犯！一村的人也愣住了。

"大哥、大嫂，我是……"

"怎么，您不是哑巴？"没等戴眼镜男人话说完，明英睁大了眼睛！

原来，黄老师在做学校总务时，一次出差去南京，看中了一块三十元钱的钟山牌手表，因为自己钱不多，就暂时用学校公款买了，尽管回学校不久就想办法把钱补上了，但还是被同事检举了出来。最后，黄老师被送去劳动改造。审讯时，他曾再三为自己的行为辩解，但没想到因为多辩了几句，一下又多出了三年改造。从那以后，他就索性闭口装哑，直到半年前落实政策重新回城，到一家味精厂做了生产科长。

"早就知道您这个大恩人会有好报的，茶恩呢，快来见恩人！"

乡下孩子虽都喜欢家里来亲戚，但见到生人总是有点拘谨。好半天，茶恩才跟在母亲后面，叫了一声叔叔。

黄老师抱起茶恩，此刻，明英为他擦泥水，拍蚂蟥，还有，老支书给他戴眼镜的一幕，都一一出现在眼前……幸福的泪水，盈满了他的眼眶，也盈满了周围所有人的眼眶！

第二天临走时，黄老师特意跟着老王和老朱跑到每块地里取了土样，说是要带回去亲自化验，就连坝埂上的土样也没放过。

一星期后，化验结果寄回来了，还特意将自己请教农林专家关于土壤种植的建议附在了信里。

秋天的时候，村里按照黄老师的建议，山顶栽上了马尾松和杉树，山腰种植药材、毛竹，缓坡种上茶叶、板栗，房前屋后种果树，林地里放养草鸡和山羊。第二年春天，这里每一座山都竹黄树绿，茶果飘香；竹林里鸡飞蛋落，羊群满坡……过去只长毛柴、石头、歪脖子树的一座座荒山，一下变成了一座座"绿色银行"。就连金山脚下那条流淌千年的金山坝，也在水产专家的指导下试养起了罗氏虾……

滴进土里的每一滴汗水，换来的是村里人日子的丰盈，而生活丰盈了的村里人，对山的开发并未停止：劈山开路，竖电杆，拉电线，把程控电话、有线电视和标准化道路几乎通到每个山头；修水库，建农庄，村里盖起了全乡第一座教学楼……

野鸡山下，那道坝埂围起的湖，已经成了休闲农庄。深秋时节，山上的野柿树上，一串串橙红色的野柿压弯了枝条。远看，似灯笼一般，旺旺地把秋天点燃。湖中，一群鸭子和白鹅，正随着湖水漾起的波纹悠闲地漂着。偶尔一二声长鸣，若无其事地打破着两省的宁静。这里，时光从容成一幅映在水里的画，天高云淡，山影逶迤，恬淡中，蕴涵着几分神秘！

湖边山腰上，是一排青砖红瓦的两层楼。主人就是老王和黄老师。

山那边挂着月亮和星星，那是乡村注视的眼睛；山这边是太阳露出的晨曦，这是城市摇曳了一夜的柔情。我愿意爬上山顶，看油菜花儿黄，看杨柳树儿青；我愿意爬上山顶，去寻找春天的身影……三年前，退休的黄老师和老王一起承包了这片地。日出而作，日落而息，在他们的操持下，无论是山上放养的草鸡、山羊，还是湖中的鹅鸭、鱼虾，都是吃腻了荤腥的城里人开胃的抢手货。况且，春天小麦、夏天西瓜、秋天山芋、冬天橘子，还有坝埂上一年四季的茶叶，这里瓜甜果香、鸡飞羊咩，整个一个世外仙境！

今年春节，老王在美国读博士的儿子茶恩回来探亲，还在坝梗上引种成功了洋龙胆草，那是一种原来只产于北美高寒地带的药材。三月江南，莺飞草长，野鸡山下，铺满了紫红色叶子，蓝色喇叭形小花的龙胆草。明年秋天的时候，茶恩会带着美国一家生物医药企业，专门来收购这些产自中国南方的仙草。

就睡在这片农庄里，年过七十的老王和黄老师，每天夜里都在陪着一大群的红肚兜男孩……

怀旧江南

一场淅淅沥沥的小雨，把睡梦中的江南从泥土里催醒。山上的杜鹃红了，河畔的柳絮飞了，桥上的孩子笑了。燕子低飞在田野里，把一年的心思都挥洒在空气里……一条母亲河，把一大片肥沃的土地，大度地赠送给这里，让这里的山山水水从此有了一个共同的名字——江南。

一段石桥，铺起一段许仙与白素贞的断桥情恨；一口老井，让三千丈的乡愁，漂白海峡那头一位诗人返程的邮票。依依垂柳，悬挂多少唐诗宋词？风吹过，河边柳絮的唱和，是到黄昏点点滴滴了却未了的愁字。有山盟在，却托不起那一纸薄薄的锦书，湿了一怀愁绪，几年离索！

江南永远是一幅品不完的画，也是一首永远读不透的诗！

山中竹笛

一条大河模模糊糊地挂在天际，星星鱼鳞般地散落在长长的银河中，此刻，传说中的牛郎织女也许正静静地倾听着夜阑中的一切。

"明天就要来临，却难与你相逢，只有风儿送去我的问候……"竹笛就是在这时候，蘸着山的清幽与平静，把李谷一的那首《乡恋》送上了天际，送进了牛郎和织女的耳中。

一条依水而建的坝埂，月牙般蜿蜒在村前。每当夜幕降临，乡亲们便合家出动，扛凳搬椅依次散坐在坝埂上。从水中趟过来的山风，把人一天的辛劳抚弄得通体透凉。很久远的故事，这时就从年长者嘴里不停地滑出来，在坝埂上被孩子们的耳朵紧紧地兜着，等着，憧憬着。幽幽的笛声，在这些听故事的孩子心里，仿佛是很远很远的事了。

就在这群听故事人的前面，几个喜欢音乐的小伙子依旧你方吹罢我登台。一份份自娱自乐的喜悦，和着这笛声彼此感染着。对于这些在镇上上中学的后生来说，这是他们假期里最大的乐趣。尽管吹得常常走调，但那是一种梦的陶醉！

这是山中最普通的竹子发出的声音。早在每年的四五月份，小伙子们便三五相邀，去一片竹林里细细挑，慢慢拣，终于相中了一棵品相不错的竹子，砍回来，取下竹节长的那一段，放在锅里用开水煮沸，然后用冷水浸泡，直到清色的竹皮泛出橘红色的光才取出来，小心翼翼地在上面钻上九个圆孔。然后，从竹肉上轻轻撕下一片薄薄的竹膜，放在舌头上湿润一下，把它轻轻地贴到靠近吹孔的那只圆孔上。兴致高时，还可以顺便从大人那里找来一段红头绳系上，竹笛就这样做成了。

那时候，电视机和半导体对于山村里人来说，都是只有大城市才能看得到的稀罕物。在远离城市的山区，可供少年们消遣的，除了玩打仗之外，其他算得上有品位的，就只有这竹笛，和少数人家的几把二胡了。那些在镇上上中学的人，假期回到家只要一有空，或者有同学来访，吹笛是件必做的事。而每每遇到烦心事，只要嘴唇贴近竹笛，那双在 7 个笛孔上移动的双手，就弹拨起了心中深深的希望。这时，仿佛所有的希望都睁大了眼睛，甚至像长了翅膀似的随笛声而去。

笛声里，昨天的灿烂消逝如风，不顺心的日子从此变得多情……

树木的枯荣，翻阅着时光的年轮。夏夜山里的故事，就在一次次夜幕降临里，一年一年地在坝埂上延续，只是听的人越来越少了。而在这群听故事人的前面，只有孤寂的山风在静静地吹。当初那群吹笛子的青年，渐渐地，不是进城工作，就是娶妻成家，嫁夫生子。

笛声一年年变得弱了。

早先，二哥曾是这群小伙子中的热心肠，笛子也数他吹得最好，加上在镇里中学，他的成绩也比较冒尖。（那时，谁家的孩子念书得奖，谁家的孩子犯错，对于全村人来说，都并不是秘密）而如今，身为教师的他，家已搬到了镇上。工作之余，除了上网、看电视，就是忙于应酬，吹笛则早已抛在了脑后。我有一年春节回老家，好容易从他家看到了那支昔日曾舍不得让我碰的竹笛。现在，它成了一种摆设默默地躺在书架上，上面明显积着一层厚厚的灰。

猜想着岁月从笛空里乏味地穿梭，在我的眼前，出现的是过去假如哪天看不到笛子时，心里则连续几天像丢了魂似的二哥。那时，但凡这种时候，因找不到笛子而整天空落落的他，那情状，俨然是鲁迅笔下那位丢了阿毛的祥林嫂！

偶尔在夏天的时候，回到我那远离闹市的老家，村里人大多是些老的和年少的，过去低矮的平房差不多都已翻建成了楼房，房子也规划得像城里的居民小区一样整齐划一了。至于彩电、冰箱等电器，在大多数人家已是好多年前就有了。从吃到穿，即使在山村再偏僻的人家，几乎都能感觉到城市的影子。就连昔日串门这样的事，现在也变得像城里人一样，已经难得再有人做了。到了晚上，山里的人们也像城里人那样，把电灯打开，把大门关上，模糊的窗帘，透出的是山里人对城市的憧憬，重复的恐怕也是城里人的故事！

坝埂上纳凉的人越来越少了，而更多的时候，只有风孤零零地吹着，坝埂被风吹得越来越瘦。

回城时，我从二哥那里要回了那支竹笛，把它擦拭干净以后，放在我的书桌上。每当夜深人静，伏案累了，便会默默地看它，这种时候，在抽屉一般的居民楼里，放声吹笛自然会引起楼上楼下、左邻右舍的公愤，我只能抚摩着它，仿佛在端详着一个分别得太久太久的知己！也就在这时，岁月的笛声，也在心里幽幽地响着……

"明天就要来临，却难与你相逢，只有风儿送去我的问候……"什么时候，再回老家，回到那村前越来越瘦的坝埂上，我一定要带上这只竹笛，蘸着山的清幽与平静，把李谷一的那首《乡恋》吹向天际……

摘不下的墨镜

一个星期天，采访完一位年轻的村办厂厂长，因为还有些时间，我便和他在一条油菜和小麦相拥的小路上边走边聊。

刚才在他的办公室是一番治厂致富的探究，在这里我们聊着聊着就扯上了眼前的景色。"小时候念书，书本上一写到油菜花，少不了用到黄澄澄这个词。'黄澄澄'只写到油菜花的颜色，并未写出它的质感。其实，真正的感觉，应该是黄得发嫩。你看那一簇簇，被阳光照耀得嫩黄嫩黄，让你看了会觉得不是你来欣赏它，而是它想讨你的宠……"

听他这么一说，我不由得摘下成天戴着的茶色镜。这时，眼中的一切虽然有些模糊，却显得更加亲切。尤其在这晴好的春天，黄花、绿草，都变得光滑油嫩起来。不像以前，虽然颜色也好，但总感到层次欠分明。看不出，这位以轧钢起家.把一村人从穷窝里拉出来的厂长，竟然会对这春天的花花草草有如此浓厚的兴趣，难怪他刚才会建议我来这小路上走走了！

我钦佩地看着他，发现他鼻梁上架着的那副特大号墨镜，这时变得更深了。见我摘下眼镜，他也抬起手，似乎也想摘下它，但很快他的手又放了下来，而是转过头，向远处的一片黄绿相间的农田看去。那神态，像是有意在躲避我。但我分明看出，在转过头的一刹那，他的嘴角微微颤了几下……这时，我忽然想起那天我随他搭乘一辆卡车去邻乡办事的情景。

那天，山路崎岖，且满地灰尘。下车时，我俩身上落了满满一层灰。我摘下眼镜擦拭灰尘，而他只是举起手，用手帕在上面擦，却未将墨镜摘下来。在他举手时，他的嘴角也曾这样颤动过。

难道？我开始纳闷。后来，还是他妻子为我解开了这个结。

原来，刚办厂时，为了提前投产，他白天忙材料，晚上还要亲自撑机轧石子。一次，在轧浇地坪的石子时，一块鸡蛋大小的石头从轧石机里弹出来，正巧砸到他左眼上。左眼瞎了，连上面的眉毛都扭成了一堆，而且，还留下了一个很难看的疤……快出院时，他的那位刚介绍不久的对象也回头了。然而，这一切在他看来，像是与他无关似的，只是拼劲干，硬是把一个厂撑了起来。

有一次，城里的一位年轻女经理来厂里谈业务。刚见面，她那画得很浓的眉毛就跳起来，伸出的手也触电似的缩了回去。他愣了一会，便低下头，把伸出的手收了回来……生意没成，女客户前脚走，他后脚就跟出去了。回来时，他的脸上多了副墨镜……

听得出，他妻子在向我讲述这段往事时，声音很涩。我也终于没有问当初她是怎样爱上这位年轻厂长的。

回城后，我以《一位农民企业家和他的大墨镜》为题，报道了他的创业史。他看后给我来了封信，信中说："……其实，当初那女客户的惊吓也是情理中事。本来，人都是追求完美的，残缺给人们的只会是遗憾和同情，甚至害怕和厌恶。当然，持后者的自然是少数。我也并不愿戴上这副大墨镜，但倘若我不这样，总有人看了会受不住的；这样做，无非是想把伤疤留给自己，给别人一个完美罢了……"

读完他的信，我又摘下眼镜，此刻，他转过头去，那嘴角颤动的情景又在眼前闪现……

不止一次，每当从电视中看到战斗英雄史光柱、刘倚脸上架着的那副深黑的墨镜，一种难以名状的感动就会情不自禁地涌上来。

儿时看一些反特或者战争之类的故事片，一看到那些戴墨镜的人，厌恶之情总会油然而生。因为，那时的电影，大凡汉奸、特务、流氓地痞之类，脸上一般都少不了这样一个明显的标志。当时年少，对于个中的所以然，自然无法领悟。

这种对墨镜没来由的恨，一直持续到初中时才渐渐变淡。一方面是因为当时的语文老师曾经做过这样的解释，说戴上墨镜可以隐藏自己的感情；另一方面，大概也与当时一些电影中，一些大无畏的正面角色，如党的地下工作者和侦察员等也开始戴墨镜有关。

而如今，我倒要感谢它了，因为，单就隐藏感情这一点，墨镜的确是为人们抹去了太多的遗憾。

路途坎坷，祸福无眼，人生遗憾自古难免。当旦夕之祸加身时，其痛何以堪？其苦何以堪？然而，当他的脸上架起一副墨镜，虽对于自己来说一切并未改变，但在局外人眼里，所有的苦痛便会减轻甚至消失。如此一来，起码对于当事者来说，这已经是一种自我的安慰吧。这便是上面那位厂长的所谓"把伤疤留给自己，给别人一个完美"。

先哲有言，眼睛是心灵的窗户。细想来，主人公的话是对的。事实上，生活中，我们每个人都是戴一副自己的墨镜来到这个世界的，尽管不一定都有具体的形状，但这墨镜的背后，又一定都是一个纷繁复杂的世界——这或许就是上面这位厂长摘不下那副眼镜的真正原因吧！

掌声响起来

茫茫无际的大海上，一艘千疮百孔的船在艰难地航行着。波涛一阵紧似一阵地盖过来，仿佛要把船吞没。这条船的前方，一艘已经沉没的船仅剩下一根桅杆露在水面。一只巨嘴海鸟栖息在桅杆上，望着深蓝色的海水，一声声无力地哀鸣着……

墙上的这幅名为《乘风破浪》的油画，杨琦几乎每天都要看几遍。这幅画是他被选为厂长的那天晚上，技术员小王送来的。当时，小王什么也没说。但看了这幅画后，杨琦什么都明白了。作为一个拥有近千名职工的省属企业厂长，他知道这画的分量。

江苏省苏南煤矿机械厂是常州市冶金机械局代管的一家省属企业，主要从事煤炭综合机械化采煤支护产品的生产，是当时国家煤炭部 4 个定点企业之一。1990 年以前，它曾是常州市的利税大户，但后来，因外受煤机行业市场总体疲软的影响，加上内部管理及决策上的失误，从 1993 年起连续 3 年出现亏损。到 1996 年，亏损总额达 200 万元。

一座沉重的包袱压在煤机厂每个职工的心上！

1996 年 1 月，一个江南少有的寒冷冬季，虽然春节过了，地上仍积着厚厚一层冰。苏南厂从厂区到宿舍区则更为寒冷。那和煦的阳光究竟在哪里呢？大家都在期盼着……

就是在这种期盼中，杨琦被大家推到了厂长的位置上。这一年杨琦正好40 岁。

"从今天起，如果哪一天你们发现我在耽误大家，由你们对我这个厂长进行公决。如果有 60% 的职工不满意，我就辞职。辞职后，我一不要求组织平调，二不进科室，我就到车间去做工人。车间如果不要我，就自动下岗。因为，大家把我推到厂长这个位置上，是希望企业走出困境，只不过我是你们中的代表而已。虽然我本事不大，但只要大家支持，出路还是有的，尽管我们现在仍然很困难，但我相信事在人为！"他走上主席台，台下一张张朝夕相处的脸上，那一双双目光犹如一道道闪电从他心底划过。他无法拒绝这份信任，唯有把心里话掏出来。

掌声！那是一种拍疼了手心，却仍然觉得未表达出自己内心激动的掌声。这掌声在苏南厂多年没有了。掌声里，一些人的眼中分明带着泪花……

一夜无眠。杨琦开始思考起苏南厂的明天。

液压支架和反井钻机是苏南厂的老产品，但仅靠老产品，企业终难走出困境。因此，对于苏南厂来说，现在需要的是如何降低成本、开发新品，真正实现东方不亮西方亮。

1996 年 9 月 13 日，全厂科室由原来的 16 个一下精简到 10 个。当时，许多人来找厂长，说："当初我们满怀信心把你选出来当厂长，你现在倒好，当了厂长反而不要我们了……"

这时，杨琦心里也沸腾着一股热血。这些工人世世代代在这里，要不是企业现在有困难，你有什么资格，有什么理由让他们下岗呢？不要怪这些工人不努力，要怪就怪管理者自己没思路吧！

他实在不忍心让他们下岗。然而，暂时来看，又别无选择，只能这么做。于是，他强忍着酸楚，把这些深爱着苏南厂的职工所不愿接受的现实告诉他们……

那是一个月朗星稀的夜晚。当杨琦送走最后一名职工的时候，已经是凌晨 2 点多了。他疲惫地走下办公楼。这时，突然七八个老职工一下从楼梯拐角处涌上来。走在前面的一位老工人急切地问："杨厂长，你没事吧？"

"没事，怎么你们？"

"没事就好，没事就好！"

七八个人一起附和着，那样子，显然是松了一口气。工人们说："你年轻，这些天找你麻烦的人多，加上大家又都怄着气，怕你万一忍不住，跟他们吵起来。我们虽然内退了，也有想法，但大事小事还分得清。于是，商量一下在这里候着，万一闹起来，我们可以帮你的忙，哪怕拉拉架也好！"

这就是中国最最普通的工人，他们什么苦都能承受，什么气都能咽，唯独不愿看到集体的事业有丝毫损失。正是因为有了这样的好工人，才使我们的党，我们的国家渡过了一个又一个难关，从胜利走向胜利！

经过改革，企业先后两次共精简了188名职工，而这些人最后谁都没有怨言！

那一次，杨琦出差回来，突然想到供应科退休职工匡少卿因为患胃癌还住在医院里。于是，他买了水果和营养品，急忙往医院赶。

见到厂长，匡少卿像孩子似的求杨琦赶快把他弄回去。他说，自己病成这样，不能为企业创造效益，反而还要每天为厂里浪费掉几十元的医药费；一想到企业这么困难，他一分钟也呆不下去……

多好的职工啊！还有谁把自己的生命做赌注，来博我们企业的兴旺呢?！虽然半个月后，匡少卿带着对企业的牵挂，永远离开了人世。但他的身影却一直在杨琦的脑子里转动。身为厂长，除了带领大家走出困境，他真的别无选择。

为了开发压滤机等新产品，杨琦几乎每个星期天下午都要到图书馆查找资料，每次去，他都要做30～40张卡片……

在他的带动下，全厂干部都主动放弃休息，为苏南厂的振兴日夜奔波。而且，已经离开苏南厂的总经济师沈国民、工程师吴国宪等，也都纷纷放弃外单位的高薪聘用重新回到了厂里。

干部对企业振兴的决心，振奋了被长期亏损困扰着的职工的心。1996年7月，自发研制出的新项目压滤机投产时，全厂职工奋战一个半月就生产出了成品，为产品占领市场赢得了时间。

负重爬坡，交心交底求生存；加压争先，人人参与求发展。面对连续3年的亏损，每一位职工都在扮演着扭亏的角色。

那一次，厂里准备引进一批二氧化碳保护焊设备，结果发现资金不够。消息传出，许多职工把自己家里的积蓄拿了出来，有人甚至把筹备婚礼的钱都拿来了……

经过全厂职工的努力，工厂先后开发生产出了压滤机等7个新产品，为企业走出困境培育了新的经济增长点。

当时只道是寻常：许建俊散文选

1997 年 11 月 27 日，这普通的一天因为与苏南厂的命运紧紧相连而变得不同寻常。在 1996 年减亏 256 万元的基础上，苏南厂终于在这一天实现了当年扭亏。

职工们纷纷把这激动人心的消息，通过信笺，通过车轮，通过电波传出去，传给与苏南厂有关的每一个人。让更多的人来分享这期盼了多年的快乐。

扭亏庆祝大会上，每位职工领到了一床海绵床垫，上面写着"扭亏纪念"四个字。望着坐在水泥地上的职工，杨琦一字一顿地说，苏南厂从今天起，终于甩掉了亏损的帽子，这一天我们睡着醒着都要想着，因为这里面有我们每一位职工的努力；同时，我们更要告诉自己，我们的奋斗还刚刚开始，苏南厂的明天还需要大家的努力。说完，他站起来向大家深深地鞠了一躬。

掌声，又一次如潮般的掌声在黄昏时响起，把苏南厂的影子，紧紧地定格在了晚霞的灿烂中！

朋友

一

刘曾经是一位区委书记，再前面是市里的工商局长，现在是市劳动局长兼党组书记。

从区委书记调任劳动局长那天，正好是星期一。按照惯例，刘可以再等两天，由市委分管组织人事的副书记和组织部常委部长领着到新单位与班子见个面，然后一起吃顿饭沟通沟通感情再上班，但刘总觉得没那个必要。再说像劳动局这样和下岗失业人员紧密联系的部门，事情绝对是耽搁不起的。再说前任已经离开一个多月了，那位老兄又是受贿，又是生活腐化，都快60岁的人了，还这么晚节不保，整个一个劳动局给他糟蹋了……新岗位，新工作，一定有很多事在等着他这位新局长料理呢？

刘这么想着，当天早晨七点一过，就夹起那只褪了色且皮壳裂了的旧公文包，心急火燎地往劳动局跑。

"喂，冲什么冲？你给我停下！"

正当刘埋头往劳动局大门里跨时，身后冷不丁传来一声吼。他头也没抬，依旧往楼里走。可他怎么也没想到，自己堂堂一个劳动局长，今天竟然会被劳动局门卫一把揪着领子，他一个趔趄，差点摔倒在楼前台阶上。

对面前这位面容憔悴、衣着简朴，头发软塌而且有些凌乱的人，门卫显然看不惯，更看不惯来者的这种对政府机关门卫大不敬的做派。也许是过于恼火，门卫涨红着猪肚一般的脸，一只手揪着刘的领子，一只手在擦嘴边的早饭沫子，"你要上访也不看看时间，这是政府机关，公务员上班朝九晚五，你来这么早，是嫌我这把门的闲得无聊是不？"

根本容不得刘插话，门卫的话像碎石子一样，一把一把，夹着碎米粒的唾沫星子直砸过来。好容易等门卫吼累了的空当，刘才轻声地喊了声"师傅"，然后为自己刚才走得急没打招呼连声道歉。同时解释自己今天是第一天来劳动局上班，是新任的局长。

没想到，不说局长，恐怕刚才的一句道歉也就把事情平息了；他这一说局长，门卫嗓门又大了："嘿嘿，大白天你说梦话了不是？局长？就你这两脚乘的11路车来的货，还有这破包旧衣服也是劳动局局长？别蒙人了，你以为我和你一样是第一天到劳动局呢？好了，我看你八成是受了什么挫折，脑筋坏了，这年头反正受挫折的人多了。你现在要么回去，要么在外面等到九点以后再来上访，今后不要再冒充干部了；否则，当心我打110送你去遣送站！"

一声吼，让刘的眼睛顿时不知往哪儿搁。好在他见过世面，而且对机关门卫衙门作态早就领教过。稍稍理了理蓬乱的头发和被门卫揪皱的衣领，刘索性把朝前跨的脚退回来，然后走进传达室，笑着从包里掏出一包"玉溪"，抽出一根躬身递给门卫；然后，又抽出一根放到自己嘴里，摸出打火机点上慢慢吸了一口。当他透过烟雾看门卫时，门卫此刻正皱着眉。刘意识到了什么，立即歉意地凑上去给门卫点上，可门卫不屑的目光把刘挡了回来。只见他漫不经心地把那支"玉溪"放到办公桌上一排码得整整齐齐的散烟后面，然后从排头抽出一支"中华"自顾点上。刘见此，知道来软的不行，索性就耐下性子，边自我介绍，边从自己那支破包里，找出市委干部任免的红头文件和市人大常委会颁发的任命书，一并递给门卫查验。一见这些，本来坐着的门卫仿佛触电一般，从藤椅里弹出陷得很深的身子，又是道歉，又是倒水，又是找局长办公室的钥匙……

经过早晨和门卫近一个小时的纠缠，刘终于坐到了自己的局长室，开始了新的工作。没几分钟，早晨的那一幕，就被他忙得抛到九霄云外去了。但他到劳动局的上班逸事，却很快像苍蝇一般飞遍了全城。于是，朋友来电话，一番善意的揶揄之后，就劝刘，官已至此，也该注意些官场上的潜规则了。但凡是那种坦诚相见的真朋友，几乎都劝不动刘。话说回来，如果劝得动，他们也成不了真正朋友。刘满嘴都是理由，而说得最多的，就是有些人现在还很穷，特别是那些下了岗，又生了重病的家庭。

刚当劳动局长那阵，刘几乎天天都要到基层去调查。市区所有居委会他跑了个遍，却从未在下面吃过一顿饭。局长当然不是铁打的胃，街头巷尾的面摊上，在那些衣服肮脏的三轮车工旁边随便一坐，花三块硬币随便扒拉几口阳春面，就算是一个局长的中饭了。

每天，当人们在大小饭店觥筹交错之际，刘还在自己的办公室整理白天的调查笔记。当人们在包厢里哼着可以签单的不成曲调且满是酒气的歌时，他才夹着那只褪了皮，拉链又因为包里材料太多而总是拉不严的公文包，蓬松着憔悴的头发，孤零零地走在回家的路上……

其实，刘很爱惜自己的身体。因为这，他特别爱吃胡萝卜，他每年吃掉的胡萝卜要80多斤。办公室主任一再劝他，说还是"红富士"苹果营养好。可刘说，胡萝卜的维生素更多。其实，刘那是为了省钱。他算过账，一斤"红富士"的钱可以买五斤胡萝卜，不省白不省。刘爱惜自己的身体，就像爱惜单位里的电和水一样。从担任工商局长到现在，多少年了，他始终有一个习惯，那就是最后一个离开单位。原因是要检查一下过道上的灯是否都已经关了，厕所里的水箱是否已经合上阀；否则，半夜里那水箱"哗啦哗啦"的冲刷声，一下下，就仿佛冲在一公里外他家的卧室里。

刘的钱去哪里了？他自己说是抽烟了。他的烟瘾大，每天两包"玉溪"雷打不动。以前买的人多，要 20 多元一包，现在别人改抽"中华"了，他也因此得福，20 元一包的"玉溪"现在只要 5 元多，一包可以顶现在的 4 包了。

其实抽烟再多也花不了多少钱，那刘的钱究竟去哪里了？

送人了！不是送给上级，也不是自己的亲戚；而是刘素不相识的监狱里的朋友和那些穷人，这些都是社会最底层的人。

刘对穷人最敏感，只要听说哪个人在监狱里无亲无眷，刘就主动想办法去认他做朋友，不仅定期寄钱寄信去慰问，逢年过节还抽空去，带着钱和衣服，认真得俨然是自己的亲人。一年又一年，一个又一个。浪子回头金不换。在刘的关心下，先后有 5 人提前释放回到社会，又是刘东奔西走为他们找工作，让他们改头换面做新人。做区委书记时，每年大年初一，刘都是先带着礼物给孤老和老劳模拜完年后再去父母家。知道刘，并了解刘个性的人都说：这样的好官天下少有，日后一定能步步高升。刘说，再大的官也要为百姓，这是脱不了的责任！

当和刘同样级别的人纷纷调到别处官升一级时，刘也另有任用到了市劳动局，先是书记，后又做局长。虚虚实实，两年中依然是背心变胸罩——平级调动。有人为他唏嘘不平，说老天不公，刘却自我得意，说这就是领导知人善任，人尽其才！

二

刘的朋友不多，偶尔市政府召开组成人员会议，他座位旁边如果不是因为人多，那肯定是空着；要么就是那些在单位里替自己的头头来代开会的小青年（每次开会，无论有多重要，会场里总能看到陌生的代开会者），因为同样官级的人常常不适应他的做法。谁都知道两个不投机的人坐在一起，没话找话的尴尬，会比不讲话更让人难受。

不过，也不是官场上所有同僚都看不惯他。物以类聚，人以群分，这个社会，当市场经济让人们把最珍贵的友谊和最艰难的交易，都放在饭店豪华包厢里以酒量来论时，刘也隔三差五的约上三二知己，几盘下酒的家常菜，两杯用话梅和嫩姜温热的加饭酒。心中有块垒，该出口时就出口。官场上的人，大多对什么都有许多感慨。更何况酒逢知己千杯少！

刘的几个数得清的朋友，一个是女同胞，原先在市经贸委做副主任的关，现在做妇联主席；另一个原先在市总工会做主席，后来到市体育局做局长的张，三转五转，最后又回到市总工会做主席。

刘、关、张，两男一女，三个人虽然性别不一，却也算是禀性相近。妇联关主席在经贸委就因乐善好施闹过笑话：一次，她从电视新闻里看到一条消息：市第一人民医院里一个来自苏北的女中学生，因患白血病正缺钱用，这一晚上，她是翻来覆去睡不着，仿佛躺在病床上的就是自己的女儿。她开始为钱发愁了，要是一个礼拜前，她倒用不着愁。可现在不行，家里积蓄差不多都花在出国读书的女儿身上了。后来，她还是从电视新闻里受到启发，说只要买房子就可以提前支取住房公积金。于是，第二天就到市房产管理处以要买房的名义申请提前支取，结果因手续不全被打了回票。这下不要紧，城市里，有些人永远热衷于传播干部的长长短短。于是，她人没到单位，有关她的被添油加醋的小道消息几乎就到了经贸委。本来低调的她，听了只得向一把手澄清事实以正视听。结果，她买衣服同一种款式不同颜色的往往一买两套，而且往往价格不过两百的消息也不胫而走。还有她经常自己掏钱去慰问那些下岗女工和贫困女学生的事，也很快被大家知道了。现在，她终于名正言顺地做了妇联主席，而碰到知心人，她说的最多的还是愿意去做信访局长。因为自己办公室窗下就是信访局接待室门口，每次看到有人在外面等得焦急样子，她都要上前去打招呼，问情况。也有好心人劝她好自为之，千万别蝗虫吃过界——摆错了位置。可她说，这些自己都清楚，就是一见到上访者期盼的眼神，她就顾不了那么多了……

另一位朋友张，在体育局长任上还不忘扶贫。为了让大别山区的孩子有书念，他一趟趟访贫问苦到农家。一次，见一个黄毛丫头小小年纪，因为上不了学在家里成了大劳力，他一狠心认她做了干女儿，并带到自己局里的击剑队当运动员。黄毛丫头小小年纪就知恩图报，很快成了队里的主力队员。第十届全国运动会上，不负众望杀入决赛，已是市总工会主席的张，高兴得带着妻子亲自到南京为这大别山区的干女儿摇旗呐喊，干女儿这下是占尽人气，奋勇一搏居然一举夺冠，由此，获得了由继父签字并呈报市政府批准授予的市劳动模范奖章……

过去做过的这些事，同僚或理解或不解或冷嘲热讽的眼光，今后的打算……三杯两盏淡酒，五次三番互勉，就这样夹叙夹议中，三人相互交流着彼此所爱。热腾腾的酒，终究敌不过投机的话，常常是一炊子米酒热了又冷，冷了又热……

这样三番五次的聚会，虽然是以月而不是像别人那样频繁得以日为单位，但苦恼的人，其实并不需要太多安慰。往往，彼此间握一下手，问一声好，难得有暇坐下来，三杯两盏淡酒，就已经够了。而更多时候，一杯清茶足已！人生当然没有不散的宴席，好在每次小聚之后，他们总在茶香氤氲中，道一声珍重，然后各自回家！

朋友，就是一杯清茶之后，仍然从茶盅里袅袅蒸腾的缕缕热气。朋友，是多少年之后，虽然音信杳无，却在某天闹市区相遇时，不顾左右目光而喜出望外的一声发自内心的直呼其名，大声招呼！

朋友，更是身居要职却不忘下属，甚至，心间常与素不相识的百姓保持着的，那种不带丝毫功利的牵挂！

而归根到底，朋友只是一种平等的心灵与心灵的相互感应……

车过文化宫

3路车从江南商场那边开过来，稳稳地停靠在文化宫站台。上车的人拥成一堵墙，下来的人，只得从他们留下的缝隙中挤出去。

今天是周末，此刻，文化宫广场正举行"中华情"福利彩票摸奖活动。"二室一厅"或者"夏利轿车"这头奖的诱惑，把人们从平时逛商场的习惯中吸引过来，对于横穿常州城区东西的 3 路车来说，这无疑是一个闹忙的日子。

车上的位置都已坐满，站着的也差不多是背贴着背了。车中门边的一个位置上，一位头戴粉红色绒线帽，身着橘黄色呢风衣，染着一头瀑布式金发的年轻女郎，正两眼注视着窗外。阳光从窗玻璃上照进来，懒懒地印在她那涂着浓妆的脸上，使本来就很美的脸蛋，显得更加艳丽动人。

人们从车门挤进来，又从女郎的旁边走过去。女郎从她那精致的小包中拿出一方洁白的手帕，以一种很优美的姿势，轻轻掖了掖嘴唇。这时，一阵冷冷的风拼命从车门外挤进来，几乎与此同时，进来一位包着蓝头巾的老太。

老太 70 岁上下，上车时，她低着头，两眼始终看着脚下。直到上得车来才抬起头，目光无所谓地扫视了一下周围，那神态似在表明，她在上车前压根就没指望还能有一个属于自己的位子。

车启动了，老太见穿橘黄色呢风衣的女郎旁边有根铁杆，就慢慢地靠上去，一边还下意识地将目光落在了那个女郎身上。真漂亮，比那电视里唱歌的女明星还好看。老太也许是在这么想着，渐渐地把目光移向窗外。

一张被皱纹紧紧包裹的脸上，干瘪的嘴唇及高凸着的额骨，还有那深陷下去的眼窝，连同那已经很驼的背。此刻，老太的一切，应该全都挂在了女郎明亮的双眸里。

又是一阵干冷的风从门缝里钻进来，站在女郎旁边的老太明显地哆嗦起来，并很快就有了一阵咳嗽……

"大娘您坐！"女郎红着脸站起来，朝老太微微一笑。她旁边的一位中年人好奇地看了看她，又看了看那位老太，然后又把目光移向面前这位漂亮的女郎。

"小姐，您这是？"

"坐吧，我马上就到了！"女郎说完，漫不经心地把目光投向窗外，她能感觉到周围正有好多双眼睛注视着她，她的脸仿佛被火烤了一般，刷地红了……

也许出于感激，老太一边连声道谢，一边挪上女郎让出的位子，一股暖流立即从座位爬满老太全身。

车厢里在经历了片刻的骚动之后，很快又恢复了平静。

一站，二站……当车开到水门桥站头时，女郎朝老太甜甜地一笑，然后就优雅地下了车。透过车窗，老太那双满是感激的目光，一直把她那美丽的背影送进匆匆的人流……

送下一批乘客，又带上一批新的乘客，3路车继续向牌楼弄方向开去。这时，老大见身边又站了一位与自己年龄相仿的妇女，便下意识地把身子往里挪，终于腾出半个位子，让这位妇女坐上去。

现在已经是上午9点多钟，从车窗射进来的阳光已经明显变得暖了。

看着今天这车上的一切，站在一边的我，竟忽然觉得，车门边的这张座位也成了一个车站；只是，车外的站头总是有终点的，而车内的这个车站却永远没有终点！

写给父亲的信

石峰死了。

石峰其实只是他的笔名，他的真名叫徐峰。不过，平时叫他石峰的人比较多。

他是两年前从贵州来这个城市打工的。自然是那种一根竹扁担，两头挂着蛇皮袋中的一个。他虽只有18岁，但样子却很有些老，许是活太重，吃得又太差的缘故。他是昨晚被人用水果刀刺死的，胸部两刀，头部一刀。和他同车间的人赶到医院看他时，一块白布已将他和这个世界永远地隔开了……

在整理徐峰的遗物时，人们在他睡的地方理出一大堆信。除少数几封是属于家信之类外，其余都是一些报社或杂志社来的退稿信。见此，人们便想起他生前喜欢写东西，写了许多也退了许多。虽如此，他几乎还是每天都要去传达室等送信的来。有时在班上走不开，他就请人代一会儿。当有人开玩笑，问今后怎么谢时，他就说："如果文章发表了，就一定买一包正宗的'红塔山'给大家抽抽，不买不算人！"说这话时，他总是一脸的认真。

其实，他的"红塔山"大家都没抽过。每次过后，大家也就把他这句话给忘了。因为，他每次从传达室回来，脸色一律很暗……

倒是有过两回，他差一点买了"红塔山"。

那是因为上面要来厂里检查精神文明工作，在突击黑板报时，宣传干事把他的两篇说是散文的东西用上去了。看过的人还都说很感动，有几个平时嘴上还沾点文学味的家伙还怂恿他，不妨将它们投到报纸上去。听着此话，本处于兴奋中的他，脸色倏地又阴了下来……

那篇散文确实很感人！

当阴郁的他面对朋友善意的提议而默默背过身去时，劝他的人还是这么认为。

那篇散文是不久前才上黑板报的，写的是他常和大家谈起过的事。今年10月，他老家来电报，说他父亲死了，要他回去奔丧……他说贵州到这里一来一去路费要花掉他一个月的工资（他在这儿打工的工资每月约1100元），他想，家里缺的是钱，而不缺他的孝心。于是就没回去，只寄回去800元钱，剩下的一些除买稿纸和信封外，就是生活费了。好在他晚上常到一些快餐店帮助送快餐，一日三餐人家包了。

黑板上写的那篇散文，就是他要告诉他地下的父亲的那些东西，题目是《写给父亲的信》……

下午，公安局的人带着报社记者到了厂里，徐峰的死因也调查清楚了：昨晚11点多，不知从哪摸进来两个小流氓，在厕所边上截住两个上厕所的外来妹。一个强行挣脱跑了，另一个被两个流氓强拖至一废料堆旁。正当他们欲轮番施暴时，斜刺里冲出一个黑影，上来就和他们扭打在一起。这时，听到周围有人喊着赶来，两个流氓便拔出匕首朝拖住他们不放的徐峰连连刺去。

当时他为什么会在废料堆边？这是一个谁都回答不出的问题。那位记者边听边翻拣着死者生前的信件，突然，他的手不停地颤抖起来，目光紧盯着手上的一封退稿信。原来这封信不久前就是他退的。当时，他只是看了一下来稿的地址便退了出去。记者轻轻地取出退稿，它就是《写给父亲的信》。

看完稿子，记者似有所悟地对大家说："昨天是徐峰父亲的生日，也许这就是他去废料堆边的答案……"记者说这话时，嗓子明显有些不自然。

第二天，市报第一版花了很大篇幅报道了徐峰与流氓搏斗的通讯。而在第三版文学副刊的"处女作"栏内，也同时发表了《写给父亲的信》这篇散文，作者石峰的名字上加了个重重的黑框……

这一天，厂里几乎所有职工都买回了当天的市报，就连厂服务部那两条搁了很久的所谓正宗的"红塔山"，也被徐峰车间的人买走了……

同乡

周末，燥热难耐。突然，一阵急促的电话铃声把我催下了办公楼：就在单位附近的一个加油站，有人发现了一个小偷。他在别处偷了一辆自行车一路逃到这里，被随后追来的三个小伙子拦住了，现在双方正扭打在一起。电话是与我们单位一墙之隔的一所中学的保安打来的。

在加油站旁边，我赶到时那里已聚满了人。城里永远是人多，尽管天热，但人们对于那些可以用来一笑的事却总是那样执著——这大概也成了现在老死不相往来的城里人难得的一个可以放松自己，可以一致对恶的契机。于是，一种同仇敌忾的情绪，贴在了每个人脸上。

被抓的是个穿一件褐红色衬衫，着一条脏兮兮裤子的中年人，额头高耸，眼睛深陷，一种高深莫测的恶人相。瞧那桀骜不训样，就可以想见擒获他的不易。闻讯赶来的民警将小偷押到车里，当然是按着脑袋挤进去的。临进去时，小偷把头昂得很高，一双眼睛死死盯着眼前几个抓他的人。最后，目光在面前那个挎着衣袖，面黄肌瘦的高个脸上猛刮了一下，抛下一句针对瘦高个妻子的粗话，被警车带走了。

——原来他们是同乡！异样的目光肃然投向了瘦高个。

刚才要不是瘦高个及时伸出铁钎，把小偷绊个跟头，小偷逃掉是不成问题的。瘦高个披一件厚厚的西服，握着铁钎的手上还缠着块红布，那红布显然已经被血渗透成了暗红色。

看到那身夏天里穿出的西服，一个熟悉的身影突然从我脑海里蹦了出来，是他！

这时，他好像也认出了我，先是冲我愣愣地看着，继而是一脸感动："老板，你也在？"

"快别叫我老板。"

"我们打工的见你们城里人都叫老板。"

"我不是老板，是记者，或者你就叫我师傅吧！"

"记者？好，这年头我们要不到工资，就是你们帮我们报道。不过，你们有的也不好，我们为了要工钱爬上高塔，说什么我们是跳塔秀，富人不知饿人饥呀！我们家里上有老，下有小，要不是穷，谁愿意出来受这份罪？还有，要是有人给我们公道，我们会去跳什么塔呢？夏天太阳烤，冬天寒风刺，民工的骨头当真有这么硬吗？你要是能说到话，不妨去叫那些富得连家里狗都吃得比我们好的工头，少克扣我们的血汗钱……"

话像水一样从他嘴里流出来，仿佛我和他很熟。这时，周围的眼睛都投向了我俩。他的声音也因此高了起来。"他是记者，他请我吃过饭，就在三天前。"

周围的目光将信将疑，为了证实自己的说法，他把求援的目光递向我。

"是这样。"我点头。

那是三天前一个正午，高悬的太阳火球一般照在地上，行人被逼得直往树阴下躲。我就是这时候在加油站边一个小吃店门口遇上他的。当时，我正吃着快餐，身边是轰轰的鼓风机声。

"老板，这里有没有3块钱的快餐？"正当我喝完赤豆粥准备付钱时，一个沙哑的声音带着几分拘谨从门外飘进来，我的眼睛下意识地寻过去，声音是从他嘴里出来的。瘦高的个，身上披一件厚厚的西服，握着铁钎的手上还缠着块红布，那红布显然已经被血渗透成了暗红色。

"都6块，现在米和油都涨价了，哪里还有3块的?!"仿佛遇到了冲头，老板娘没好声气地把话狠狠地一掼，就像平时在青菜里突然发现了一只大青虫一般。

瘦高个无话，悻悻地往前挪着，也许是太饿，也许对别的地方是不是有3块钱的快餐也没有把握。他的脚老半天才挪出一步。而且，很快又回过身，"能不能便宜点，我少吃点菜，多点饭就行？"瘦高个的声音更低了。

"不是说过了，现在米也涨价了？!"

老板娘话更重，吃饭的人都听到了。每个字都是一个个石子，滚烫地砸在瘦高个脸上。瘦高个尴尬地躲着四周的目光。鼓风机声更响了，声音烫，风烫，整个空气都烫……

"你坐下吃吧！"我轻轻地说了一句。瘦高个像是突然遭遇了什么，双眼满是怀疑地看着我，显然他认为自己听错了，或者想我是在对别人说。

"这位老板帮你付，你坐下来吃吧！"老板娘做了回答。

我点点头，指着旁边的位子示意他快坐下吃。

"谢谢你，谢谢！"他看着我，眼睛和声音都像是浸了水，湿湿的。

"没什么，你手怎么回事？"

"在工地上干苦力，虎口被铁钎震裂了感染后烂的。"

而且，他背上也因为感染而起了疱疹，只好穿上厚厚的西装。

我为他付完钱，起身要走。瘦高个忙站起来再次谢我。眼睛上面的眉毛几乎都红了。

"没什么，你们在外面也不容易，只要自重，会有人帮你们的。"说完这些，我隐约感到自己话太多了，就马上刹住。

"我会做好人的，你放心！"瘦高个放下碗，站在那里恭恭敬敬地说。

我依然点了点头，走进了滚烫的太阳下……

没想到三天后又在这里见到了他，还有他的同乡。

"那小偷是你的同乡？"我像是在没话找话。

"谁叫他偷人家的车呢！你忘了，我向您保证过，我会做好人的！"他一脸的自豪。

"哦！"我被四周同乡般相逢的目光热热地围着，又是下意识地点了点头。

起风了，虽然小，但在这烈日烘烤下，风还是穿过滚烫的阳光，直往人心里钻……

乐曲中的历史
——太平军锣鼓畅想

1851 年，广西桂平金田村。

一个叫洪秀全的农民带着一群和他同样命运的人揭竿而起，自发组成了一支称为"太平军"的队伍，并由此开始了与命运的抗争。仅两年时间，这支农民义军便占据长江以南的大片土地，建都南京（改称天京）。时距公元前 207 年爆发的我国历史上第一次大规模农民起义——陈胜、吴广大泽乡起义为 2058 年，距新中国成立亦近 100 年历史。

一部中华民族奋斗史，在某种意义上说，就是这群土生土长的农民，用自己的勤劳和勇敢写就的。现在，这历史正随着那激昂豪迈的太平军锣鼓向我走来。在 1851 年金田村爆发出的那场农民起义之后的今天，溧阳戴埠镇的一群年逾花甲的老人，又奏起了当年的太平军乐！

演奏开始，三二只小锣小鼓，配之以两只大锣钹，由缓而急，错杂交替。随之，清脆之中渗透着宽广豪放的曲子，立即让人从轻松的状态一下子回到紧张。仿佛万千匹战马正由远而近，并有阵阵紧张的脚步沙沙而过。即使在十里之外，也一样听得十分清晰！据说，这正是当年太平军战士备马集合，整装待发的情景。

紧接着，4 杆比一般唢呐长出三倍，被叫做"招军"的长形喇叭斜插苍穹，吹者屏气凝神，不按音孔，只是凭嘴唇运送气流的大小快慢，来决定声音的高低长短。往往吹者的腮帮一鼓，一种苍凉，悲壮之情立即笼罩四野，闻者无不为之肃然起敬，顿然有一股壮士一去今不复返之气深入心底……正在此时，大鼓锤由边缘渐渐向中间相向滚过去。那节奏，如急雨初至，似骏马踢腾，声音则仿佛暴雨前的紧雷在水中窜滚，由天际直穿心肺，余音不绝。此刻，你眼前似有千军万马，正斗志昂扬，只待出征鼓响……

未容你缓过气来，4只铜色已暗的大锣同时骤响，鼓也随之更急，混合奏来，气势跌宕。此时此刻，你耳中像有千军呐喊，万马嘶鸣，而眼前分明是尘土飞扬，战马奔腾。如果刚才的情景是沙场秋点兵，那现在便是万马奔腾，秋风扫落叶。

接下来，木鱼、撞铃，大钹小钹，铜锣板鼓，大锣小锣等一齐加入进去，节奏短促激烈，闻其声便会想到那千军万马杀成一团，剑去戟来，刀举枪挡的场面，而你的心也一定被那惊心动魄的场面紧紧维系……

紧张的等待之后，你总算找到了放松的机会。这时，大小锣鼓、板钹、木鱼等开始由紧而慢，舒缓相间，完全是一派轻闲活泼的气氛。这是太平军锣鼓的结束曲，表现将士们胜利后载歌载舞，普天同庆的场面。

在15分钟内，农民们用最民间、最变通的锣鼓、唢呐等乐器，淋漓尽致地再现了100多年前，那支英勇善战，席卷江南的太平军冲锋陷阵的英雄气概！

相传，1861年，太平天国忠王李秀成率兵由苏州攻进上海，一举粉碎了英、法、美、印度等4国侵略者拼凑起来的"洋枪队"，这时，都城告急，李秀成不得不回师天京，余都继续留沪作战。形势急转，太平军因此屡屡受挫，其中一支便流落到溧阳戴埠等地，驻扎戴埠，因其使用武器多为长矛，故当地百姓称他们为"长矛鬼"（前些年，戴埠镇上尚可找到太平军当年设下的营棚、马厩等遗址，可惜如今遗迹全无）。挫折之中的太平军因留恋旧绩，感及现状，常伤心泪落而演奏太平军乐。于是，耳濡目染中，当地百姓也学会了这支曲子。多年来，人们把它继承下来，每逢节日或喜庆之日，就聚在一起演奏起来。每当此时，当地百姓方圆几十里外都竞相来看，颇有"锣鼓一响，万人空巷"之盛况。

另据考证，太平军锣鼓是我国目前所发现的太平军中锣鼓乐唯一现存的实例。从这一点来说，溧阳太平军锣鼓对挖掘和弘扬我国民族艺术是弥足珍贵的。

在我看来，太平军锣鼓之所以越来越受到更多人的喜爱的真正魅力，也

当时只道是寻常：许建俊散文选

许正在于它与历史、与人民群众利益所紧密结合在一起的缘故。虽然其乐器，其演奏者从开始到现在，还有着太多的"土气"，但它毕竟是一种艺术的厚实和历史的真实，更不消说，它还有着"太平军"这样一个意味深长的名字了！

半座茅山

日暮衔花飞鸟还，明月溪上见青山。

遥知玉女窗前树，不是仙人不许攀。

两千多年前，一苏州老者仰首茅山主峰，捋须留下如此仙境一般的赞叹。从此，他身居此山，日观兽走鸟飞，夜枕馨乐香火，直至终老茅山。此人便是唐朝那位心系平民，蔑视权贵的著名诗人顾况。

顾况来茅山时，已过半百。当时，他因一首《海鸥咏》涉嫌嘲讽已故宰相李泌，被朝廷由秘书郎贬为饶州司户参军。不久，便辞官隐居茅山。

人生失意恋深山。自诗仙李白开始，隐居深山，就成为中国文人骚客用来躲避人世间疙疙瘩瘩的共同习俗。失意于官场而落魄于老境的诗人，之所以会将眼前的茅山描绘得如此优美，无疑是受了本位主义的影响。要不是自古文人身上特有的那份清高，他又怎能有"不是仙人不许攀"之叹？！

在我看来，茅山之实景，与顾况笔下所绘之韵，终究是有着距离的。

由此，我对茅山的印象也自然淡了几分，再加上也许是受一种狭隘的（其实也是本位的）地域观念影响，作为一个常州人，实在觉得对于常州，确切说对于金坛而言，茅山其实只有一半，就更对它无多大兴趣了。也曾有几次插足茅山，但都是匆匆而过，走马观花。这一半是囿于俗务缠身，另一半则是兴趣寡然。当时的茅山，与其说它与风景紧密联系在一起（包括它所蕴含的道教渊源），倒不如说是它与贫困紧密地联系在一起。只是人们似乎出于某种忌讳，总以一个"老区"来指代它罢了。

然而，就是这样的半座茅山，却使我深深地为它感动了一番，这便是今年4月下旬受常州日报之邀，参加茅山笔会的那次茅山之行！

大巴载着整天受惑于城市之围的我们向深山驶去。上得山坡，已近上午10点，上山的，下山的，红红绿绿，男男女女从车窗次第闪过。见此，有人不无遗憾地告诉大家："看来上午是上不去了。"果然，车抵金牛岭时，通向顶峰的索道前早已人满为患。那条长长的索道，炫耀着五颜六色的游客，正舒缓而紧张地上下铺展着。顺索道抬眼望，茅山顶峰人头与楼宇的飞檐翘角，早已挨挤成一幅杂乱无章的画。此刻，若是在秋天，隔一层薄雾看顶宫，想必该是一种仙境了。

据说过去上茅山，须爬999级石级方能到达顶宫，而如今不要几分钟便可到顶。早知有一天人类上山能先进到这种地步，顾况就不该发出"不是仙人不许攀"的感叹。不知何故，我竟替顾老先生的诗中所憎已成为历史而忧虑起来。不过，很快便又释然了，因为，世上狡诈之人毕竟少数，众多的上山者，应该是不违他这位"平民诗人"心愿的！

上山无望，导游便临时改变计划，先去乾元观。

乾元观是前年刚发掘出来的景点，规模不大，却很有些名气。传说这里为秦时李明真人的炼丹院。秦始皇也曾到此求长生不老药。南朝齐梁年间的道士陶弘景也曾隐居于此，并落得个"山中宰相"的封号。因此，自古就有"秦汉神仙府，梁唐宰相家"之誉。

借着这份神秘，来此参观的人大多要去瞻仰一番李明真人留下的那口炼丹井。虽然真人终其一生都未炼出任何金丹，但那清幽幽的井水，却一直荫翳着人们的虔诚。几乎每一位游客都会情不自禁地躬身汲起一捧井水。我们一伙捉笔者，也都心照不宣地一一照旧，如此风雅一番之后，竟觉得在道姑那《高山流水》的古筝曲烘托下，一颗整日为城市烦躁着的心，顷刻间也幽远得清静起来……

出得观来，信步于石级，我又想起那位创下此院的李明真人来。真人虽然老死都未炼出金丹，但他数年孜孜如一日的过程，倒是胜过了金丹的魅力。如今整天被浮躁的现实纠结的我们，有时缺少的，似乎就是这种对目标的坚贞！

下午，经过金坛市委宣传部同志的努力，我们一行得以提前上索道了。索道位于茅山主峰大茅峰南坡，由金牛岭至茅山顶宫，全长 878.2 米，是当时江苏省第一条巨型吊篮式索道。山下看索道，似两条缎带，披挂着茅山的神秘与热闹。置身于索道之上，人仿佛被一种神奇力量托举着，向那香烟氤氲的顶宫飘去。

顶宫原名九霄万福宫，是茅山目前主要的道场，也是金坛与句容两市的分界处。灵官殿、藏经楼、大雄宝殿、二圣殿都依山而筑，气势雄伟。加之笼罩着一层三茅真君等传说的朦胧与神奇，更使这里游人如织，香客如云。尤其是金坛市近两年在顶宫旁新添的索道、观景台等景点，更让故地重游的老游客平添一份陌生的新鲜！

当我再次乘索道，由茅山顶峰向下滑行时，突然觉得自己仿佛被塞进一个凝重的历史氛围，透过炼心愿炉内那醮着李明真人一脸专注的点点星火，我仿佛看到了那盏曾穿透过无数恐怖之夜的马灯。灯下，一位英武中不乏儒雅的四川汉子，正站在一幅地图前低头沉思……茅山，积淀着道教的历史，也积淀着一个民族，一位伟人的艰苦梦想。就在我的身下，这片曾燃起熊熊抗日烽火的土地上，在上个世纪 60 年代，4000 多名热血青年，从城市汇聚于此，以冲天的干劲，在茅山脚下植树造林，开塘养鱼。无论茅山林场，还是茅东水库，平地里的无中生有，熔铸着 4000 多名热血青年的火热青春。虽然至今看来，这段历史可能尚需辩证的结论，但那挺拔茂盛的知青林，是足以告慰如今一个个早过不惑的建设者，那日里夜里的永远牵记！

顺着这种牵记，纵目远眺，四月的金坛竟青青黄黄，如诗如画般地向我走近。其间，四通八达的黑色道路，串起一座座现代化村落，肆意地展现在我的面前。

——这条索道让人走进历史，又让人回到现实！

从索道下来，我又想起了半座茅山这四个字。风景只有当她被充分展示在人类的面前，才会真正显示出其内涵。上有天堂，下有苏杭。而常州的少山少水遐迩闻名，却常使我们在客人面前落入尴尬的局面。倒是金坛这两年却在旅游上大动了笔墨，全面恢复了乾元观通金牛岭的索道，如今又在茅山脚下新辟了华东地区唯一的狩猎场，金牛洞、茅庐山庄及矿泉沙滩浴场等景点。

在顶宫时，我曾碰到该市一位主管旅游的领导。他告诉我这样一个事实，现在每到旅游旺季，来茅山旅游的中外游客每天有数千人。不仅如此，这其中一些人走时还给金坛留下了许多合作项目。当时，这位领导正陪一批泰国客人参观。当我把目光投注到那群似乎已经完全沉浸在惊奇与欢乐之中的客人时，他们竟光着脚，只是随意地套着一双双拖鞋，男男女女，无一例外，那样子，亲切得如回到家一般！

对于金坛人，前些年在一些人中流传着这样一种说法，说他们是敦厚有余而精明不足。持这种观点者常举出这样的事例以佐证。说从土壤、气候等因素看，金坛的茶叶质量不比宜兴、溧阳的差。事实上，金坛茶叶的产量与质量也是早就名声在外的。但在做茶叶的文章上，金坛人却是在与他们一路之隔的溧阳把茶叶节炒得轰轰烈烈之后，才省悟自己的迟钝！再有，金坛因其地理位置及地产的丰富，原本也可以成就几个大市场的，但是，等金坛人真正想起来时，宜兴却冒出了一路又一路的陶瓷市场，而溧阳也巧借苏浙皖三省之物产，一下摆出十多个边界交易市场。另外，长荡湖大部分都在金坛境内，但当只有长荡湖一只角的溧阳把一张开发长荡湖湿地生态园的图纸画得花花绿绿时，金坛人只留下一声长叹……

然而，对于曾经诞生过一代数学巨星华罗庚的这片土地来说，52万金坛人也许正如华老一样，沉默之中，却孕育着一个厚积薄发的气势。当1992年华罗庚科技成果交易节开幕的消息不胫而走时，人们开始另眼相看从茅山脚下走出的金坛人了。一年之后，金坛人又以他们这位伟大儿子的名字，自豪地命名了一座现代化的科技城。这一张张科技强市的王牌，一下把金坛打出了常州乃至国外！

其实，金坛人并未让世人的思维，仅仅停留在华罗庚留下的那片光芒里。这两年，围绕半座茅山，他们又在设计着新的牌局，首届茅山登山节便是金坛在以旅游业开发带动经济新的运转方针下打出的又一张漂亮的牌。

曾在茅山战斗过的江苏省首任省委书记、原中顾委委员江渭清，生前在80年代初就曾告诫这里的人民，要千方百计把茅山建成"金字塔"。对茅山怀有深深感情的人，除了像江渭清这样一些曾在这里战斗过或工作过的老前辈之外，当然是生于斯、长于斯的金坛人民。今天，金坛人不仅在心里牢牢记下了前辈的话，而且正用双手在努力地把它变为现实……

下得茅山，在金坛城西角大转盘处，当那双手托着金坛子的雕塑醮着晚霞的光芒撞入我的眼帘时，我忽然觉得，所谓金坛人精明不足这一观点的偏颇之处，便也显得十分明显了！

门口的西北风

看到这个题目，如我这般已过不惑之年的人，也许会想起年幼时耳边常常响起的那句长辈的教诲：人要是懒，就连西北风都喝不上！

儿时懵懂，对这话一直是一知半解，加上不长记性，以致耳中即使听出老茧，也依然没弄明白。长大了，耳中装的东西太多，也就渐渐忘了。之所以重新拾起并再也无法从记忆中抹去，是因为十多年前那次对一个民企老板的采访。

老板出身农村，儿时贫寒，所以早就辍学在家挣工分，无奈工分廉价，父母想让他学个吃百家饭的木匠手艺。偏偏他心比天高，不愿跟师傅吃那三年的萝卜干饭。于是一连多日赖在家里四门不出。一日家中断粮，晚饭时分，看着冷锅冷灶，听着薄膜糊着的窗子在飕飕寒风中呼呼直响，母亲一个劲长吁短叹。当焦灼的目光终于落在儿子树一样高的个子上时，一向隐忍的她或许急火攻心，倏地拎起他的一只耳朵往大门口拽："你就是喝西北风也要走到门外去，窝在家里能喝到风吗？"

一语警醒梦中人。若干年后，常州城里就多了这样一个小木匠。又是若干年，小木匠的连锁店几乎开遍中国！

如今，这位木匠，在很多场合他的上衣口袋里都会插着一只钢笔，为的是及时记下自己认为有道理的话。如一时未能领会，必虚心讨教。在企业，他带头成立读书角，定期举行学习成果分享会，而且自己几乎每次必到，并上台和员工一起分享学习的收获——在他看来，学习没有任何借口！

这是一种境界，更是一种生存常态。世有疑惑，必须发问，而问只有通过学才能解决。

我是谁？我从何处来？我究竟想干什么？我又能干什么？……人生在世，疑惑太多。细思之，其实每个人的生活并非为了答，而常常是为了问。答是一个过程的终结，而问却是一个过程的开始。当然，从幼儿园到小学，从小学到中学甚至大学，我们所受的教育却一直是在训练回答问题。先把老师教的答案记住，然后考试的时候再还给老师。正因此，才会出现每年暑假，无论高三还是大四，都有一批批学生会将自己曾经苦读的书一一撕掉或付之一炬。是书害他（她）了吗？否。有很多书即使不让看，他们也会想各种办法偷着看。当然，这种书与教科书相比，大多更能刺激他们去不断发问，而教科书则大多是催着他们赶快回答问题。这答的过程，早让他们身心疲惫。如何让这种负担成为享受？有人把这个艰巨任务全推给了素质教育，但实践下来，依然是理论的乐观胜过实际行动。累，还是今天中国孩子乃至家长和老师共同的叹息！

既然如此，又怎么会出现上面小木匠的学习没有任何借口呢？结论就在于问与答两个字。也许，现在小木匠心中最清醒的问题只有一个：就我这样一个人究竟还能做多大的事？为了这一问，他会被激发着去尝试更多的路。而每条路尽管荆棘丛生，岔口不断，但他却能在不断追问中得到解脱与满足。这样的状态，是否可以称之为终身学习呢？这种学习不是为了简单地去回答别人期待自己必须回答的一个个问题，而是为了解开自己心中的一个个疑问。这些疑问，有时也许自己可能一生都无法找到答案，但那样一个沿着追问不断探寻的过程，终究是让人魂牵梦萦。

由此想到了前不久德国之行了解到的这样一个事实：德国宪法规定教育是国家的事，并倡导"我们德意志共和国的希望就决定在教师的讲台上"。因此，他们不仅从幼儿园开始实行免费教育，而且对音乐教育、运动教育、品德教育、职业教育等都有明确标准。比如，为了培养孩子的思考能力和亲近大自然、爱护大自然的意识，他们规定小学三年级必须学会骑自行车，四年级必须通过自行车驾驶技能考试。再比如为了培养孩子的耐性和手指的灵活度，规定小学三年级的男生女生都要训练并掌握织毛衣的本领。还有，规定初中毕业每个孩子必须学会滑雪，从事有机蔬菜种植的农民必须经过专业培训并取得上岗资格才能从事该职业……1871年就走向共和的德国，为什么在超过130年的时间里能成为西欧经济的火车头，尤其是一国的生产总值竟然是英法两国的总和？尽管眼下欧债危机弥漫，英法罢工不断，但德国却依旧坚挺。为什么？审视德国的一些教育理念，会发现他们时时处处都是在围绕人究竟怎样才能更好地生存而展开。

最深奥的道理，往往就隐藏在那些看似朴素的语言里。当那句"就是喝西北风也要到门外去"的话再度响起时，也许更多的人会不自觉地意识到当下自己究竟还缺什么？

写到此，眼前又出现了这样的情景。我的办公楼下，分别有一所小学和一所老年大学。小学校园里，书生朗朗，偶尔也会传来老师训导学生的刺耳声音；而老年大学里却整天风和日丽、乐声悠扬。一少一老都在学习，少是为了完成一个个答案，成就父母的期待；老是为了发问，延续"我的人生我做主"的追问。因为学问时时处处都在，所以孔仲尼早就感叹"学而不已，阖棺而止"。

以残障之身刻苦学习，终有成就的张海迪，她的故事一直让生于60年代的我敬佩不已。而更让我感动的，是在20世纪80年代的政治环境下，当有人告诫她应该赶快把烫成大波浪的长发夹起来以符合"英雄模范"的标准形象时，就在进入人民大会堂聚光灯中心之前的那一瞬间，张海迪却果断地取下发夹，让一头秀发瀑布般地披在肩头。不要做被造型的英雄，张海迪要做真实的自己——这究竟是一种怎样的学问？

"世事洞明皆学问，人情练达即文章。"读了曹雪芹的这句话，谁又能相信他的那部卿卿我我的《石头记》，真的就是"一把辛酸泪，满纸荒唐言"呢?!

风中的承诺

因为要赶一篇稿子，这个周末便把自己关在家里爬格子。上午好容易写完了初稿，吃过中饭准备小睡一番继续写。然而，计划很快泡汤，原因是那窗户上的遮阳篷总是紧跟着外面呼呼的风声，凑热闹一般啪嗒作响，偶有平息的时候，刚进入睡意，却又是啪嗒一声炸耳而来。如此氛围之下，我这个生来就对干扰特别敏感的人，肯定睡不成了。于是索性爬起来，站到窗前看那风是怎样与我作对的。

午后的太阳，高高挂在那个谁也不敢正视的空中。蓝天白云下，万物都热得气息奄奄。连那混凝土钢筋砌起来的房子，也渴得一幢幢直愣愣地矗在那里，还仿佛冒着丝丝缕缕的白雾，看得让人眼睛发干。花圃中，小树在带着热气的风中摇着，叶子因为缺乏水分而变得如抽了筋络的丝瓜藤，奄奄地垂着。

从入梅4天就匆匆出梅的那天起，这样的风就一直刮着。3天过去了，还依旧那么执著。而且，无论是听天气预报，还是凭眼里的直觉，似乎根本没有离开的迹象。这对于我们这座已经干旱了两个多月的城市来说，实在是一种煎熬！此刻，遮阳板那一声声啪嗒啪嗒的噪音，更让我平静不下来。

看着被风掀得一张一合的遮阳板，听着啪嗒啪嗒的声音，我又想起了7年前楼下曾经有过的那个装潢店。店主是一个小伙子和他的女友（因为看上去他们都还没有到结婚年龄，只是住在一起，姑且这么称）。店就在小区进口拐角，门面不大，是倚着一家企业的围墙搭起来的简易房，平时就专门做铝合金门窗、防盗窗、遮阳篷之类。

当时只道是寻常：许建俊散文选

　　当时，我刚搬进这个小区不久。因为女儿还小，为安全考虑决定装防盗窗。见小伙子一脸忠厚，便去向他咨询。一番言语之后，从他口音里听出是溧阳社渚人。一问，果然他们老家就在与溧阳社渚搭界的安徽梅渚。应该说，我与他俩算是老乡。老乡见老乡，自然话就投机。很快，我们就像老相识一般。因为是同乡，加上看他们在城里混也不容易，没多还价就把装防盗窗、遮阳篷及其他一些活全包给了他。他俩自然接得很开心，当时就拿了尺等工具上门了。并保证做到我满意为止，而且还负责日后的维修。

　　3天后，所有的活完成，钱货两讫。当时，看那窗户上的遮阳板原材料是铅皮做的，我起初还有些担忧它今后的耐用性，于是顺带问了一句"今后铅皮烂了咋办？"没等我多说，小伙子就爽快地承诺维持个10年、20年肯定没问题；即使有问题，今后还可以找他，反正店就在小区边。说这些时，他还郑重其事地让我找了张纸，给我留下了他的传呼号。

　　大概2年多过去，等这个小区的空房子都住进了人，突然有一天发现，楼下的那个装潢店已经改换门庭，成了一个社会闲杂人员的麻将馆。

　　又是2年过去，这个原来的新小区也渐渐失去了往日环境优美、物业服务规范的光彩，而被市政府列进了老小区整治行列。

　　也许真是老了，最初是那窗户上的遮阳板被风雨侵蚀了棱角，继而是用来固定的钉子也开始腐烂。一有风吹雨打，总是跟着呼呼的风声啪嗒作响。这种时候，耳中是如人呻吟般的风声，和着那此起彼伏的邻居家没关严的门窗猛地"咣当"一下的关门声，眼里是那些仿佛在经受着撕心裂肺般折磨的树枝，以及那紧扣在衣架上的衣服被风吹得狂摇乱舞的惨相，家住高楼的我，凭窗而立，还真的需要一种勇气。

　　我曾经多次找过人来维修，但每次来，他们看过后，就把头摇得像拨浪鼓，说前面的人把遮阳板装到了防盗窗外面，这活让人没办法修……一句话，解铃还须系铃人。可我又该到哪里去找那个同乡小伙子呢？

　　他的店没给我打一声招呼就没有了，留下的那个7位数的传呼号也早已成了一个没有任何意义的数字组合。也许小伙子还记得我这么一个曾经与他打过交道，并将他的一声承诺当作一种神圣的风向标而虔诚地供奉着的人；也许，他因为忙，或者因为这样的承诺说的太多，而早已把我忘了。也许，因为生意的清淡，他带着女友早已回归故里，耕田耙地养家糊口了……毕竟，在现实面前，为生存计，他在城里许下的一个个承诺，终究比不上过踏踏实实的日子来得实际！

烈日下，又是一阵风来，卷起地上的一只废塑料袋向远处飞去。窗前，我的思绪也在随之漂浮：人生如飘萍。当一个人连自己明天或者后天的寄身之所都无法预料的时候，那种即使是真诚的承诺，又会有多少实际意义呢？往往，越是我们渴望得到承诺的时候，这承诺却常常最靠不住，这就像那只飞舞的废塑料袋，它的命运，永远不被自己掌控，而只能随风而浪迹天涯！

女儿的感动

晚上回到家时，已是一身疲惫。女儿和她妈妈早已吃过晚饭，现在她俩一个正在做作业，一个在备课。女儿的日记写好了，她告诉我，今天的日记只让我自己看，而不能读出来。我问写的什么？她神秘地指指她妈妈，然后朝我做了个鬼脸，我假装会意地点了点头，就埋头吃饭了。

吃完饭，女儿趁她妈妈不注意，偷偷把日记本送到我手上。原来上面是她写的《让我感动的一句话》。其中写道：今天的天气有点冷，还下着蒙蒙细雨，我坐到爸爸的车上，爸爸随手给我一支吸管，说："拿着喝牛奶吧。"我刚喝了两口，就大声说："爸爸，牛奶是冷的。"爸爸内疚地看了看我，说："对不起，是爸爸忘了！"听到这话，我似乎明白了什么，顿时一股暖流流遍全身，心里有说不出的温暖。当我再次拿起牛奶喝时，似乎牛奶热过一般，大口大口地喝起来。这时雨下得更大了，小雨点像断了线的珍珠，无情地打在爸爸的脸和身上，湿透了爸爸的衣服。在雨中，爸爸似乎又憔悴了些……我望着爸爸，过去他教导我的那些话，又回荡在耳旁。如果让我改编《世上只有妈妈好》这首歌，我一定会毫不犹豫地说：世上只有爸爸好。在这里，我要大声说："爸爸，您辛苦了!"

看完日记，我眼前又出现了早晨的情景。这是一个乍暖还寒的早晨，匆忙中，料理好自己和女儿的东西，就忙跑下楼去。因为家住六楼，又没有电梯，所以，几乎每天早晨我俩都是一口气冲下楼的。匆忙中，我随便拿了盒牛奶放到车上。为了节省时间，路上喝牛奶，这几乎已经是我们的习惯了。我们家距女儿的学校约 10 分钟路程，一般是坐到车上开出去 2 分钟，她就开始喝牛奶，到一半多路程时，一盒牛奶也基本喝光了。偶尔喝不掉，她会剩下来，留给我到单位接着喝。每每这时，她总要再三关照，要我别忘了喝，以免浪费……

由于出门时觉得天有点热，就没将牛奶热一下。没想到女儿刚喝一口，就怨了起来。我马上就向她道歉。当时，我也没发现什么，只觉得坐在我前面的女儿此刻正将就着喝呢!

蒙蒙细雨中，我们一路无语，很快就将她送到了学校。分别时，女儿特意关照我，说牛奶还剩了一点，不过，她叫我今天别喝了，因为太冷了，别伤了胃。我答应了她，可到单位一下车，就又习惯地拿起那盒剩牛奶喝了起来。这一喝，使我心中的内疚又添了几分，原来确实太冷，我的胃当时就有股痉挛的感觉，更不要说她那小小年纪的胃了。此时此刻，一份牵挂又重重地搁到了心上。直到上午 8：30 过后同事们陆陆续续上班，各种各样的事汇总到我这里等待处理时，这份牵挂才被渐渐忘掉。

人就是这样，本来感情都是很丰富的，有对同事、夫妻、父女、母子、师生、兄弟、姐妹、同学、战友甚至邻里、同乡的牵挂，有对苦难岁月、对童年幸福、对他人相助的感怀；有对美好未来、美丽前程的憧憬……但往往最后都因为忙而渐渐淡薄。就仿佛电脑的普及，正越来越多地冲击着人们原来用纸和笔，以及一枚小小的邮票维系起来的浓浓友谊一样。环顾周遭，真正发自肺腑的感动——那种不带一点点矫情的感动，其实真的已经很少很少了。一句话，一辈子，只有感动才能达到这样的境界。而当一个 11 岁的孩子，长到如我这般即将迈入不惑之年，假如还能想到自己的父亲曾经的一句道歉，竟让她感动得要改写"世上只有妈妈好"这句歌词的时候，我想，以后的日子里，她一定知道应该怎样来对待曾经关心或爱护过她的人!

父亲的尴尬

让人提心吊胆的第九号台风"麦莎"终于与我们这座城市擦肩而过。

到了晚上，茶余饭后的人们又开始回到往日的生活：或携家人一起出去散步，或三五朋友相邀，随意地坐在门口，就着一个个随意的话题天马行空地聊。这样聊的人大多是街道两旁住在一楼的老年人，而且，常常是男女各自组合，互不干扰地找着自己的伙伴聚在一起。聊的内容大多关乎这个城市的物价、医疗、官员作风、社会治安和城市建设等。不像我小时候在农村，那些大叔大婶们的嘴里，出来的都是东家长、西家短的家务事。

我和妻子带着女儿，就在这么多人相聚闲聊的街头，一边慢慢地走着，一边用移步换景带来的愉悦，消遣着夏夜的燥热。

家附近的江南春宾馆院子里，绿化本来就好，到了晚上，各种泛光照明隔着树叶照下来，那情景如画一般，就是这些，几乎每天晚上都吸引着我们要来这里走走，当然不指望能看到什么好的风景，因为除了灯光下的一种情调，其余便是黑暗了。此刻，我们只是为了松弛一下白天紧绷的神经，徜徉一下天伦之乐的生活而已。

等我们往回走时，女儿一个劲地叫渴，但此时自备茶杯里的水早已喝空。本来想在路边买瓶饮料，但女儿忽然突发奇想地要我去路边人家要水喝。经她这么一提，我当即赞同，说就来一次路人文明测试吧。于是，我就先挑了路边一家小超市，上前非常客气地问一男一女两位店主，能否帮忙给倒一杯水给孩子喝，边说边递上已经干得只剩下茶叶的杯子。这会儿，我看见店里的饮水机里还有大半桶水。饮水机的指示灯表明水正在待用状态。谁知，俩店主异口同声地回答说没水。说这话时，他俩一齐将一种怪异的眼光连同一点笑意递向我们。我和女儿先是一愣，继而是自我解嘲地走开。

接下来选的是一家公司的门卫，当时正好有 3 个中年人在那里闲聊。他们坐的地上，都放着一杯泡着很多茶叶的水。我轻轻上前，候着他们谈话的空当，拿着空着的茶杯很诚恳地表白了我的意思。几乎同时，3 个中年人将一种费解的目光投向我，过了一分钟左右，其中一位赤膊男子像是很扫兴地亮着嗓门说："没水，你看那炊子都烧坏了。一边说，一边将原本搁在我身上的目光往那黑咕隆咚的传达室一射，仿佛怕我不信似的要我去验证。我"喔"了一声，只得拉着女儿逃避一般走开。匆忙中，只听得一声"有病"的话从身后向我们的背影砸来。

接连两次这样的遭遇，在一点一点地摧残着我的自尊。到这时，我才后悔自己当初不该在女儿面前冒险来做这个测试，但无论如何，我不会想到会有人连一杯水都舍不得施舍，真的没想到！

一边走，一边想着这个百思不得其解的问题。当时，我只顾为上面的结局感到面部发烫，以致在经过好几家路边店或人家时，竟没有丝毫勇气再去讨水了。

后来，因为女儿实在渴得厉害，加上我又真的不想让女儿的眼里装下上面那些冷漠，就想着怎样能讨到一杯水。正思考着，前面一家服装厂的传达室近了，只见里面两个很年轻的保安在说笑着。看样子，他们像是刚进城的农村人。为了达到我的目的，这下我决定由软变硬，给他们来个出其不意。便叫女儿和妻子先站着别动，我则径直上前，故意拿腔拿调，表情严肃地将杯子通过传达室的窗子往桌上重重一放，说，"快添满水。"

那俩保安也许是以为厂里的头头来了，刚才还嘻嘻哈哈的俩人，此刻一下子面红耳赤地愣愣地看着我，仿佛自己做错了什么突然被人抓住似的。

见此，我故意加重语气，轻轻瞟了一眼就看着别处，把一个"水"字送过去。

哦！他俩一齐叫了一声，赶快手忙脚乱地一个拿壶，一个拿杯去接水。我接过其中一个小伙子两手恭恭敬敬地递过来的茶杯，没有说一个谢字就走了，偶尔回头，两个保安还在后面愣愣地看着我！

水是讨到了，看着女儿痛快地喝下，我为刚才自己对那两个保安的态度内疚，同时又为今天的这一幕感到尴尬……

难道，我真的想这么做吗？

倾听

　　两轮圆月静静地躺在两眼清泉之中，没有风的夜晚，月亮却也能在水中荡漾，或激越如骤雨初至，或舒缓似微风轻拂。没有丝毫的杂念，一任那激越那舒缓紧紧贴着心底轻轻流过。此刻，心早已和那位拉二胡的盲人手中的琴弦一起跳动；虽然你并不是盲人，但在看惯了生旦净末丑，百态众生的世相之后，你会发现，一旦人闭着眼睛，什么也看不见时，心里反而比任何睁着眼睛时都亮堂了。

　　　　　　　　　　　　　　　　　——这就是倾听的魅力！

　　犹如闪电，倾听对于人生来说，并不是一件容易练就的本领（也许正因为如此，才会显示出它特有的功能）。纯情的年轻人，刚开始憧憬着所谓的幸福时，正是倾听在人身上发挥得淋漓尽致之时。花前月下的和风细雨，斑斓虹霓中默默无言的脉脉对视；或者，曲曲小巷中的紧紧相随……因为倾听，谁都不在意谁，即使是错误都是那么的美丽，纵然是幼稚也是这样的可爱，贫穷照样能呈现出富有，缺点依旧让人心动，因为这，失意得到慰抚，骄狂得到纠正，尽管此时谁都没有察觉！

　　这就是倾听，她自自然然，真真切切，平平淡淡。

　　几乎是一种不变的规律，当那对年轻人终于走到一起，开始构筑人生之巢时，吃喝拉撒，柴米油盐一下子对倾听下达了逐客令。于是，饭桌上，电视机前，昔日小鸟依人般的呢喃，因为失去倾听而显得唠叨，生活中一次次牵肠挂肚的等待，因失去倾听而开始变得漫不经心。

——倾听是一种不常在的花香，只在人需要冷静的时候吐露芬芳。这芬芳或许并不都是甜的，但却足以让你陶醉。让你在陶醉中沉浸于一种能够终于看到自我，看到前方的艰险和身后的曲折。

如果人生真的是一次从清晨到黄昏，从混沌到清醒，从平凡到伟大的旅程，倾听便是连接这一次次图腾的坐标。所以，人生可以没有汹涌澎湃、壮怀激烈的一次次振臂一呼，万众云集的惊世之举；但人生却不能没有这一次次心平气静的倾听！

寂寞中的真诚相伴，失意时的凉风习习，黑暗中的一缕星光，烈日下的一片阴翳——没有倾听的人生，注定是一段失去参照的跋涉！

雁去黄昏

雁儿终于来了，一前一后，一雌一雄，形影相随的影子，给平日里少人来的山湖增加了几许浪漫与温馨。

风是从湖的那一边擦着水波送过来的，尽管是在冬天，却没有半丝寒意。相反，轻轻柔柔之中，却透着一股山泉特有的清醇。此刻，两只雁影自水底惬意地荡漾开来。

黄昏的山湖就这样静静地独自享受着千篇一律，却又时时更新着的悠闲！

突然，一双亢奋的目光落在了那只雄雁身上，随着手中枪管的颤动，雄雁在雌雁惊飞的那一刻垂头倒地。猎人拾起被击中的雁昂首而去。在他身后，只有雌雁那苍凉的哀鸣守候着山湖的宁静……

"雁子去了，有再来的时候……"猎人的儿子，念着从书本上学到的句子，随父亲向山湖走去。当他们在湖边立定时，几乎同时发现了那只看似生过重病的雌雁。当时，那雁似乎对这意外的来访愣了一下，过了好一会儿，它才逃难似的朝湖的上空艰难地窜去。绕湖盘旋二三个来回之后，终于带着凄厉的叫声，坚定地向对岸山腰，那片被夕阳剪下的晚霞撞去……一片猩红的血影，融着一个同样猩红的雁影，在天边渐渐消失。

猎人带着他的儿子走了，在他们身后，风儿正时紧时慢地从那被砸成碎片的猎枪零件堆里旋来旋去。此时，远离城市的山湖，开始在黄昏的边缘静静地睡去。

也许迁就的情感（二章）

江南多桥

岁月的青苔，吮着千百年桨声灯影，爬满桥墩。以一种沧桑，桥栏洒下的波纹里，依稀叠着昔日旧毡帽的朋友欸乃的乌篷船影。

朝阳。

黄昏。

层层石阶，排列起一个叫马致远的诗人留下的叹息。一级，就是一段长长的旅程！

只只桥孔，端肃成一方圆圆的镜子，水上站起的那半，照着几户没有关门的人家；还有一半，正荡漾在水里……

冬天，桥是一幅未完工的画，洞里来往着温馨的距离夏日，桥是一把古典的蒲扇，扇折里摇出的日子，阴凉着烦躁的江南……

一年四季，以水相隔的日子里，江南的思念都砌进了桥里。

浮莲

与水相伴，因水漂泊。

既然选择了流水，就以身相许。

浮于水面，纵然礁石挡道，纵然世俗扣你轻浮的标签，也一样永远注视前方；

只有你才明白，真心地爱着，本来就是一次没有归期的远行！

山里情思（三章）

喊山

山里人喜欢唱歌。但，山里人不说唱歌只说喊山；喊成龙成凤，喊龙凤呈祥，喊善有善报，喊恶有恶报，喊一溜溜稳稳笃笃的日子岁岁平安。

祖辈们喊过的歌哟，一支支挂满岁月的哀叹，山听了肃穆，泉听了呜咽；风的呼啸声里，塞满山里人的长叹……

如今也喊，喊来开放喊来富裕喊来风调雨顺喊出山的笑声，一串串山一般厚实，泉一样甘醇；挽起风的潇洒，穿梭大城小城……

恋 山

山里人恋山。

就像他们喊山的歌，一支支，绕山转了一圈又一圈，偎依在山里出不了山。

山是他们的骨架，泉是他们的血液！

年轻时，他们站着就是一座山；

老了，用背驮起岁月，巍峨依然。即使倒下，也在地上拱起一座山！

出 山

山里人常常出山。

就像那山，总是把头举得高高迎山外的天；就像那泉，总是铮铮淙淙跋辛涉苦作别一道道山川。

出去找工作出去做生意出去读中学大学……

只是山里人出山，总是在行李中装进一座山，然后，枕进梦里，一半是乡思、一半是壮胆！

怀旧的江南

一把秧，栽去父亲的一生
一张钉耙的年龄
总是长出父亲几辈的寿命

秋风秋雨

父亲耕作的农田里

脚步落处

一片蛙声

远在他乡的游子

枕一夜陶渊明的感叹

走进父亲的鼾声

三圈桥拱

两行栏杆

一条石桥

铺起一段许仙与白素贞的断桥情恨

一口老井

两道井痕

三千丈的乡愁

漂白了海峡那头一位诗人返程的邮票

日月无声

风雨无声

月在井中时

响成一位盲人

望穿尘世的二泉映月

依依垂柳

悬挂多少唐诗宋词

风吹过

河边抑扬顿挫的唱和

是到黄昏

点点

滴滴

一个了却未了的

愁

字

江南 是

过了一山又一山，

过了一水又一水的

十八里相送

是长亭内

一方石桌

两张石凳

两杯凉茶后

一盘没有下完的棋，

在等着他们的主人

古道西风依旧，

那匹载不动许多愁的瘦马

早已无踪

有山盟在

却难托起那纸薄薄的锦书

湿的是一怀愁绪

几年离索

青砖黑瓦

明月绿蕉

雨水如藤，断断续续

顺墙

低诉沈圆那段

错 错 错

雁子飞了

木桥拆了

流水黑了

人家过去了

如今的江南

在周庄，在同里，在锦溪

在石拱桥下，在流水中，在吴侬软语里

在裹着蓝布头巾

少女的小曲里

船头迎风而立

手里一张入口的门票

捏着一把

怀旧的江南

远去的静物

父亲把进城当梦，而这些静物，总比父亲先走进城里

——题记

草 帽

麦秸黄了

黄成父亲的心事

一圈圈

重叠成太阳的形状

戴在头上

草帽就这样

成了父亲一辈子的身份

遮春夏秋冬

遮酸甜苦辣

遮儿子远去的背影

朝朝暮暮成自己的心事

阳光

会改变所有的背影

只有父亲送的那顶草帽

任狂风呼啸

总是儿子珍爱的无价之宝

仿佛父亲赠予的生命

一旦失去

踪迹再也无法找寻

水 车

从黄河古道

载来远古的招呼

轻轻一声

五千年文明

自脚下涌出

踩秦皇汉武

踩唐宗宋祖

踩四季的祝福

成除夕的爆竹

点燃苍穹

天上太阳

水里月亮

一辈子的专注

风雅成水车

现代的典故

乡下人踩它

踩月影斑驳的凄苦

城里人踩它

踩瘦

身影无数

稻 穗

祖先传承的颜色

浸润着布谷鸟的叫声

割麦插禾

如此金黄地

垂挂在书架一角

成为记忆中的永恒

粒粒饱满的

是父亲的鼾声

还有田里的蛙鼓

树上的蝉鸣

和稻叶分蘖、拔节、抽穗

那晨露轻轻滴落的声音

明月惊鹊

清风鸣蝉

那位南宋词人

匆匆的步履

消停了这阵阵蛙声

抚摸稻穗

在城里的夜晚

我摸到的

是斜阳归处

那炊烟的梦境

风月荷塘

轻轻

托起一叶尖尖的月牙

城市的早晨

从此，露珠一般滚在一片片荷叶上

匆匆的身影

摇曳成嫩嫩的花蕾

随便一支

都默默站成一种传承

一池荷塘

一千年风影

只有一种信念，

永远向上延伸

叶

举世瞩目成天空的意境

根

襟怀坦荡成大地的诚恳

一曲短笛

扛着牛背而来

一个个日子

铺陈起荷塘底下

当时只道是寻常：许建俊散文选

一节节玉一般的记忆

一段岁月一段总结

再污秽的环境

不改自己的纯真

一万年怀想

在无数人笔尖

滑落荷塘的黄昏

清风徐徐

冷月泠泠

有多少蛙声

正从密密匝匝的荷叶底下

挤进城市的窗棂

想起城里人（二首）

出门看天气

出门看天气

天气便成了一把钥匙

锁上防盗门 城里人

心中的门同时关闭

自备车、踏板车还有潇洒"的士"

密集成初夏的蝌蚪

像要把自行车挤出城市

上城的乡下人

被车流汹涌成一个个溺水者

在车前张牙舞爪

这时，红绿灯麻木的闪动

勾起工薪族对饭碗的回忆

短暂的停留

绘制出他们脸上的收入 支出

噪声 灰尘 废气

只有在心情好的时候

才被城里人当作污染

挂在嘴边

日出日落的等待

模糊了初来乍到的自卑之后

乡下人正以无拘无束的庄重

坐在城里的桥上

把骑破车的城里人当风景

于是，上桥的城里人

便把骑不上好车和旦夕下岗的牢骚

发泄在乡下人身上

城里人没有邻居

没有邻居的城里人

常把乡下

当作最可怕的邻居

装在抽屉里的果核

兴奋和忧伤

被城市涂抹成陌生

挂在彼此的脸上 匆匆

碰撞在上班途中

无声的交流 就这样

把所谓的纯情与好恶

成熟为一种状态

如烟如尘如一汪水

或升或坠或凝固

在昨夜读过的那段

一见钟情的故事

之后

水泥砌起来的城市

把城里人包装成一只只密不透风的

抽屉

正如一颗颗血管饱满的果核

抽屉里的人从未把自己关闭

尽管他们不知道邻居的名字

但他们会在自己断水断电的时候

把苦说给市长说给省长甚至说给国家最高领导人

听

所以，当乡下的农民兄弟

对政府的会议无所谓时

他们却常把它当作一次家庭会议

行走的城市（组诗）

蟋蟀的主人

因为有了它唠叨的秉性

你才有了进城的机会

蟋蟀

是一种虫子

它最熟悉城里人

心中那座寂寞之城

踩着邻居的烦躁

一辆破旧的自行车

把一座新的城市碾得越来越近

一路上，除了所有车辆和行人都在躲避着你

华灯初上

处处闪着城市的眼睛

即使你舍得那笔开支

也没有一张床位

愿意为你摆平梦境

就在桥上铺下一张席

两腿一伸

枕着一阵蟋蟀的歌声

歌声越响

你睡得越深

白兰花嫂

此刻

很多传说

被你一朵朵摆放在篮里

从人流中飘过

那举手投足

甚至目光和低低的吆喝

一如四十年前

你扎着两条辫子

领着这些白兰花

在寻找她们的主人

或插进头发

或衣领上一挂

曾经

只一枚很小的白兰花

那个夏天

便让女人一生牵挂

如今

有太多的香味招摇在街头

白兰花嫂的称呼

早已染白了你的头发

擦鞋女

擦鞋——
一元一擦！
一张特制的凳
往地上一放
就抬高了别人
降低了自己
你用谦卑
一元一元地擦亮他人的脚
大地用漫长
一步一步地擦亮你脚下的路

王家岭的梨花开了
——山西华晋王家岭煤矿透水事故救援有感

　　经过八天八夜艰苦奋斗和科学抢险，王家岭煤矿透水事故抢险救援工作5日取得突破性进展。5日凌晨0时至1时15分，首批9名生还者顺利升井，到15时40分左右，共有115人成功升井。消息传来，举国欢腾，电视荧屏上清晰可见王家岭山坡上，一丛丛梨花竞相开放，山腰盘山道上，白色救护车来回奔忙，激动之余，草成此作，以示庆贺！

——题记

当时只道是寻常　许建伟 散文选

三月的最后一个星期天

——一个亲人团聚的日子

153 个矿工兄弟

在那个叫王家岭的矿井里

突然断了回家的路

平日匆忙的时钟

这一刻戛然而止

中华大地

从北京

到山西

从天南海北

到城市乡村

王家岭地下那 153 个生命的呼吸

把 13 亿中国人的希冀

拉得

又长又湿

别你时

三月的王家岭上

满坡梨树正走进花期

等你时

八天八夜

153 个兄弟的分分秒秒

让 13 亿双眼睛

朝同一个方向注视

不见阳光的日子

黯淡了春天

也收敛了山野一棵棵梨树

春的消息

等你

是山西与北京一声声急迫的铃声

等你

是指挥桌前一套套营救的计划

等你

是三千多名救援者一趟趟忙碌的身影

等你

是家人井口一回回焦急的眼神

等你

是电视机前一次次凝重的叹息

太阳和月亮阻隔

我们生死不离

心心相印的共鸣

延续你生命的奇迹

等你

回来

四月的第一个星期日

前一天钢管里的回音

平静了漫长的 190 个小时

13 亿双脚步 仿佛同时

踏进黑黑长长的巷道

排水——

通风——

救人——

等你

在通往清明节凌晨的路上

一个

两个……

一批

两批……

你

终于回来了

为自己回家鼓掌

漆黑的双手

是一丛丛顽强的蔓草

茂盛着亿万双饥渴的眼睛

春露氤染

王家岭上满坡梨花

铺满山崖

你回来了 此刻

在中国人的清明节里

又一个奇迹

沾着梨花的芬芳

问世

梦里时光

　　因为追逐梦想，每个人都曾有过一段刻骨铭心的"城南旧事"。

　　"天之崖，地之角，知交半零落。一壶浊酒尽余欢，今宵别梦寒；人生难得是欢聚，唯有别离乡……"这段缠绵悱恻的歌词，说的是上世纪初的故事。而歌词表达的情愫，今天依然延续。"谁遇到多愁善感的你，谁安慰爱哭的你，谁看了我给你写的信，谁把它丢在风里……"

　　也许，上世纪九十年代，老狼在唱那首《同桌的你》时，根本不会知道，仅仅凭借一根数据线和一只小小鼠标，手指轻按几个数字，就能将天各一方的人拉到眼前，没有了鸿雁传书，究竟有多少数字能替代梦想？

　　都说心若在，梦就在，不知又有多少梦可以重新开始？

删不去的情节

时光与歌声竟是那样的融洽，就像一团思绪的引线，有时候无意之间的一段音乐，或者一句歌词，就会让你倏地想起一段往事：或美好，或内疚，或依恋，或憧憬……

岁月如歌。甜酸苦辣，其实都是一段歌。

"长亭外，古道边，芳草碧连天，晚风拂柳笛声残，夕阳山外山。天之崖，地之角，知交半零落。一壶浊酒尽余欢，今宵别梦寒；人生难得是欢聚，唯有别离乡。长亭外，古道边，芳草碧连天，问君此去几时来，来时莫徘徊。"《城南旧事》的故事曾经感染着一个时代。以至于多少年后，这歌声依然清晰地响在耳边。那一页毕业留言，虽然是巧合，却珍藏着许多朦胧的情感……

那是母校五十华诞的纪念日，精神矍铄的耄耋老人，风华正茂的热血青年，都从各个行业回到了自己走出去的这个港湾。冬没有想到，10年之后，居然还会与她在母校见面。那一刻，当主持人要他上台去唱那支《同桌的你》时，他猛然低头，目光在台下的校友中逡巡时，正好落到她的脸上，十年的日日夜夜，带着十年的诧异与惊喜，就这样停顿在彼此的脸上，停在满载着十年意外的注视中……

仅仅为了那份深深的感谢，冬时时牵挂着一个人，就是她。

冬和她相识在忙于中考的时期。冬因当时住在镇上亲戚家，中午在学校里吃饭，而她是走读生。这样，中午课间，教室里就只剩下他们几个人在吃饭。毕业前的日子，过得总如激流下山坡。刚刚转到这所学校的冬，还没完全适应，中考就来了。结果，冬以5分之差，与这所重点中学擦肩而过。"你从什么地方来，就回到什么地方去"，这句昔日班主任用来教育那些不用功学生的警示，此刻竟成了冬的结局。冬又回到了家乡的那所普通中学。

冬是抱着一种失落和期待去上课的。然而，让他想不到的是，当他低着头，躲避无数目光终于坐进教室的时候，竟然发现接着走进来的是她！等她的目光触到冬的目光时，似乎也一怔，同是天涯沦落人，相逢又是曾相识。此刻，四目相对，纵有千言万语，竟无语凝咽。

上课铃声打破了尴尬，她走到了冬的前面，这是她的位置。这一节课老师究竟讲了什么，冬一头雾水……

这以后，日子就在一种尴尬与期待中翻过。尽管如此，同病相怜中，仿佛又多了一份牵挂。尤其是到了星期一，只要早读课前面那张位置空着，冬就会魂不守舍地一直朝门口张望，直到她出现，一颗心才安定下来。

这是冬上高中的第二个学期，只是过了20多天的寒假，冬却觉得过了一个漫长的冬季。原来，冬的心里一直牵挂着她。虽然他们到现在还从未说过话。

有一天，冬和几个同学到邻乡的一个同学家去吃饭。因为路远，直到上晚自习他们还没回来。当他们一头大汗把车骑到镇上时，冬突然发现，不远处正有一个熟悉的身影在散步。等渐渐近了，冬便断定是她。于是，冬故意按起了车铃。就在她回头的一刹那，她的脸上竟是一种喜形于色的幸福。

是你？

是你？

他们几乎同时说出了这两个字。整整相处了两年，七百多个日夜，这是他们第一次说话，尽管只有这两个字，却把双方的惊喜彼此传递。

为了打破尴尬，冬说，坐上来，我带你吧。

这——她迟疑着，身子却已坐了上来。

冬的背上顿时一阵暖流在涌。

沉默。

还是沉默。

自行车链条那沙沙的声音，似乎一直在催着他们的心事。

你怎么样？

你怎么……

冬刚开口说了那四个字，没想到她也正好要说那四个字。见冬说了，她只好把最后一个字留在了肚中。

冬从她的话里知道，原来，她本来是没打算出来散步的，可就是怎么也看不进书，总感到身后缺了一个人。当在惝惝中熬过半个小时后，她发现自己实在坐不下去了，就随便找了个借口，漫无目的地走到了镇上……

这时，冬忍不住了，把自己没有考取重点高中的苦闷一股脑儿都吐了出来。她听了，长长地叹了口气。于是，冬又后悔起自己的冲动来，自己不该向一个同样命运的人提这样的事的……

回到教室，冬还在为自己的失言而在内心里自责。

这以后，他们再也没说话。日子就这样一天天地过去，仿佛那一天的事根本就不曾发生过。尽管，当他们四目相对时，一次次都是以红着脸相互躲避而结束彼此的尴尬！

有一天就在上完自习课后，冬写了一封信，向她表示歉意，同时，里面也流露出一种思念之意。这也是他第一次向一个女孩表白这种特殊的情感。

第二天，她显得很平静，而冬却一直像个做错了事的孩子一样，在拼命躲避她的目光。

周末的夜自习课后，她突然快速地将一个折叠得非常精巧的纸条放到冬面前。那一刻，冬陡然心跳加速。回到宿舍打开一看，原来是一封热情洋溢的信，鼓励冬不要泄气，要加倍努力，争取进入大学深造。信中说，她不希望冬因为她而烦恼，并劝冬别把心思过早地放到别处……

冬读着这封信，一夜无眠。

等到星期一到校时，听说她已经不来上课了，去县里的一个纺织厂上班去了……

这以后的日子，冬带着一种期待艰难地过着。

然而，当看到身后黑板报上整天刺着脊梁的高考倒计表时，冬终于逼着自己渐渐忘记了这些。那一封信冬在保存了很长时间之后，终于也在整天做不完的习题中遗失了。

让冬感到欣慰的是，在那样一所在县里并不出众的中学里，面临万人争过独木桥的竞争，他居然成为班级里唯一一名最后进入大学英语专业深造的大学生。

拿到大学录取通知书，冬想到了老师和同学，当然也想到了她。但毕竟，新的环境，新的同学，让他很快忘记了过去，自然也忘记了她⋯⋯

后来再看到她实在是很偶然。那是多年后，冬从同学手中偶尔翻看一本当时的毕业纪念册时看到的。确切地说，只看到了她的名字。地址是"天之崖，地之角"，署名是她。留言就是《城南旧事》中的插曲《送别》："天之崖，地之角，知交半零落。一壶浊酒尽余欢，今宵别梦寒；人生难得是欢聚，唯有别离多⋯⋯问君此去几时来，来时莫徘徊。"这段话她什么时候补上的，又为什么正好写在他的留言后面？就这样，谜底搁在心灵深处。毕竟是一个该发生太多故事，又注定没有结尾的年代。许多故事的情节，其实都被一天天的模拟测试题给删去了。

天空依旧很蓝，来自四面八方的校友，使母校正沉浸在幸福的收获中。此刻，她似乎也发现了冬，四目相对，继而是脸红着逃避。岁月的沧桑写在她脸上，依然带着几分腼腆，但似乎刻上了淡淡的哀愁。毕竟十年了，十年可以改变很多很多。站在舞台上，冬把手静静地按在胸口，在扪心自问，要是当初没有她的那封勉励的信，今天自己又会怎样呢?!

就在这时，伴奏的乐曲已经开始了，是老狼的那首《同桌的你》。他向校友们唱道："谁遇到多愁善感的你，谁安慰爱哭的你；谁看了我给你写的信，谁把它丢在风里。你从前总是很小心，问我借半块橡皮；你也曾无意中说起，喜欢和我在一起⋯⋯明天你是否会想起，昨天你写的日记；明天你是否还惦记，曾经是爱哭的你。谁娶了多愁善感的你，谁看了你的日记？谁把你的长发盘起，谁给你做的嫁衣⋯⋯"

预考之后

当身后黑板上那块高考倒计时牌上的数字越来越小的时候，教室里的人也越来越少了。

那时候，每年高考前两个月，也就是四月底，五月初，各县市都要按照高考的要求，提前进行一次预考。由地级市统一出卷、统一时间考试，然后各县市分别组织阅卷，并按照淘汰 50% 的标准划定分数线。达到分数线的同学，要留在学校继续复习，以迎战两个月后的全省统一考试；未达线的哪怕只有半分之差，也只能卷起铺盖回家，从此和自己的父母一样，整天陪伴着贫瘠的泥土看日出日落。因为预考通过率只有 50%。所以，对于教学条件和生源条件一般的农村中学来说，预考之后，能留下来的学生往往只有很少一部分。那年我们文科班原来有 52 个人，但预考之后，仅剩下 10 个，6 男 4 女。原来拥挤的教室，这样一来就变得空前宽敞，以致老师上课时，似乎总感觉有些空灵的气氛在教室里飘。

出师未捷人已去，长使同窗泪沾襟。

虽然预考刷下的人中，大部分本来就没指望能参加高考，但毕竟还有为数不少的人输得有些壮志未酬。从小学到高中，12 年咸菜萝卜干中的苦读，又有谁不想以收获来告慰自己望子成龙的父母？更何况，上世纪 80 年代末期，正是国家进入大建设、大开发初期，城里的建设让农村一批批青年纷纷涌入，然后每年都捧回一大把花花绿绿的票子。而我们这些 20 岁左右的青年还在学校里，做着那万人争过独木桥的大学梦。那样的日子，不仅自己汗颜，就连我们这些学生的父母也在冒着莫大的风险，承受着难挨的熬煎。在父辈们的同龄人眼里，这种熬煎甚至就是一场愚蠢至极的赌博！

那时候，对于站起来杨树一般高的男孩还背着书包，农村人的眼光是很有些异样的。有好多次，当我和父亲走在一起，遇到他的熟人问起我在哪里上班一年挣多少钱时，大多数时候，父亲会被这些话问得如拔火罐时，肩上肌肉突然被千万根针扎一般，顿然失措。然后逃避着对方的目光，将视线转向远处的天边，支吾着说还在上学。对方见此，也就在父亲的故意咳嗽声中，忙知趣地把话岔进别的话题。在村里人看来，如我父亲这样的父母实在有些愚。盘古开天地，这个深山坳里的小村，自古以来就没出过一个中专生，怎么还想着上大学呢?！

那时候，我最怕的就是过年，因为这个时候，在外面辛苦了一年的同龄人大多会从城里很神气地回来了。尽管我那时并不清楚他们在城里究竟过着怎样的日子，但回来时他们个个红光满面，女的花枝招展，男的衣着光鲜，脚下的鞋钉踩在石板路上"踢踏踢踏"很有节奏，往往人进村头，这声音就已经撞到了村尾。尤其是我那几个曾经的同学，不仅头发理得乌黑闪亮，而且还把那一方小小的，在我看来本应是爱美女子们才围的丝巾围在颈上。那丝巾，素白中隐约缀着些蓝色小花，很是诱人。更让人嫉妒的是，一到父老乡亲面前，那丝巾会特别夸张，这便使我和我的父母心中陡然又添一份失落。于是，一个晚上，耳朵里又灌满了他们又捧回几千几千元钱的唠叨。就连那不该围的丝巾，此刻也像是死死地围在了我的喉咙口，箍得我怎么也喘不过气来。

投资的风险，自尊的压力，就这样让我们这些高三学生的日子过得非常郁闷。而这一次的预考，又让我的那些失利的同学和他们父母的日子变得更加压抑……

铁打的营盘流水的兵。分别之际，昔日形影相随的同学，此刻都在帮着那些落榜同学收拾行李。把伴随自己一年又一年的被子叠起来；把还没有用完的草稿纸连同那些父母省吃俭用，有时甚至是从鸡屁股里等了好多日子，才等齐的钱买来的复习资料送给留下来的同学；把生生熟熟一年年蒸来蒸去，已蒸成紫褐色的饭盒一遍遍擦拭干净，然后小心翼翼地放进父亲用过的化肥袋里；从此，它将成为母亲的针线盒，或者菜种盒，然后等自己娶妻生子后，再拿出来传给儿子、女儿上学……带着几许馊味和汗酸味的大通铺宿舍里，大家一件一件地默默整理着。很多时候，也曾想着要找出一句安慰的话来，

当时只道是寻常：许建俊散文选

但常常是话未出口，又都咽了回去。都明白，眼泪早就在眼皮底下候着了，这时候，说不定不小心一句话或者一个字，就会引出一片哭声。

一切都收拾好了，无法收拾干净的是心情。

再回头，一只脚已经跨出校园。叮嘱，叮嘱留下的兄弟好好复习争取考上；叮嘱那睡在上铺喜欢梦游的同学，没有我的日子里，千万别睡得太沉；还要叮嘱，等拿到大学录取通知书的那一刻，别忘了给落榜的兄弟一个信……苟富贵，毋相忘。只这一句，就让留下来的人心里又多了一份沉重。执手相握，泪眼盈盈。偏偏此时，校园里的大喇叭响了：水千条，山万座我们曾走过，每一次相逢和笑脸都彼此铭刻，在阳光灿烂欢乐的日子里，我们手拉手啊想说的太多……

本来是一种浓浓的别离，是谁在这个时候，却将这气氛渲染成了相聚？

校园外，五月的田野，麦子青芒楚楚，油菜叶薄籽厚。此情此景，曾经，多少诗情画意，尽在课间休息的相约散步中；而今天，一道预考的门槛，竟似锋利刀刃，残酷地横亘在两种命运前！

夕阳西下，远处炊烟已起，该走了。

明天，留下的，依旧要面对那减掉一天的高考倒计时牌。回去的，已卷起裤腿，将做了很久的大学梦深深踩进父辈们的脚底……

大山的嘱托

你要走了，你这山旮旯里有史以来的第一个大学生。

汽车就停在门口，那是50岁的老支书王老伯折腾了一夜请来的。昨晚，他听说你接到了大学录取通知书，乐得额上的皱纹泡沫花般直绽。然后一路磕绊，翻过 18 道山冈，趟过 21 条小河，找了 36 家个体出租车，花了 3 条"云烟"才求爹爹拜奶奶好容易请来了这辆车。连花带送可不下 50 张"大团结"。为啥？就为你是这山窝里的第一个大学生！再听一遍老支书那滚烫的话语吧："苏明哪，人家说咱村人是天生牛的命，这下你可替我们村争光了。今天咱代表村委，代表一村老少，特意为你请了这辆车，一来表表心意；二来也让那些白日里想着抠钱看不起文化的人看看，到底是有钱好还是有文化好……"

时间不早，该上车了。你跨出门槛，一下子怔住了：门口已聚满了人，全村 81 户人家，一眼望去几乎每家都有。那位白发苍苍正扒拉着眼睛在看的，是山中老寿星李老太。她正朝着你笑呢。那紫黄色的皱纹一紧一松的，还有一道亮亮的东西在闪！还有那位正瞪着小眼甜甜地看着你听她妈妈讲着什么的，刚落地不满 3 个月的张家孙子……一张张脸，紫黄的、淡白的、粉红的、姜黄的……此刻，他们正在收获一个山窝里有史以来第一个大学生的喜悦。

突然，你的眼球上出现了一个红点，渐渐地，红点越来越近越来越大，最后化为一个穿红衣服的少女，——怎么，她也来了，我可真没想到啊！

是的，你怎会想到。还没忘记去年为了一件小事，你和她闹翻了。后来，你们偶然相遇，总是平添几分尴尬。——嗯，她那似看我又不像看我的眼睛，是羡慕，还是？你看了看她，心里问。

其实，那也许是件平常又平常的小事。

那天晚上，月亮很圆，月光在牛奶中洗过似的，软软地洒在地上，一切都那么柔和。你俩一前一后走在村东头那弯且长的田埂上。起初，你们只顾走，谁也没说话。过了一会儿，你忽然停下，想要说什么却又像是怕自己没想好，终于没说。她看了看你，嘴唇动了动，也没说什么，就自顾走。这时，田里的青蛙们正鼓着腮帮，"呱——呱呱"喧闹着高高低低时长时短的进行曲。许久，她转过身问你："咱俩一道去做合同工吧，看那些不上学的人，哪年不挣回一大把钱，而我们不但挣不回，每年还得拿出去。这一进一出，你知道差距多大啊！"

"你说什么？不读？"你吃惊地看着她。虽然是晚上，却发现她变了，变得不像原来那个她了。你们俩同住一村，自小就在一起玩，又一起上学。那时候，你俩像亲兄妹，总是相互帮助，互相鼓励。你每次考试得了好成绩，总会得到她的一份礼物。如今，7月份的高考又快到了，可她却说出了这样的话。

"我不赞成，至少我不这样看！"你看着她，摇了摇头……目光转向月亮，月亮更加亮了，里面的广寒宫、桂花树、嫦娥，还有嫦娥身边那只跳跃状的月兔，都很清楚，而你却觉得很模糊。

你们争论了好长时间，结果谁也没说服谁。最后她不快地走了……

第二天，教室里她那张位子一直空着，第三天还是空着。

她真的走了，一个人匆匆而去。也许她真的非常恨你，走时竟一个字也没给你留下。

于是，对着空空的只有一个"静"字的墙壁，你常常抱怨夜太长、日子太长。

教室里又多了几张空位子，又有几个人卷起铺盖进城了。

没隔几天，空位又多了几张。

那天送走几个进城做工的同学后，你更孤独了。这一夜，你怎么也打不起精神看书了，又是失眠！早晨起来，头脑里像灌满了糨糊……

第二天，你也收起行李去挤招工热了。一路顺风，你在一个大城市的一家个体首饰店谋到了站柜台的活。这家老板待你不薄，一天站 10 个小时就能拿 10 块钱。苦吗？你笑笑，一月三百多，你中学的校长也望尘莫及。

一天，店里来了位穿着时髦的金发女郎。她进来，先是朝你友好地一笑，接着就叽里咕噜机关枪一般扫了一梭子英语单词。然后，还很不屑地瞟了你一眼，你除了听懂一句 "I come from England" 外，什么也没懂。你认真琢磨了一会，猜想她大概是在问一样首饰，可到底是什么，你无法知道。你脸红了，吞吞吐吐地向女郎说了句 "I'm sorry!" 女郎眨了眨眼，遗憾地走出店门，快出门时，她忽然回过头，给你留下一丝淡淡的笑。你身上立时扎满了芒刺。

打烊后，那丝笑仍犹如两只长满刺的手，在一遍遍地揉搓着你的心，把你的许多往事搓了出来——

今年大年初一，你到姨夫家拜年。那天，姨夫的房门上竟贴着"猪肥羊壮积肥产粮"的对联，而猪舍里却贴着"恩爱夫妻白头偕老"。当时，你想笑，甚至想把这作为新年的第一件新闻张扬出去。可当你看到年虽 40 却已迈入老境的姨夫，想到这一辈子他们从没学过一个字时，你鼻子酸了……

你想到了村里选举时，那么多种了一辈子田的人连选票上人名都找不到的情景；想到了村里人没文化常误施农药的事……

——我失去太多太多了！你在自责……

第二天一大早，你就辞去了活，踏上了归乡的路。两天后，你又出现在久违的课堂上。

终于，几番拼搏，苦尽甘来，你总算在又一次落榜后，挣来了大学录取通知书！

"祝贺你！"

你听清了，是她在说。看，她手上还捧着一束鲜艳的野菊花，那是她刚从后山上采来的。小时候，你就常和她一起去后山采。这种花山里人最喜欢，它不怕寒霜，不怕风雪，遍布山里，永远给人芳香一片。

"这……"你不知道说什么，终于什么也没说。是啊，怎么说，又说什么呢？

车子启动了，你被人拽上了车，同时也拽进一声声情深意重的"再见"。你赶忙拉开车窗玻璃，探身朝那一双双含着殷殷嘱托的眼睛摇手……

车离村越来越远了。渐渐地，小村成了一个黑圈，你关上车窗，又去看那一捧正吐着芬芳的菊花。突然，你目光停住了，低头，一张纸条夹在花中，你取出，很快地打开：

"多少回，山里的兄弟姐妹们一个个拎回书包进城挣钱去了。现在钱有了，吃穿不愁了。可是，我们也失去了很多。多少次，我们山里人在遇到与厂方发生合同纠纷的事时，我们常因缺乏知识而吃亏。每到年底，付出血汗的工钱，却总要看人脸色给多给少或者早给晚给。现在的人做事只顾眼前，而不考虑今后（我不否认自己以前也是）。这世道也怪，就连自己姓名不会写的人，居然也能发大财。你想想，现在这种仅靠力气和简单的'小九九'挣钱的文盲，山里该有多少啊！难道他们一辈子就这样下去吗？几天前，弟弟又在家吵着不肯上学。昨天晚上他还跟在父亲后面硬要父亲给他做只冰棍箱。当时我听了他的话，心里很急，我已走错了一步，难道看着他再跟着错吗……我承认我错了，你是对的，我输了。但是，为了咱山沟沟的未来，我请求你，到了大学后，一定要抓紧时间多学点知识。到毕业时，求你一定回咱山沟沟里来，山里需要你！当然，你要是到时嫌家乡穷、偏僻，我也不强求。说实在的，我也庆幸这几年山沟里有了改变，日子是好过了。可是，人们白天拼力气，晚上谁又不无聊得说累呢?! 尤其是年轻人，谁不怨生活乏味呢?! 物质上富了，但精神上仍然很穷，这种情况只有用知识去解决，光靠力气整年像个浪人在外面，山里人哪一天才能真正摆脱贫困呢? 顺便告诉你，我已经辞掉了城里的工作，准备给村里小学代课。另外，我还准备拿出 1000 元钱给小学添置些设备。还报名参加中师函授，争取把误了的补上……"

你眼睛湿了，一下拉开车窗，向着车后那遥远的小黑点似的送行人群，使劲地摇手，摇着，你突然大声喊："我——会——回——来——的——"

呼声乘着擦车而过的风远去，很快又被大山撞了回来："我——会——回——来——的——!"

弯弯曲曲的山野，四条深深浅浅的车辙从你家门口延伸到这里，又延伸出很远，仿佛一条条线，一头紧紧地牵着那个小村，一头拴着一颗滚烫的心……

别想家

麦苗青，菜花黄，江南四月，总是被繁华与浪漫装点着的都市，依然挡不住乡情对游子的诱惑。每当我结束采访，匆匆于茫茫人流之时，常常，人在城中走，心便飞向那山拥水裹的故乡了！好想投入故乡的怀抱，去沐浴那番真真切切的淳朴与温馨。多少次，不是因为忙走不开，就是来也匆匆去也急，此情此愿终未了！

1988 年一个细雨蒙蒙的早晨，携一身亲人的嘱咐，我跨进了大学的校门，像一个在沙漠里走了很久的旅人，突然发现一片绿洲，我这个山里人家的孩子一下迷进了书堆。此时，自己也仿佛是一只候鸟，只在寒暑假才回到父母身边。

其实，我是一个极恋家的人。初三时在外埠求学，因想家难耐，就经常编着谎言向老师请假回家。次数多了，这种自作聪明之术让母亲看出了端倪，虽然她并未点出来！一次，她在帮我收拾菜罐时，突然停下来，认真地说："进重点中学不容易，以后，没要紧的事你就别回来……"从那以后，每当想到回家，母亲这话就硬硬地堵在耳中……

大学毕业后，我在城里一所师范任教。那时，虽有星期天可以回家，但一想到毕业时一位恩师在留言本上写的那句"站稳讲台"的话，便又强迫自己一次次将想家的念头夹进书中。于是，一盏孤灯陪伴一个瘦长的身影，从一个周末走进另一个周末。年轻的性格，终究成了季节之轴，在岁月的缠绕中渐渐成熟……这期间，我也曾因为出差，顺便回了趟家，但因为怕耽误了第二天的课，那次只在家里呆了 30 分钟。

要走了，父亲深沉的目光厚厚地笼着我，没话，只是一个劲地抽烟。母亲是一脸的遗憾。直到我转身跨出门槛时，一个声音才重重地辗过我的双肩："翅膀硬了，不想家了……"

一年之后，我又调到电视台工作。这下回家就更难了。而每到除夕，尽管早就知道我可能又抽不出时间回家，但我那年迈的双亲却总是在村口等了一回又一回，有几次，父亲明知我没有时间回去，却仍然一天天起大早跑到镇上的车站等，这一等就是四五天！

日子在我和父母的眼中长长短短地更迭。日月轮回，自然也常收到父母的来信。信中，日渐年迈的父母那殷殷的思儿之心，常让我沉浸在深深的感动中；但尽管念子如斯，每次捧读二老的来信，我总会读到这样一句：别想家！

当时只道是寻常·陈建功散文选

让梦继续

　　30岁以前，我一定要成为作家！上中学时我曾在同学面前夸下这样的海口。现在想来，当时发下此誓的原因，不过是自己的作文常被老师当作范文在全班很有节奏地读而已！而就是这份虚荣心，促成了我上初一时就在一家中学生刊物上发表了习作，这在母校却是破天荒的第一人！

　　夜夜笔耕苦，日日读书忙。为了当初的那个誓言，自己倒确实是费一番苦心的。我曾在《新华日报》上写过《愿梦成真》一文，自己对文学梦之深切，追求之执著尽在其中。之所以能孜孜于拥挤而坎坷的文学小径，除是为了结一颗未了的心愿外，更多的便是想以此来证明自己的为人：大丈夫虽未必一言九鼎，却好歹也得争个言出必行！那时的我，自然想象不出像我这样一个曾经连在报上发篇读后感之类的豆腐块都会激动得手脚不灵活，说话也显得口吃的小伙，一旦真的成了作家后，将会呈现出怎样一番景象。

　　然而，去年10月底，当我收到作协吸收我入会的通知时，自己却一下子平静得出乎寻常！没有写信告诉时时关注着我的亲友，没有在公开或不公开的场合含蓄地张扬。当时，只是静静地望着那两张空白的会员登记表，心异常坦然。

　　我知道，填完这个表，自己便可领到那本梦寐以求的会员证了，便可堂堂正正地走出文学爱好者的行列，而以一个作家自居了。更知道在崇尚"包装"的今天，作家这头衔虽有了也没什么了不得，但对有些人而言，有时少了却也委实显得有些不得了！

　　突然想到一位靠鼓捣小说而在市作协干点事的朋友说过的这样一件事：

有一款爷曾极恭敬地拿出两条"红塔山",企求换本会员证用用,说那玩意印在名片上在生意场中还挺有分量……我的这位朋友在讲述此事时,脸上分明堆着一层很深刻的感慨。他那不均匀的呼吸声里,有太多的叹息重重地敲击着我的耳鼓,至今想起,犹在耳际!

于是,我开始犹豫,甚至有些担心领了那本会员证后,自己是否还会一如既往地对文学虔诚下去……

这样想着,便决定将这两张表格连同我那个已成为现实的梦一起锁进抽屉。我想,与其让现实终止我的梦,倒不如让这梦永远地做下去!

怀念绰号

大多数人以为,绰号并不是个让人快意的东西。然而,未过而立却有过三次绰号经历的我,却渐渐从这人所共知的忌讳中解脱出来。

我的第一个绰号,是一个大队书记的老婆给起的。

小时候,因长得胖而得到大队书记老婆的厚爱。她常抱着我逗,还时不时用手在我那胖嘟嘟的小嘴上一捺,惊叫:"哎呀,这么胖,简直是小地主……"也许是因为她丈夫的威望,很快,"小地主"便代替了我的名。等到后来常有人围着我嚷嚷"打倒小地主"时,才猛然醒悟这名字并不好。于是便讨厌它,并由此而讨厌起书记的老婆来。当她再用手来捺我嘴时,我就拼命将嘴往旁边躲。有一次,实在避不开了,不得已,我咬了她的手,疼得她像遭蛇咬般大叫着甩手。从此,她就再也不捺我的嘴了,尽管她嘴里仍不愿放下"小地主"三字。

这个绰号一直让我背到上大学。不想,到了大学却又背上了一个。

　　我的一篇报告文学在全国的一次征文大赛中得了奖，并因此得缘有生以来第一次上了趟北京。领奖回来，同学们就立刻送了我个"大作家"的绰号。有天，班主任突然把我叫到他的宿舍，说："你写作上虽然有了点成绩，可千万别堂而皇之地做起大作家来，这样对你没好处……"我想解释这并非是我的所为，却又深知此刻语言的无能，便沉默不响，而牙齿却在一个劲地咬着那群给我起绰号的人。

　　上面这两个绰号，着实让我吃尽了苦头，如此，才使我对它们深恶痛绝。唯独后来的"美丽的青春疙瘩痘老师"这一绰号，想起来却总让我感动，尤其是当我走下讲台成为一个新闻工作者之后，就更为留恋那一段历史了！

　　那是一群即将走上讲台的女师范生给我起的。有次写作课上，我让她们写《老师，我想对你说……》的作文。等到批改时，我在好多女生的作文里发现了这个绰号，我知道她们是冲我当时一脸的"青春痘"来的。也许是有了缺陷的人最怕别人提及，正如秃子的阿Q嫉恨别人说秃、亮、光、灯之类一样，我也最怕别人说我脸上的"麻痘痘"。再说，自己还是个刚从大学分来的小伙子，有了这张不雅的脸，再配上这个不雅的绰号，心里难免疙瘩不已。

　　但等我仔细看了她们的作文后，疙瘩却渐渐地变得光滑了。有位女生写道：你刚到班上上课时，我并不欣赏你，特别是你那满脸的青春痘。但随着时间的推移，我却开始佩服你了。有时，我还有种迫不及待的愿望，就是想让你做我们的班主任。之后，我也会常常幻想以后自己也像你一样去关心、理解学生，以至受到他们的敬佩……作文里，她们说是信赖我才告诉我的，并一再恳求我能理解她们这样给我起绰号的"良苦用心"。有几位还很是感慨地说，今后，无论她们分配到什么地方，无论记忆变得多么苍老，但她们将永远记住我这个"美丽的青春疙瘩痘老师"。

　　赢得别人的信赖也许是一个人最大的幸福。读着她们发自内心的倾诉，初为人师的我，一下子陶醉在这真诚的文字里。

　　真应该感谢她们给我起的这个绰号！

外号"老黑"的女孩

她叫刘奇，一头黑里透黄的头发，一张印满紫红色冻块的"烧饼脸"，还有那双满是冻疮的手，加上平常她不善言语，即使有人当面说她黑，她也没有怎么不满的反应……所有这些，促使"老黑"这个不雅的外号，后来完全代替了她的真名。

记得我刚来他们学校实习的第二天下午，因为学校有活动，放学晚了。一下课，同学们就向车站冲去，接着就争先恐后地挤车。由于我们学院开饭时间已到，我也顾不得细掂"实习老师"这个头衔的分量，便加入了拥挤的人群。恰在这时，突然听到身后有人在问："许老师，你也坐这路车？"我回头一看，是她，外号"老黑"的刘奇。只见她此刻正定笃笃地站在人群外面，仿佛眼前这些都与她无关。"是你，怎么还不上？"我忙信口敷衍，一边下意识地从人群中拔出身体，站到她旁边。

她笑了笑，说："太挤，等呢！"说话时，她的一只长满冻疮的手习惯地在书包上抚弄着，样子很不自在……

当拥挤的人群终于被总是嫌窄的车门吞完时，我们才上了车。巧的是，车上竟还有一张座位空着。

"许老师，您坐！"

"不用了，你坐吧！"

"嘿嘿，你上了一下午的课一定很累；我人小，站站不碍事。"

在她的一再催促下，我坐了上去，奇怪的是，当时的我竟显得十分拘束，一个劲地巴望着快点到站！

那一次，我要上公开课，是鲁彦的散文《听潮》。"这是一篇优美的散文，它可以让我们领略一番大海的美。遗憾的是我们地处内陆，很难看到大海，要是有大海的照片就好了……"布置预习时，我这样随便讲了一句。谁知第二天下午，我正在办公室备课，她突然走了进来。"许老师，我给您看样东西。"见我在，她边说边把藏在身后的手伸过来，递给我一张照片。我接过一看，原来是张大海的照片：蔚蓝的天宇下，大海正沉浸在梦里，静静的海面上泊着一艘小船……"真美，快说你是从哪儿弄来的？"我仿佛一下子找到了救星似的，高兴地问道。

"我向我家隔壁的雪姐换来的。开始她舍不得，说就这一张，那天她结毛衣找我帮她绕线，我就帮她绕了，那团线真长，我手绕得好酸呢！绕完线，她想起我要的照片，就给了我……她认真地说着，那张"烧饼脸"上的笑容也一层一层地泛开来，很甜！

实习结束前，刘奇的班主任给我讲了下面的事：刘奇9岁时母亲因病离开了人世，家里除了她外，还有父亲和一个多病的奶奶。她父亲在港务处跑运输，常常不在家。平时，父亲给她零花钱，她总是装进枕边的瓷娃娃里。有两次学校为困难同学募捐，她都将瓷娃娃兜了个底。因为个子小，为了学做饭，有几次她从橱里取东西时，不小心从凳上摔下来。当时正是大冷天，以致到现在她手上、脸上都是斑斑的伤痕……

实习结束的话别会上，刘奇送了一幅仿制的布贴画给我。画是她自己做的，上面是一棵挺立在风雪中的翠竹。至今，这幅画还静卧在我的写字台上！

致金坛兄弟

当一个人被无助和孤独包围得百无聊赖时，大概首先想到的便是上苍。或问天求路，或咒世不公，然而，你却不能！打母亲的躯体里分解出来的那刻起，你就被上苍——这个在别人眼里是伟大甚至神圣，而对于你来说却无所谓的一个主宰，定义在残疾这个充满阴影的世界里。也正是从那个时候起，这个世界的许多本该属于你的东西，便与你无缘了！

细想起来，若不是你的残疾，我们也不会相识。虽然你从金坛的一个乡下来，与我的家乡溧阳仅一路之隔。

8年前那个初秋，当大地把金黄写进耕耘者的眼睛，你我沿着同一个梦走到了一起。那天，你右手提着脸盆、水壶等生活用品，肩上扛着行李，一瘸一拐向新生报到处走去。

在你身后，你父亲帮你提着箱子。此刻，他两眼仿佛在有意躲着什么似的，一直盯着脚下，而前面的你却始终昂着头。

接着，我们都进了中文系，并成了邻桌和舍友，大家都热情地喊你金坛兄弟。没过几周，我就从院报副刊上读到了你那篇《我骄傲，我是一个师范生》的演讲稿。从那里，我知道了习惯昂着头的你，却有着一番不平常的经历。

农家的孩子总是把梦装在书包里，然而，因为摊上了小儿麻痹症，梦这个本来是每个人所共有的权利也就从小远离了你。你曾三次参加高考，且分数都上了线，然而，前两次都因为残疾，你受到了一次又一次的冷遇。这其间，你瘸着腿，在拥挤的行人中，骑车、赶车、挤车，从金坛到南京，从招办到学校，甚至瘸着腿到一些部门领导的家门前等……第三次走出考场的当天，你又揣上面包和材料，一瘸一拐踏上了求学之路。终于，你坚强的毅力感动了人们，你被破格录取进了师范学校。

说起这些，你总是平静地一笑，那样子仿佛这在你身上并非一件值得骄傲的事。这便使我想起了你那次跌倒的事。

那次晚自习课后，我俩从4楼下来，你捧着一摞刚从资料室借来的书，边走边和我说你报名参加全市"兰陵杯"演讲大赛的事。你还鼓励我去报名。说实话，我曾有过此念头，但很快就打消了。我想得更多的是，万一失败了怎么办。一个农村孩子，初来乍到，本不引人注意，倘因参赛砸了，势必几年抬不起头。当时我这种想法你也许猜出了几分。身旁的你，依然昂着头，很认真地说："对于追求者来说，其实最辉煌的并不是成功，而是过程。"这话既像是在对我说，又像是你在说给自己听。我不知道当时你说这话时，脸上会是怎样一种表情，但可以想象得出你那深沉的样子。

正当我思考你这话时，只听"哎哟"一声，你的身影从我身边闪了一下，并很快就滚出4级楼梯。当时，你这突如其来的跌倒，竟使我一时手足无措。等我反应过来准备上前去拉你时，你已经抓着楼梯扶手自己爬起来了。你一边理书，一边拍拍身上的灰，像是安慰我说："没关系，跌倒了自己爬起来就是了……"说完，你捧着书，昂头一级级往下挪。那身影与刚才比分明有些晃！

后来每每想起这事，我常为当时未能扶你而内疚，直到你后来从市里拿回演讲赛三等奖的荣誉证书，这种心情才有了一份安慰……

毕业的最后日子里，大家都忙着分配的事，而你却很平静，依然一个人看书做笔记，仿佛这一切与你无关。从生下来，这个世界就剥夺了你选择的自由。来的那块土地养育了你，还有那么多培养你的乡亲、老师，他们都在等着你回去。你只是淡淡地把这些告诉大家。

要走了，大家整理着自己的东西相互道别。坦白说，我几乎是送完了所有的同学之后，才突然想到你的。等我赶到宿舍，才听说你已经走了，是一个人。

我赶到车站，去金坛的长途车已经启动，你留给我的是肩扛行李、手提箱子的背影。你终于发现了我，那刻，你转过高昂的头，透过车窗，把一句"保重"送给我。而我当时却不知说什么好，事实上，那句话早该是我说的！

这以后，我便得到消息，说你分在金坛的一个乡下中学教语文，就是你毕业的那所学校，学生们也都很喜欢你。两年之后，有了一个和睦的家庭，并很快添了个孩子……

两年的大学生活，说平静也不乏曲折。这期间，如你这样一个行动不便的人，跻身于城市拥挤且充满挑剔的人流，这究竟是怎样一种感觉？恐怕非我们这些正常人所能体会得出。此刻，我在我们曾一起度过大学时光的城市一角给你写信，季节之轴已停在初冬。这样的夜晚，在农村我知道人们早已沉浸在梦中了；但我可以想象，这时的你，一定又在你那张三尺讲台前，昂着头，整理着明天的教案。或者，正抱着你那可爱的骄儿，在讲一个被设想成别人，其实很可能是关于你的一个故事！

这样想着，便自然想起了你昂着头向新生报到处走去的情景。8 年过去了，与同学交往中的许多本该记住的细节，现在差不多都已忘记，唯独这一幕却怎么也忘不掉。

还记得你说的那句跌倒了自己爬起来的话吗？你说过，今后的路只会越来越平坦。只是我想，对于你来说，再平坦的路何尝不是一种坎坷？！

如此看来，当初你跌倒了我不拉你倒也是一件值得推崇的事。这样说，但愿你不会怪我是一种托辞！

六月正忙

时近六月，布谷鸟如期而至的"割麦插禾"声，把种田人催进了田野地头；他们的后代，那些被他们播种着希望的孩子们，也开始忙着复习迎考了。

自然，身为教师的林、俞夫妻俩就更忙了。

林、俞结婚已有 4 年，一直分居两地，聚散匆匆，至今两人仍丁是丁，卯是卯，未添子女。同事中常有好事者对此发些弦外之音，尴尬之余，林、俞便紧张地去医院检查。诊断结果，两人在生育方面都很正常。医生猜测，只是 4 年中双方一直机会相左，故无巧事发生。

医院归来，林、俞特将诊断结果复印为二，各置一张于办公室自己公桌的台玻下，以向好事者宣示。从此，那些好事者再无声息，偶有言谈，也多是惋惜同情之意……

其实，眼见同学一个个都有了下一代，而自己和俞却年老色衰，俞那肚子仍不见动静，林也很是焦虑。一日，去找在城里一机关谋事的同学李，再提俞的调动之事。此前，林几乎年年来找李；李也尽过努力，却一直未能奏效，难啊！

"果真如此难办？"林情急之中漏出此言，问李还是问自己，林自己也说不清。当他无意中瞥见李脸部瞬间闪过的不快之色时，不由暗自后悔不该漏出刚才这句牢骚。

沉默。

好一会儿，李才颇带伤感地坦言："论办事，现在比过去容易。听说我爸那辈逢年过节买点肥肉、豆腐什么的都要站好几个小时的长龙阵。如今，只要肯撒点花绿水，只要人家看得起你肯接，没啥办不成的……"

李未说完，突然觉得自己的脸在发烫：林、俞工资都不高，不说供养大人，单两人两地月月开支就不小，上哪弄出一笔"人情费"呢？李叹口气，于是把话煞住看林。

林低头，目光在自己那双旧且满是灰迹的皮鞋上寻找着话题。他知道，这些年自己手头紧，给李的活动经费有限，才有今日之惨局。想到这，他抬起头，感激地望着李："明日我送五千来……"林说此话时，一股凉凉的风直冲李而来。虽已初夏，但李的嘴唇还是有一丝悲壮的颤动！

林从李那里出来，天色已晚。赶到车站。去俞那个小镇的农公车都已发完。于是，林只得花 20 块车票钱（比平时多出 5 倍），乘方便车至俞处商量借钱。当夜分头行动，夜半碰头，5000 元终于凑足。

等上床草率行事之中，二人又定下两条：一、原定每月给双方父母的 100元钱暂停，待还清债后恢复；二、每周一次的夫妻相会暂改为两月一次，以便节省车费开支……

近日得悉，林、俞同居之日指日可待，只是因操劳过度，现在林、俞都住进了医院，双方的课也由他人暂代。另外又有消息说，林所在学校校长，这两天正考虑关于扣发林该季度的奖金问题，原因来自教务处最近的一次抽查考试，统计结果表明，林所教的两个班的平均成绩一下子落后到了年级的最后两名。俞那方情况如何，尚无可靠消息。

不过，刚刚有消息说，李已来过电话找林，并请人转告林速去城里有要事相商……林听此话时，捎信者无意中说了这样一件事，说县教委负责人事的副主任因受贿已于昨天被正式逮捕。

林听后，顿感浑身轻松，决定下午即去城里……

父亲举起的酒杯

下了 4 天的雨终于停了下来，此时，对于不愿被风雨淋湿自己回家心情的我来说，不禁油然生出一份感激。

老家在苏浙皖交界的溧阳西部山区，虽然距常州只有一百多里路，但近年来，因为工作上难以脱身，几乎要两三年才能回一次家。所以，每次回家父母都非常激动，总是一次次在电话里早早敲定日期，然后到那一天，星散在各地的兄弟姐妹带着各自的孩子，一起来到父母身边圆这一年聚一次的梦。我们 5 个兄弟姊妹拖儿带女，加上父母有近二十个人，每到吃饭，本来可以分成两桌，但考虑到要两三年才能聚上这一次，便都添双筷子添只碗搭了一个又一个角，吃起了热热闹闹的团圆饭。

新鲜白嫩的旱芹、叶肥肉厚的青菜、这些都是年迈的父母自己种出来的。一桌子准备了一年的好菜，和一桌子存了一年的牵挂，就这样在各自的谈笑间稀释着彼此的问候。父亲平素话就少，此刻，安然坐在上座的他，一边品着酒菜，一边更多的是把目光集中在儿女们的脸上。看着这团圆了的一家人，他满面红光中始终绽放着笑意，仿佛沉浸在一生中最幸福的欢乐中……

酒是我从城里带回的好酒，烟是我特意挑选的低焦油"和"烟，妻子、女儿在和父母讲着城里的新鲜事，我也汇报着自己工作上的得与失。忽然，父亲双手托起一杯酒，说："这杯酒我要敬你！"父亲这一举动，让一桌人先是一愣，继而是会心的笑。是呀，天下只有儿子敬父亲，哪有父亲敬儿子的？无措的我急忙起身要去劝阻父亲，但已经晚了；他把满满一杯酒端到了我面前，说，敬你是因为你总算今年春节没有失信，说初五回来就回来了。父子一场，你我年纪一年大比一年，这见面也一年难比一年了。

望着父亲有些激动的脸，我一时无语：酒没喝，心已醉了。父亲呀，你这一杯酒哪是敬我，实在是你多少个日里夜里，思儿心切的一种喷涌呵！

在村里同辈年纪的人中，父亲是学历最高的一个。18 岁就当上乡团委书记的他，因为生来为人耿直，加上祖辈成分不好，在那个年代经常遭受不公平的待遇。最后终于忍无可忍，一气之下带着母亲，一头挑着一口大锅，一头挑着我大哥，连夜从镇边上的爷爷家，跑到了远在山里的外婆家。从此，母亲出生的地方就成了我现在的老家。后来，父亲做过大队会计、小学教师，官是越做越小，但禀性却始终没改，依然一个刚正不阿的"硬头瘪子"。为此他吃尽了苦头。不过，也因此，父亲受到了村里众多乡亲的尊敬。就连那一批从城里下放到村里接受"贫下中农再教育"的几个常州知青，现在碰到我依旧会竖起拇指，说："你父亲绝对是个硬汉，大好人！"

还记得有一次为了交学费，不懂事的我因为家里凑不齐 15 元钱的学费，就一直赖在家里不肯上学。父亲看了看我，什么话也没说就出去了。在灶上忙着的母亲说，你父亲的脾气你是知道的，当心把他惹火了挨一顿揍。母亲并未能说服我。在班里，我是唯一一个没交清学费的人，一站起来，全教室我个子最高，那情景我实在受不了。所以，尽管也有些胆寒，我还是没肯上学。

当时，只觉得父亲一趟趟回来，又一趟趟地出去。不仅一句话不说，有时竟连看也不看我一眼。他越是这样，我就越发僵下去，而且连饭也不肯吃。一顿、两顿，晚上依然没吃。第二天一早，村上同学都去学校了，我依旧没去，而且还是不肯吃饭。虽然很饿，也想放弃此念先填饱肚子，但就因为父亲没理我，我就用手指掐着自己的大腿，发誓再坚持下去，直到父亲来求我为止。但是，直到吃中饭，父亲依然没有来看我。由于饿得时间太长，最后我竟眼冒金星，一下子瘫倒在地。这下母亲急了，马上叫父亲背我去村卫生站。

父亲回来了，没说话，只是叹了口气，把我往背上一驮，赶着步子去找医生……回来的路上，他除了不时叹气，还是一言不发。快到家时，他腾出一只手，把一张纸条从肩上递给我，条子是写给他原来做老师时的同事的，意思是家里实在凑不齐学费，请看在老同事面上，能否想办法给学校说说暂时先欠着；另外，孩子个子高，自尊心强，是否尽量请班主任不要为难让我站起来……看到这里，倔犟的我顿时眼泪止不住地往下流……

伏在父亲的肩上，犹如伏在一座大山的怀抱里，尽管有呼呼的风从身边吹过，但却很温暖，很踏实。此刻，耳朵里又响起了昨天晚上母亲劝我的话。母亲说，为了帮我凑齐那15元的学费，一向不求人的父亲，每天都要出去求人家。无奈我们是外乡人，被求的人不是家里也不宽裕，就是找各种理由谢绝。无钱逼死英雄汉。这些天，为了这15元钱学费，父亲是三天没说出10句话，就连骂我一句的心思都没有了。

在我们兄弟姊妹眼中，父亲是一个不苟言笑，做事严谨得过于顶真的人。当初上学，每天晚上他都要教我写字，而且，一定要我把每一个字写得方方正正，不能潦草，更不能错。钢笔字是这样，毛笔字也这样。有时我练得时间长了，想偷个懒，他就会要我停下来，反复给我讲写字和做人的道理，并一遍遍地为我示范。

在老家，父亲是远近闻名的文化人，这其实一定程度上就因为他的一手好字。即便现在，每到过年，村里200多户乡亲，有三分之二人家门上的对联都出自他的手。小时候，大凡一过腊月，就有人拿来红纸排队写对联。也许是为了鼓励我，每每这时，父亲会让我在边上帮着想上下联，对对子，或帮着磨墨。后来，还特意留下几幅让我写。如果写糟了，他会叫我从鸡窝里摸出两个鸡蛋，到小店里买来红纸继续写，以补上人家的损失。有一次，正当我把一张写废的纸揉成一团准备扔掉时，父亲忙抢过去，细细地展平，然后轻轻地卷成一根根纸烟。原来，烟瘾本来就大的父亲，为了不占用我写费纸的开支，竟连一毛四分的"跃进"烟也舍不得买了！晚上，听着他饭后抽纸烟呛出的阵阵咳嗽，我就想，等今后挣钱了，一定要多买些好烟给他！

1984年夏天，我因为没有考上县里的重点中学，父亲为此非常烦恼。在他看来，上面老大老二都误了学业，唯独我这学习一向被看好的人却翻船了，他实在难以开颜，我也非常郁闷。可孩子毕竟是孩子，虽然每次经历了现在看来都是刻骨铭心的教训，但在那时，却一次次终究很快会被年少无知冲淡。那时，电视连续剧《霍元甲》放得正火，虽然我在闭门思过，却终究未能抵挡住"昏睡百年，国人今已醒"的诱惑。一次次偷偷从家里溜出去看。有天下雨，因为我没有雨鞋，就穿着父亲的雨鞋去了。当时没事，可过了三天后，又是一个雨天，父亲找雨鞋却怎么也没找到。也许是因为太急，他就气匆匆地来问我是否穿过，而我竟忘了三天前将雨鞋放在哪儿了，便顺口说了句没穿，这下不得了，父亲的眉毛仿佛喷出了火，一边说"看你下次还敢不敢不说实话"，一边操起一根扁担向我劈来。我慌乱中用手一迎，头躲过了，手腕却被打中了，一阵发麻的剧痛之后，很快一道青印爆起。

如今，这块青印依然可见。记得第一次带女朋友，也就是现在的妻子回家，无意中我们提到了这手上的印子，父亲马上满脸通红，仿佛做错了事的孩子。好久，才意味深长地说，"想不到这么多年你一直没忘啊！"一声重重的叹息，至今还在我耳边响着……

不能忘啊，就是父亲的这一道青印，让我对诚实做人有了特别深的感悟。也使我一个无依无靠，无任何社会优良资源的游子，最终圆了自己做记者的梦。也是父亲的禀性，养成了我从不屈服于任何困难和劳累，从不甘于平庸的性格。我每年都有作品获得省政府奖，并有幸被市政府记二等功，荣获市五一劳动奖章，一件新闻作品还在全国获大奖，并和中央电视台著名主持人崔永元同步跨进了全国广播电视系统先进工作者的行列，圆了当初我跨进新闻单位时给自己定下的梦想！

都说阳光总在风雨后，可在这些成绩的后面，却是父母日日夜夜的煎熬。曾经一个月甚至半年父母没有接到我的电话；曾经老眼昏花的父亲，写了一封又一封信，等来的只是作为儿子的我在电话里短短的"没事"两字；曾经几次到老家采访，说好抽空回去看看，却最终因为计划赶不上变化，一次次让早已烧好饭菜的父母失望……

那一次，姐姐告诉我，说因为思儿心切，父亲曾和母亲发脾气，说总有一天要到城里来找我单位的领导，问怎么世界上还有像我们这样一个一年到头没有休息日的单位！后来，父亲真的没打招呼就来了。不过，住了一夜，第二天他就一个人乘车回老家了。因为要赶个节目，偏偏父亲来那天我回去又很晚。而因为忙，第二天一早我又出发了。这样，我和他同住一夜，居然竟没说上两句话！

也许是看我太忙了。好几次，我发现父亲分明话到嘴边又咽了回去。其实，那些日子，我正没日没夜地在赶市里交办的几部大专题，因为有事烦心，心情也不太好。尽管作了掩饰，但情郁于中自然要发泄于外。所以，后来想想，父亲当时一定是看了出来，只是不愿说出而已。

就在此后的一个星期天，我偶尔寻找一本书，却意外地从一本里面选登我的作品的《中国散文诗选》中，发现了父亲留给我的一封信！信写了满满五张纸，除了关照我要照顾好家庭，管理好部门外，就一再关照我要保重身体，并说自己一生劳碌，唯有子女事业有成，身体健康为最大幸福……

好在，父亲现在正感受着这些！

常州老师

犹如一条新到电影的消息，下放知青的到来，成了牛头山下 9 个村家家户户饭桌边的新闻。于是，有知青落户指标的村。挨家挨户大人小孩撂下碗筷便早早赶来知青点看热闹了。当然，也有舍不得剩菜剩汤的女人捧着饭碗来的。

下放知青成了平时少有城里人来往的山里人有生以来最稀奇的一件事！

从后来的有关文章里得知，当时的知青大多数要从事苦脏累的农活，而在濮家这个偏僻山村，知青们却是很受人尊重的。除了一位叫王志伟的因家庭出身不好，不得不种田外，其余人几乎一律都做了老师。个中原因，大概是当时学校里除了上了年纪，且只有小学、初中文化的老师外，再没有一个像模像样的高中文化老师的缘故。那时的濮家小学，也因为有了这些"常州佬"的到来，而重新焕发了生机。

牛头山脚下，成 U 字型坐落着三排虽然低矮却整洁的红砖黑瓦的平房。这就是当时的濮家小学。

　　蒋明颜老师当时是我们的班主任，教语文。上学前就听说他是一个比较凶的老师。所以，听说他做我们的班主任，心中不免有几分忧，但因为在当时下放的知青中，他是身材最高，脸最白，声音最洪亮，且经常喜欢引吭高歌的一个，便又有些期待。我就是在这种山里孩子特有的忧与盼中，等到了他来上课的那一刻。

　　记得那时念三年级，刚刚开始学写作文。第一次看到课程表上将星期三下午两节课排成作文课。便以为是故事课。因为在一、二年级时，我们就盼着天下雨，一下雨，体育课上老师就可以讲故事了。谁知，真正到了作文课，这位蒋老师却不给我们讲故事，而是让我们听写范文。记得当时听写的第一篇作文是《小兔子拔萝卜》。蒋老师说："空三格写小兔子拔萝卜，然后另起一行空两格写'有一天，大雪下得满地都是。厚厚的大雪盖住了小草，盖住了菜地。一只小白兔蹦蹦跳跳地来到萝卜地里拔萝卜……'"

　　为了让每一个同学都能记下，蒋老师每报一句都要重复好几遍。连标点符号也要报出来。有时遇到估计我们写不出的字，他会在黑板上写出来。因为我当时记得快，有时不免要骄傲地抬头看他，而他只是满意地笑了笑。继续念着他认为该念的句子。这样整整听写了 45 分钟，才将一篇 600 字的童话听写完。这在现在，随意找一篇范文打印一下就可以了。用不着大家一句句听着记。而当时学校的办学条件很困难。老师刻印蜡纸及用粉笔都是很节约的。我常常看到有时粉笔实在短得不能再写了。老师便用拇指和食指指尖紧紧夹住，小心翼翼地在黑板上写。有时用力过猛，以至粉笔在水泥漆成的黑板上发出一阵阵尖唰唰的吱吱声，弄得那些娇气的女生故意找个理由捂着下巴直喊牙酸……

　　第二节课他就给我们讲为什么标题至少要空三格及作文的格式、分段等。就是这样连续听写了几次作文，老师才放手让我们自己写。

　　那时，凡是知青，除了王志伟，几乎人人都有一台收音机。蒋老师除了听新闻外，如果收到精彩的电影录音剪辑，他会专门安排我们听。当时我们那里难得有电影看，所以，每次听电影，同学们就特别认真 。就连其他班里的学生也会不约而同地涌到我们教室的窗前，挤在走廊里聚精会神地听。

　　那一年的冬天，两天时间，小村就被一场大雪弄得与外界隔绝了。呼呼的寒风，撕扯着窗户上的薄膜，拼命地钻进教室，而在水泥砌起的课桌旁边的我们，却被那收音机中《烈火中永生》电影录音剪辑热热地温暖着。"数九那个寒天下大雪，天气虽冷我心里热，我从那前线转回来，胜利的消息要传开……"听完这个电影录音剪辑，蒋老师满怀激情地教我们唱起了这首表现江姐那大无畏精神的豪情之歌。

也奇怪，那时候，即使再冷的天，只要他进了教室，就没人觉得冷了。以后，像《洪湖赤卫队》、《小兵张嘎》这些电影，最初也是从他那小小的收音机里听到的。虽然现在电视普及了，电影院里也难得去了，但现在想起那些听电影的日子，总有一种深深的感动在胸中泛起。

也许是因为喜欢作文和听故事。不到一年，我们就喜欢上了这位蒋老师。

蒋老师他们都喜欢种菜，一有空，他们就在学校后面的山下开荒种菜，而且种的菜常常长得很好。在我上学前，他们就带着高年级的学生，在那里栽了50多棵桃树。等我上学，那里已是一片蜜桃林了！

与蒋老师分别是件很突然的事。那是1980年春天一个星期一早晨，我一到学校，就听说蒋老师他们要回常州了。而且因为山里交通不便，早上一大早就到镇上赶长途车去了。那天，同学们一下子像少掉了什么。早读课一完，都不约而同地来到了承载过我们欢笑的菜地。此刻，刚种下不久的油菜静静地在阳光下泛着油油的光晕。菜地旁边，一人多高的桃树正尽情地绽放着一树树桃花……

几天后，这些常州老师的课，让一群正好高中毕业的青年代了。这些成了老师的山里小伙，都曾经是常州老师的学生。就是现在在濮家小学做校长的我的二哥，也是蒋老师的学生。

常州老师走了，关于他们的一些故事也开始在同学中传说。记得最清楚的，就是关于蒋老师和同来的一位姓戴的女老师的事。不过，那时候爱情这个词太神圣，老师不提，学生也不知道。有人说他们是天生的一对。但直到蒋老师离开这个山村，这一切都没有能成为现实。

如今，蒋老师他们留下的桃树终究因为太老而被砍掉了，桃园也早就成了菜地。本来都是平房的小学，也在1990年在溧阳市第一个盖起了教学楼。当然，这都是发生在常州老师们最后一个个形单影只，卷起铺盖在某一天回到他们曾经从那里出发的地方之后的事。

从常州来，最后又回到常州去。常州老师在牛头山下前后总共待了6年。

6年里，正如船在避风的港湾里总会遗落些什么一样，小村必定会留下他们的那些风花雪月的故事。但这毕竟是一个应该留下故事又注定这些故事都将以虚无缥缈告终的时代。不过，至少有一件事对他们来说是真实的。那就是山村里从此有了年轻的教师，山村里的孩子从此有了对山外世界的憧憬。他们的许多人，也最终选择了城市。譬如，我在常州就以一种曾在他们身上享有过的智慧，在生活和付出着。

——不知道，这些昔日的常州老师，现在过得可好？

说好了，这一次不掉眼泪

2007年夏天，我有幸作为学生家长，被邀请参加了女儿的小学毕业典礼。毕业典礼在常州市工人文化宫影剧院举行，虽然仪式只有一个小时，议程中的内容非常简单：除了学生们自编自演的几个对6年小学生活回顾的文艺节目外，就是校长为全校232名毕业生颁发毕业证书，整个活动的主题和背景音乐就是小虎队的那首《放心去飞》。眨眼间，三年过去了，但那次活动的一幕幕，竟然像种子撒在了我记忆的平原里，怎么也除不去！

——题记

"终于还是走到这一天，要奔向各自的世界；没人能取代记忆中的你，和那段青春岁月，一路我们曾携手并肩，用汗和泪写下永远！"

当年，也是这首小虎队的歌，把我们送出了大学校园；如今，又是这首歌，把我们的孩子送到了小学毕业的舞台上。慨叹光阴似箭的同时，也在体验着孩子们六年点点滴滴的收获：从1＋1＝2的门槛上跨过，昔日的一个个懵懂顽童，终于成了今天明白"人之初，性本善，性相近，习相远"的纯真少年！上学路上，是父母的殷殷关爱，滋润着他们的幼小心灵；课堂里，是老师的谆谆教诲，满足着他们求知的渴望，社会的期待，延伸着他们学步的旅程……他们曾经任性地扔下吃了一半的饭碗，曾经淘气地忘掉做了一半的作业，曾经因为一道题的答案，和同学争得面红耳赤，曾经因为一次粗心大意而与满分擦肩而过……

风里雨里，他们笑过哭过；春去夏来，他们输过胜过；真的是经过风雨，才见彩虹。今天，孩子们终于赢来了收获：最后一次穿上亲切的校服，最后一次戴上用无数革命先烈的鲜血染红的红领巾……毕业典礼的舞台上，让我们举起已经粗壮的手臂，给在过去六年那 2000 多个日子里辛勤抚育我们的老师，敬上最后一个队礼！

232 个学生依次走上舞台，走到您的面前，放下举起的手，从您手里接过自己的毕业证书。身为一校之长，也许您用不着一个个去发，在讲究工作效率的今天，您完全可以将这 232 本毕业证书交给六个班的班主任去发，但您却每年都要坚持自己一个个亲自发。学生敬礼，您回以点头；学生道谢，您给予最后一句鼓励。再摸一下学生的头，再整理一下他们的衣领，哪怕是笑着再拉一下他们的小手……伴奏的小虎队歌曲结束了，可以倒过去从头再放，而无法从头再来的是那已经过去的六年 2000 多个日子。

"慈母手中线，游子身上衣，临行密密缝，意恐迟迟归，谁言寸草心，报得三春晖。"拿到毕业证书的孩子走过去了，您的目光追出一段之后，又要去迎接下一个学生。虽然学生每人只要举一次手，行一个队礼，但您的动作却要重复 232 次。站在一个位置，一丝不苟地重复 232 次。您心里清楚，这年代，有些细节可以省略，但纵然时间再珍贵，效率再重要，有些细节还是不可以省略。您的那一个个动作，是为了再看一看这在学校待了 6 年的孩子，看看他们 2000 多个日子里的成长，然后再送出一程。虽然脚步永远走不到目光的顶点，但在您的眼睛里，每一个孩子都可以顺利，而且应该实现他们的梦想！

儿行千里母担忧，从这群天真烂漫的孩子跨进校园那天起，你们这些老师就成了他们一生的父母。而你们从此也就又多了一批可爱的儿女。6 年 2000 多个日子在这里存储，当今天跨出校门，一生中的许多支出，将从这里不断地寻求兑付。有朝一日，身心疲惫的校友执手相向之际，一件母校佚事，或者轻轻的一声老师，都会教人心潮澎湃，童真复发；没有谁能计算得出这种爱的分量，即使是最聪明的数学老师，或者是学生中的奥数冠军。牵牵扯扯，维系一生的，唯有这启蒙之恩！一张红红的毕业证书，是一段时光的结束，更是另一个过程的开始；有了老师的瞩望，这个过程虽说依然有风有雨，但一定会走得更稳、更快……

孩子们已经把要走的心情收拾好了，若干年后，当已经长大的他们，再回到这孕育梦想的校园，踢一场球，跑一段路，翻几个跟斗，看一场电影……那时，他们一定还会记得今天，记得今天老师们、同学们的一个个举手投足……

终于要分手了，藏起彼此的眼泪，毕竟泪水和鲜血一样重要；也不要叹息，声音要留着唱歌。精彩人生在于不断的奋斗。这里留下的失败和挫折，只是人生的一级级台阶，跨过去就过去了。该珍藏的是友谊、是未来、是带着童贞的梦——让欢笑和荣耀换一句誓言 \ 夜夜在梦里相约 \ 放心去飞，勇敢地去追 \ 追一切我们未完成的梦 \ 放心去飞，勇敢地蜕变 \ 说好了，这一次不掉眼泪……

当时只道是寻常：许建俊散文选

永远的钟声

你就这样去了，倒在上班的路上，再也没有起来。

噩耗传来，我虽然刚从失去恩师的悲痛中安静下来，心还是陡地一惊。我怀疑我的耳朵，可事实很快就否认了我：今天早晨，你为了早点到校，起得特早。等妻子醒来，你已经走了。可她怎么也想不到你会被一辆卡车夺去生命！

你是 1978 年从宜兴来学校做临时工的。因字写得好，就做了誊写员，并且，由于学校人手紧，领导又让你暂时代理敲钟发教材等一些杂务。你乐意地接下了，一代就是 14 年。

你家里田多，孩子又小。因此，你每星期六都要赶回去，星期一早晨又早早赶来。一来一去，骑车要 4 个多小时，遇上雨雪天就更麻烦。可 14 年中，学校的钟你从未迟敲过一次。

风里雨里，钟声里，一届又一届的学生被你敲上讲台，敲成一个个光荣的小学教师；年来年去，一批双一批农家子弟揣着家乡父老的期待，走入你的钟声。

学生毕业了，可他们忘不掉你。每逢节日，总有人给你邮来一份份问候，一份份感谢。而在校的学生，也同样惦记着你。

就在你遭受不幸的前 4 天晚上，90（1）班的几个班干部还在一张"恩师卡"上写下"献给辛勤工作的宋老师"的赠语，准备在几天后采访你时送给你。他们还为你拟定了 10 个采访问题，然而，你没来得及回答就走了。那张你永远看不到的"恩师卡"，至今仍孤独地躺在你的办公桌上……

也许是一种失去同事的感情使然，我又来到教务室，想从你坐了 14 年的地方找回些什么。但是，我的目光浑浊了——一个老师、76 岁的老校长正怔怔地坐在你坐了 14 年的椅子上，双手摩挲着你临走前刻印出的一大叠新生名单在默默流泪。见我进去，他断断续续地哭诉道："我真的难过，真的内疚啊！多好的同志，我为什么不早点对他说：老宋你别来这么早，路上车多，天不亮，当心出事……早读课的钟，我来替你敲好了……"

走出教务室，"当当"的钟声又响了。我下意识地回过头，是老校长敲的。一下，一下。声音很响，也很重。从钟声里，我听出一个老校长对一位同事离去的痛惜。

下午，工会为庆祝教师节，决定给每位教职工发 10 斤苹果。当几个老师见老校长在默默地为你挑最大最好的苹果时，都主动从自己的篮中捡出好的来，放到你的那一份。谁都没说话。

说什么呢？

谁都有感情，谁的心里都有一杆秤。它不仅能秤出同事间的真诚，也同样能称出平凡之中的伟大！

知道下面这件事的人，至今想起来都为你心酸。

有年春天，你 9 岁的大儿子上学时不幸从桥上摔进河中，很快被激流冲得无影无踪。当时学校忙，你走不开，也没向学校讲。星期六一到家，你立即跳进冰凉的水中，沿河一截一截地摸着，摸着……指甲摸脱了，泪摸干了，儿子依然无踪！第二天晨，星期一，你又准时拉起了学校早读课的钟绳……

为了松弛一下被悲痛纠结着的心，晚上，我一个人来到了静静的操场。

踱着沉重的步子，我循着你的一幕幕往事边走边想：在学校，你只是一个誊写员，一个代敲钟代发教材的。平时，你没向领导提过一次要求，发过一次牢骚，只是默默地来，默默地做；最后，又默默地离去。也许，你很快就会被人们忘记，因为你太平凡，平凡得就像你生活过的这片土地，像这片土地上的一棵无名小草，抑或路边的任何一块小石子；但是，在我心里，或许在更多人的心里，你那钟声却是永远的，永远的……

当时只道是寻常：许建俊散文选

母校是一座桥

——为纪念常州师范教育百年而作

在没有山的城里住久了，便常常想起水，有水的地方就必定有桥，而只要有了桥，记忆的深处，就因此而多了一个具象的维系。人生终如不系之舟。但无论你走到哪里，即使天涯海角、满目疮痍，只要见到桥，就必定会有炊烟——那是生命的源泉，是希望的始祖。

在画里，在现实生活中，桥永远是一种跨越，更是一种永远的行走状态。而在我的人生履历里，母校就是这样一座桥！

1988年9月4日，一辆长途车把我从溧阳的一个小山村里，一路颠簸进了常州城。在早我一年来这里的学兄引领下，走进了当时的常州教育学院位于东下塘69号的宿舍区，安置妥当行囊，便独自去熟悉周围的环境。出宿舍区是一座三孔青石板拱桥，名叫中心桥，意思可能是说它所在的位置正好是在桥下这条东市河的中间。踩在这些青石板上，眼睛里是桥栏上发黑的水印，和两岸枕河而建布满青苔的老房子。人在桥上走，脚步因此而变得拘谨，生怕一脚下去，会踩乱那久远年代里一位先人厚实的足迹。毕竟，这桥的历史，要比我的年龄长出许多。

走过中心桥，很快就到了双桂坊49号的教学区，那里是我们两个年级600多名统招班学生上课的地方。如果从空中俯瞰，那座中心桥就仿佛一根拱起的扁担，两端分别挑着我们的宿舍区和教学区。也就是这根扁担，使我两年大学生活的720多个日子，在中心桥两端往返得再无悬念。

自古道常州乃人才荟萃，底蕴深厚的江南佳丽地。就连我日日往返所必经的青果巷和双桂坊，都是常州历史上才俊辈出之地。挨挨挤挤，穿行其中，随便一脚，说不定就是中国哪位名声赫赫的俊杰诞生之处。难怪，尽管学校和住宿的地方和高中时相比，条件好不了多少，但这里的所有老师，只要往讲台上一站，那滔滔不绝的讲授，加上课后与学生谈笑风生的交流，无不让你深深折服于知识的力量，沉浸在一种与历史对话的氛围里。

学高为师，身正为范。作为教师的摇篮，这里的教师似乎有着一种特别的甘为人师的神圣。当时的副院长，古代文学老师钱瑟之副教授，虽出生常州名门，却一直淡泊名利，尤其是他虽然腿有疾患，却对传道授业解惑不敢有丝毫懈怠；对学生更是视如子女，谆谆教诲，孜孜不倦！风度翩翩的外国文学老师王文强和王国娟伉俪，那时历经艰辛，从北京到四川、从四川到常州，拖儿带女的他们，苦辣酸甜，一路坎坷，即使在常州也依然是栖身于20多平方米的宿舍，但在校园里，处处是他们对师范二字的虔诚。"老师就永远是黑板擦，如果本身不干净，就会越擦越糊涂。"陶尚廉老师这句话，说的是做老师，其实更是做人。还有现代文学老师王强华，从首都北京南下常州，虽年逾花甲，但讲起鲁迅的童年逸事及祥林嫂祝福夜中凄惨作别人世，却是情郁于中，如痴如醉；以至教室里常常屏声止息，甚至一片唏嘘。那时，他家住县北新村六楼，每天要推着自行车爬曲曲拐拐的楼梯。尽管年事已高，但走起路来却健步如飞。做学问要坚定，做人要坚定，走路即使再曲折也要坚定有力——上课这样说的王老师，课后也是以自己的背影在引导着他的学生……

在城市这样一个人文深厚的一角读书，即便条件简陋，也就算不得什么了。相反，倒多了一份"宝剑锋从磨砺出，梅花香自苦寒来"的耐心。就是凭着这份人文的淘洗和甘于寂寞的耐心，我们在短短的两年，收获的不仅仅是同学情、师生情，更多是做人的风骨与做事的本领。这些足以让后来的日子从此有了一种不悔的记忆。

花开花落，春华秋实。当两年后那个广玉兰盛开的7月再来的时候，我们又卷起行李，在中心桥上挥手各奔东西。和两年前来这里报到时一样，前面的路依然充满艰辛，但经过两年桥上桥下的跋涉，我们的脚步显然要比两年前沉稳多了。也就是凭着这种沉稳，我和同班的张国俊被戴帽分配进了当时的江苏省武进师范学校教《文选》。《文选》是一门类似于教学生写作的课程。在当时，大专毕业生能进这样的学校，算是非常优厚的分配了。

从一所师范学校出来，走进的又是一所师范学校，只是自己的身份由过去的学生而成为了教师。至于为何会落到我俩身上，后来得知主要是母校老师的极力推荐，加上常州教育学院毕业生一贯素质不错的印象。由此，我对那座中心桥更添了几分敬意！

太湖之滨、武南河畔的武进南夏墅小镇，江苏省武进师范学校几乎占去了镇中心的一大半位置。走进这所建于1906年的全国师范名校，房子低矮，树影婆娑，迎面而来的是校友史良、吕凤子、艾青、刘天华、吴伯超、吴青霞等名人的音容笑貌，是一份"捧着一颗心来，不带半根草去"的铮铮师骨。就是在这个校园里，我度过了自己有生以来最值得难忘的5年。那是一个风华正茂的青年，刚刚踏进社会，带着一半好奇和一半胆怯，在没有长辈的搀扶下，自己一个人向前走的5年。第一次站在讲台前进行我的职位演说时，望着那一群年纪和我并不悬殊的学生，脱口而出的第一句话竟是五年创业志向，那就是叫他们通过三年苦读，务必在走上教育岗位后五年出成果。如果没有这种雄心，不如趁早打道回府，免得辜负青春大好年华。一个堂堂七尺男儿，我这话是说给学生听，也更是说给自己听。

这以后，我带着班上52个学生，有过打靶归来的歌声；有过校运会上一起为失去的名次的共同泪落；也有过毕业分手前夜的执手相看泪眼……难得空闲，夕阳西下，我会独自走出校园，到附近的武南河畔看小船游弋，炊烟袅袅，任思绪把未来的人生演绎得随那炊烟而去……

10年后的2003年，我带的那届学生毕业十年后再相聚，一打听，班上居然出了一大半的校长和教导主任。看着一个个已是孩子父亲、母亲的学生，身为班主任的我，仿佛成了海明威笔下的那位老人……

5年里，与其说是在培养学生，毋宁说是在培养着自我——

一个细雨蒙蒙的周末黄昏。蒋海澄一手插在长衫口袋里，一手撑着紫红色的油纸伞，在窄窄的打索巷内由南向北慢慢走着，凹凸不平的路面积了很多水，一不小心就会一脚踩进水凼，溅一身泥水。他一边走，一边思考着昨天下午，带着学生上课外写生课回来途中的事……

在回校的路上，蒋海澄问那位叫欧阳慧的女生当时在纸上画两棵树的原因。欧阳慧先是调皮地一笑，接着才眨了眨眼，说："因为我喜欢听你上课，喜欢你这样的老师呗!"

"为什么喜欢我这样的老师呢?"蒋海澄显然很感动,笑着逗了一句。

"你讲课生动,每问一个问题,总是用生动的语言引导我们理解、思考。说到这,欧阳慧停了停,像在搜索自己的记忆,又说,"还有你对我们学生很平等。你那次说,师生之间不应存在界沟,应平等相处。你还说……"说到这,欧阳慧竟模仿起他的神态和语调,你说:"我的课,你们觉得对就听,觉得不对就提出来,我们共同探讨。倘若不爱听就离开,但不要在课堂上妨碍别人,说实话,我们就喜欢这种老师。"

当时,见她模仿得很像,蒋海澄不禁会心地笑了。这次,他似乎很满足,笑得特别开心……

这是我在报告文学《常州行旅》中,记下的校友艾青在武进师范前身武进县立女子师范学校教书的那段经历,而真正融合进去的,其实还有着自己的这段经历与感悟。当我将初稿送呈艾老审核时,他竟欣然赞许……

"为什么我的眼里常含泪水,是因为我对这片土地爱得深沉!"如今再读那段是艾老,也是自己经历的文字,昔日武南河畔和学生一起朝朝暮暮在知识海洋里寻寻觅觅的点点滴滴,就仿佛发生在昨天。其实,如今我虽已离开教育岗位,但母校的那段经历,却总仿佛是一座桥,一头连着现在,一头连着昔日的那些老师和学生。

常常,不由自主中会产生一种对人生际遇的感慨!200年前的那个月朗星稀的晚上,常州才子赵翼立于常州城里的一座桥头,仰望苍穹,对天发出了一句"江山代有才人出,各领风骚数百年"的感叹。这200年前的一叹,也许正是对常州儒风蔚然的一句承前启后的概括吧。而他脚下的那座桥,其实就是常州自古以来教育昌盛的一块基石!

常州行旅

——艾青的第一次教师生涯

题记：

他从中国寒冷的夜晚走来，举着火把，照亮无数青年的心

——柯原《光的赞歌》——访艾青

1936 年，初春一列从上海开往常州的火车，拖着笨重的躯体缓缓进入常州站。车未停稳，乘务员就被拥入车门的旅客折腾得喘不过气。于是，他把车门打开，顿时，人头如一个个黑瓜从车里滚下来，一边还泛起阵阵各种各样的叫骂声。

当旅客渐渐稀少时，车门内走出一个穿青灰色长衫，二十五六岁的青年。他梳着分头，宽阔饱满的天庭下，嵌着黑而重的双眉。也许是长期不见阳光的缘故，他的脸色显得很苍白。不过，那双眼睛却很精神。此刻，他并不像别的旅客那样匆忙，而是等到最后才出来。他在踏板上站了一会儿，扫了一眼车站后走下火车，跟随着稀稀落落的旅客，向出口处走去。

他就是刚刚出狱的蒋海澄，即后来被智利大诗人聂鲁达称为继屈原之后，中国诗坛出现的又一个泰斗——艾青。

一

蒋海澄出了检票口，见接他的妹夫张祖良还没来，就在出口处不远的广场西角站着，抬眼朝那已发灰的站房望去。站房上的"常州站"三字已黯淡

得没有一点生气，尤其是房顶上那杆半成新的青天白日旗，在这沉闷的空气中愈发显得没精打采。

看着这些，一种来自异地的陌生气息向他袭来。是激动还是怨艾，似乎都不是，又似乎二者都有，总之，他说不清，但有一点是可以肯定的，那就是凄凉。在他的眼前，出现了800年前在这里发生的一个场面。

那时，那个曾高吟着"大江东去，浪淘尽，千古风流人物"的东坡居士，因蒙受不白之冤，从海南乘一叶小舟来常州。当时，尽管常州人倾室空巷，站满运河两岸，欢迎这位大文豪的到来，然而，苏轼感其一生命运总是坎坷在一叶小舟里，不得不悲叹"身如不系之舟"！

苏子如斯，自己不也同样是一叶漂泊之舟？

1910年阴历2月17日，蒋海澄降生在浙江金华的一个地主家里。因算卦的说他"命克父母"，这个本可以在父爱母爱的港湾里安享幼年的他，刚满月就被寄养到一个名叫"大堰河"的农妇家里。直到5岁才送回生身父母手中。以后，他一直在苦难的浪涛里漂泊。金华、杭州、法国、上海、金华……打杂，进监狱……

多少次吞没而又卷起。他像在洁白的薄冰上行走，又像一只小船在大海的浪尖上航行。

如今，刚刚出狱的他，因为生计，经在武进县立女子师范学校总务兼教语文美术的妹夫张祖良的介绍，又来到了苏子曾踏过的这片土地。

二

"大舅，爸爸妈妈来接你了！"

突然，一个熟悉的声音从广场那边传过来，蒋海澄忙收回思绪，循声望去，只见妹夫张祖良和妹妹希华两人正带着女儿霖霖笑着向他走来。霖霖长得还和一年前他见到时一样可爱，只是个子高了点。

"海澄，我们动作慢了点，让你等急了吧！"

张祖良边说边拎起了蒋海澄的行李箱。

"没关系，正好我也随便看看"。蒋海澄笑了笑，搭讪着跟张祖良他们向学校走去。命运的坎坷，在胸中越聚越痛，即使见到了久别的亲人，他也很少有那种忘情的激动了。

路上，蒋海澄一面听妹夫介绍女师的情况，一面观察路边的景物。虽是初春，除了街道两旁七弯八扭的梧桐树上冒出了点点嫩黄的叶芽外，一切似乎还沉闷在冬季。

大约走了40多分钟，他们到了青果巷的中心桥，女师就坐落在这里。在校门口，他们停下来歇了一会儿，趁这当儿，蒋海澄打量起校门。校门并不阔绰，已发黑的朱红大门上，油漆已经剥落。门上面是拱形的门楣，中间镶着校牌。校牌上面空着一方形的墙壁上，饰着青天白日徽记。这一切，给人一种压抑、低沉的感觉。然而，目光越过高高的围墙可以发现，沿围墙排列的一棵棵正在发芽的树梢都已超过围墙，正尖愣愣地挺举着，似要争夺外面这片被围墙阻隔的天空。

"进去吧，还要和萧校长见面呢！"没等蒋海澄继续看下去，张祖良催促道。于是，他们跨进校门。希华带霖霖回宿舍，张祖良陪蒋海澄上洗心楼校长室去见萧石光校长。

二人来到洗心楼东边的校长室。萧石光正坐在那儿看一沓表格。

"萧校长，这位就是我向您推荐的蒋海澄先生。"张祖良指着蒋海澄介绍道。

"哦，蒋先生，欢迎欢迎！"萧石光听了，忙微笑着站了起来，指着旁边的椅子请二位入座。

"多谢萧校长如此热情，今后还请您多多指教！"蒋海澄伸手打了个拱，说了声谢谢后，趁萧与张祖良讲话的当儿，开始打量面前这位体态丰满，约三十五六岁的女校长。很快，他肯定了妹夫的判断，这确实是一位精明能干、有魄力、个性强的女人。

介绍之后，萧石光请教导主任陶仲高与蒋海澄见了面，并吩咐陶、张两位，尽快把蒋的课务及住宿安排下来，她自己有事先出去了。

根据安排，蒋海澄担任国文教师，教授三年级两个班的国文，另外兼教毕业班的新文学。月薪为45元。

就这样，蒋海澄在常州开始了他平生的第一次教师生涯。

三

当天晚上，蒋海澄就在宿舍认真备课。

他翻开中华民国教育部颁发的教学大纲，发现大纲中规定的教学内容大多比较陈旧。而且，上面所阐述的教学方法也比较死，缺乏灵活性。于是，他考虑了一下，决定对教材上的篇目进行筛选，选那些他认为较好的文章教。另外，他还把果戈理、高尔基等一些外国作家的进步作品选进了课堂。

夜，很深了。他仍在静静地考虑看明天的课，那样专注，就像他平常构思一首诗那样……

第二天早晨，钟声响过，蒋海澄踏着沉稳的步子，来到三（乙）班教室的讲台前。

他像浏览一本书的目录一样，先看了一眼整个教室。留在他眼底的，是一群剪着齐耳短发，上着青灰色小褂，下穿黑裙子的少女。虽然，他经历过各种各样的场面，但在此刻，面对这些陌生异性的脸，他的心跳还是加速了。或许是为了平静一下自己稍显紧张的心，他没有马上讲课，而是先在黑板上写了一个"蒋"字，作了简短的自我介绍后，才开始讲高尔基的《海燕》。

这篇文章他昨晚作了反复考虑。时代背景、作品主题和列宁对它的评价他都讲了。他那稍带金华方言的国语，不高却清楚的调门，不紧不慢的节奏，尤其是新鲜生动的内容……如和谐悦耳的音乐，似缓缓流淌的小溪，飘进学生的耳朵，注入他们的心田。学生被他那思路开阔、条理清晰的语言吸引住了，深深地陶醉在一种艺术的境界里。有的学生听着，竟不自觉地咬起下唇……一种淳朴、清新、满足的微笑写在一张张充满朝气的脸上。

以后，他又选讲了果戈理、高尔基等人的一些进步作品，从文学的领域为学生们打开了一扇通往真理和光明的窗口。渐渐地，他成了一块强有力的磁铁，牢牢地吸引着那些思想进步、追求真理的学生。于是，其他班的同学听说后也纷纷挤到他的课堂上。有时，教室里坐不下，后来者就只好坐在过道和窗外走廊里听。

见此情景，萧石光的嘴角不禁挂上缕缕笑意。

四

　　一天下午，两节课后。三（乙）班的钱华、邱洁、吴巷等几个思想进步的同学来到蒋海澄宿舍借书。蒋海澄拿出几本外国作家的进步书籍，让她们自己挑，他在一边为她们倒茶。

　　"蒋老师，您也学过绘画？"

　　这时，吴巷突然在墙上发现了一幅蒋海澄自己的画，便好奇地问。

　　"算是学过了，不过，吃了很多苦头。"蒋海澄倒着茶，随便答了一句。

　　哪知，他这句一下引发了大家的兴趣，她们放下书，不约而同地问："什么？吃过苦头？"

　　"是的！"蒋海澄给她们每人递过一杯茶，凝视着那幅画，坐下慢慢讲起来——

　　我被生身父母送到养母那里后，养母很喜欢我，那时候，我喜欢用她烧剩的木炭在地上画。她发现后，就买来颜料纸笔，让我照着门神关云长画。我每画一张，她都要把它贴到墙上去，逢人就夸，大概是这缘故，我从小就爱上了绘画。

　　中学毕业后，我考入国立杭州艺术学院绘画系。一天，当时的院长林风眠先生把我找去，拍着我的肩说，你在这里学不到什么，到法国去吧。于是，我和几个同学于1929年春天逃跑似的投往巴黎。开始了边学画，边做工的勤工俭学生活。

　　那你为什么又回来了呢？

　　蒋海澄刚停下，钱华又问。

　　在法国期间，我读了大量的文学和哲学书籍，尤其是一些反映新思想和新潮流的作品，从中我认识到了很多东西，思想上震动很大。后来，"九·一八"事变爆发了，我参加了巴黎的一次反帝大同盟集会，不过，这并不是我回国的直接原因，原因主要是下面的：一天，我在巴黎近郊写生，一个喝醉了酒的法国人举着空酒瓶，眼睛通红地摇晃着向我走来，一边还大声嚷嚷：中国人，你们国家快亡了，你还在这儿画画？无独有偶，下午，当我路过一个小酒馆时，正在里面喝酒的法国军官看见了我，就冲我大叫"快吃中国人"，边叫还边从盘子里夹起一条条黑海参往嘴里送。这两件事，像两记耳光狠狠地打在我脸上，使我时时都感到脸在发烫，每当想起，我更思念起祖国了。恰在这时，上海的蒋光鼐，蔡廷锴领导的 19 路军已开始抵抗日军，消息传到法国，我很激动，就从马赛上船，历时一月零四天到达上海。这时，政府已和日本签订了《淞沪协定》——妥协投降了。

讲到这里，蒋海澄声音突然低沉下来，顿了顿，微呷了口茶，他又接下去讲：

我踏上这块留着残垣断壁的大地，望着那民不聊生，人民苦苦挣扎的惨相，泪一个劲涌出眼眶。在上海的日子里，我的心被那一幕幕不堪入目的情景撕扯着，纠结着，一天也得不到安宁。不久，便回到了家乡金华。然而，故乡与亲人并未使我从郁闷中解脱，反而愈积愈深。后来，我又到了上海，参加了中国美术家联盟。谁知，没多久却被法租界巡捕房的密探突然逮捕，移解国民党当局，被定为"危害民国罪"送进了苏州反省院。

讲到监狱生活，蒋海澄有些激动。就从座位上站起来，踱到窗边，凝视了一会儿那压抑在黄昏中挨挨挤挤的民房，然后转过身来，又回到座位。

他说，虽然监狱像锚一样把他这条年轻的船泊在那块狭小、阴暗的非人之地。但是，在三年零六个月的监狱生活中，他每天都在思索，为什么偌大一个国度，竟容不下他的一支画笔？为什么中国人要受外国人的欺侮……

蒋海澄动情地讲着，仿佛周围坐着的不是学生，而是他的亲友。钱华她们认真地听着，在她们心中，这位年轻教师的形象更清晰、更高大了。

他们谈得很晚，蒋海澄也显出平时少有的激动，把他小学时如何对马克思主义感兴趣、中学时怎样参加反日货游行等经历一股脑儿说了出来。末了，他认真地问：

哎，大家能谈谈对我上课等方面的看法吗？

话音刚落，邱洁就抢着回答：一开始，您看上去又严肃又深沉，好像也不大言语，可一熟悉就两样了，待人热情，很容易接近。特别是你讲起课来，总是新鲜生动、形式多样，语言也特别风趣，不像有的老师，话是文绉绉的，让人听了不舒服，上课形式也死板板的，把我们一个个都当成了等待填食的鸭子……

邱洁的话未完，大家都被她的形象比喻逗笑了，蒋海澄也笑了，笑得非常开心。

五

一个细雨蒙蒙的周末黄昏。

蒋海澄一手插在长衫口袋里，一手撑着紫红色的油纸伞，在窄窄的打索巷内由南向北慢慢走着。凹凸不平的路面积了很多水，一不小心就会一脚踩进水凼，溅一身泥水。他一边走，一边思考着昨天下午的一件事。

昨天下午，课外写生课。

他和往常一样，把学生带到南门城郊写生。他先对周围的环境，以及自认为可以采用的取景角度都作了介绍，接着，他让学生们根据观察，寻找自己的取景角度作画。

大家开始画了，蒋海澄穿梭其间进行指导。当他走到欧阳慧身边时，却发现她并没取这儿的景，而是在纸上画了大小两棵树。他停下来，静静地看。欧阳慧也没发觉他，只是埋头画。画好后，她认真地在大小树上分别写上蒋海澄和自己的名字。蒋海澄觉得奇怪，但没惊动她，而是悄悄转到另一位同学身边去了。

在回校的路上，蒋海澄问欧阳慧画这两棵树的原因。欧阳慧先是调皮地一笑，接着才眨了眨眼，说，因为我喜欢听你上课，喜欢你这样的老师呗。

为什么喜欢我这样的老师呢？蒋海澄显然很感动，笑着逗了一句。

你讲课生动，每问一个问题，总是用生动的语言引导我们理解、思考。说到这，欧阳慧停了停，像在搜索自己的记忆。又说，还有你对我们学生很平等。你那次说，师生之间不应存在界沟，应平等相处。你还说……说到这，欧阳慧竟模仿起他的神态和语调，你说，我的课，你们觉得对就听，觉得不对就提出来，我们共同探讨。倘若不爱听，就离开，但不要在课堂上妨碍别人，说实话，我们就喜欢这种老师。

当时，见她模仿得很像，蒋海澄不禁会心地笑了。

那两棵树，大的是你蒋老师，小的是我这个学生。不过，我想我也会长成大树的，等我当了老师。临下车时，欧阳慧又补了一句。

一定的，一定的，蒋海澄笑着连连点头，这次，他似乎很满足，笑得特别开心……

<h1 style="text-align:center">六</h1>

他正想着，却见一顶黑色顶篷的轿子从街上抬过。两个穿着粗衣、高挽着裤管的轿夫正赤脚走在高低不平的石子路上。雨淋湿了他们乱蓬蓬的头发，和着汗水从额上沿着鼻子往下滴。他俩只顾赶路，仿佛全然感觉不到天在下雨。

蒋海澄望着轿夫那艰辛的身影，眼前忽地出现了另一个人。也是这身衣着，脸上也是这般黝黑皱折，岁月的艰辛，过早地雕塑了他们。他就是蒋海澄的兄弟，大堰河的儿子啊，然而，此时此刻，他又在哪里呢？

蒋海澄的脚沉重了，只是把目光送到那被沉重的雨幕压得更低的灰暗的住房，眼里噙着亮闪闪的东西。

站了一会儿，他又返身向学校走去。

这天晚上，他怎么也睡不着，2个月来的耳闻目睹，夹杂着26年来他所经历的风风雨雨，交替在眼前闪现，使得他难以入眠。于是，他坐起来，铺开稿纸，很快写下了一首题为《常州》的诗。写好后，他读了读，便放在台上睡了。

<h1 style="text-align:center">七</h1>

第二天早晨，蒋海澄正在洗脸，张祖良来了。看到台上的诗，便拿起来读：这里是一片/低矮的住房，朝向天/晃着灰白的反光……

好啊，海澄，在常州仅仅呆了两个多月，你这支笔就把它画了进去！张祖良读完，向正在揩手的蒋海澄微笑着说。

你别尽说好，谈谈你的看法吧。他挪过凳子，让张祖良坐下，自己坐在张祖良对面。

这个我可是外行啊！张祖良谦虚地推说道。

哎，祖良，你对学生的作文有何看法？蒋海澄望着张祖良，认真地问。

我就想找你谈谈呢，现在的学生，一写作文就脱离现实，尽写些秦砖汉瓦，陈米烂谷。纯粹是无病呻吟，尤其是高年级的学生。

我也这么看，可是，这是什么原因呢？

原因？还不都是老师造成的，看有些老师出的作文题，什么《储蓄之益》、《木兰之孝》，什么限制在500字内。这不明明是束缚学生的手脚？

其实，我了解了一些学生，她们也反对这种毫无创造性的命题。希望老师出的题能让她们写自己的事，讲自己的话。我想，我们不应在作文的题材和形式上去限制学生，要鼓励她们大胆发表自己的见解，对社会、对人生、写出她们眼中的社会。

张祖良听了，点了点头，拿出自己带来的新出的校刊《洗心》，问蒋海澄：

这期《洗心》你看了吗？

看了，我原以为上面登的应是学生的心声，可谁知尽登些搬迁厕所、修缮教室这些鸡零狗碎、乱七八糟的东西。

嗨，我看他们根本就不懂办刊物。

二人都吃了一惊，立即向门望去。只见萧石光笑着走了进来。两人略显尴尬后，很快镇静下来。蒋海澄朝萧石光拱了拱手，笑着说，不想是校长来了，刚才说的，萧校长总不会见怪吧。

蒋先生，你这是哪儿话，精诚治校，乃石光心愿，理当如此嘛！萧石光摆了摆手，招呼二位坐下，自己与蒋海澄相对而坐。

嗯，二位先生，我正为办《洗心》而来，萧石光坐下说道。

原来，萧石光要找蒋海澄负责主编《洗心》。蒋海澄听后，心想，这下正好利用《洗心》来鼓励学生写作，让她们有发表言论的园地。因此，他点了点头，接下了。

……

夜深了，蒋海澄仍在批改学生的作文。

这次，他出了好几个题目，并一再鼓励学生尽可能地发挥。若嫌题目不满意，就自己命题，题材、体裁、篇幅等，均由自己根据自身情况定。

这下好了，有的学生写的小说一篇就占了大半个作文本。他看看学生的作文，读着那一句句针砭时弊，热情激昂的话语。他仿佛看到了一颗颗向往光明，追求真理的少女之心。他读着，改着，有的好文章他要反反复复地看上好几篇，然后再写上详细的评语。在一本作文里，他这样写道……虽是微弱的心声，默默无闻，但一旦发乎出来，却终似小小溪流，形成浩荡之洪流归乎大海。后来，他正式主编《洗心》时，把这段话写了进去，号召同学们大胆地拿起笔来，勇敢地去写生活，写社会，写自己的命运，发表自己的见解。

在他的激励下，《洗心》立即受到了学生的喜爱。

八

由于女师自"五四"以来就有光荣的革命传统。在"一二·九"运动中，学生的爱国热情十分高涨，曾组织赴京请愿团到火车站卧轨拦车。后因县教育局强令停课，运动才被迫停止。但经过这次运动，大家的热情并未完全冷却。相反，思想上变得更成熟了。她们开始用自己的目光摄取社会，分析社会。当她们读到蒋海澄写在《洗心》中的话时，就纷纷拿起青春的笔，开始书写向往光明，追求真理，反对现状的人生。或小说，或诗歌，或杂文，或寓言，或随笔……顿时，《洗心》成了学生们倾诉心曲的园地。蒋海澄的宿舍也成了那些要求进步的青年学生课余最好的去处。她们常围坐在这里，和他一起谈理想、谈人生、谈中华民族的命运。

于是，在他周围，学生越聚越多，他无论到哪里，都会有学生围上去问这问那。

由于蒋海澄在女师影响越来越大，很快，国民党县党部和县教育局的人知道了他的名字。不久，县党部就传出话说，女师有共产党在搞策划。并把矛头直接指向蒋海澄。暗地里，他们还派了一些密探，到女师监视蒋海澄的行动。

经过反复考虑，蒋海澄决定第二学期辞职。尽管后来萧石光为了搞好教学一再挽留他，但他主意已定，不肯改变。

这是蒋海澄在常州的最后一夜。

他收拾好东西时，已是上灯时分。他带上门，又来到昔日经常散步的小巷，独自漫无目的地走着。月亮渐渐升起来了，虽是满月，却仍有片灰色的云罩在上面，不太亮的光透过梧桐叶漏在地上，十分零乱。这时，天开始起风了，还夹着阵阵凉意……一种人生际遇的感慨悄然袭上心头。

九

从常州开往上海的列车已开始启动。蒋海澄从车窗内伸出头，向站台望去。那里，站着张祖良、妹妹希华和一大群前来送行的学生。他举起手，朝送行的人默默摇着，摇着，直到站台缩成一个黑点，直到常州缩成一个黑点……

蒋海澄怅然若失地拉上窗门，拿出两个班学生凑钱买给他的一块金表，眼泪紧紧地蓄在眼里。

他又拿出那首《常州》诗稿，轻轻地念着、想着……后来，蒋海澄回到上海，以艾青为笔名出版第一本诗集《大堰河——我的保姆》后，又几经辗转，先后在原上海新华艺术大学、杭州惠兰中学、山西民族革命大学、湖南衡山乡村师范等校任教。

1941 年，在周恩来的帮助下，蒋海澄化装成国民党官员，经过 47 道关卡盘查后，终于在 1942 年回到了他称之为"母亲怀抱"的延安！

幸福随想

多日阴雨之后，早晨起来，打开窗户，阳光就迫不及待地照到了脸上——这就是幸福！

沙漠中行走的旅人，把幸福当作前方某个地方一棵绿阴如盖的大树；临近退休的老师，把幸福当作学生听得最认真的最后一课；常年在外打工的农民工，把幸福当作除夕之前的一张顺利买到的回家车票；挑灯夜战的学子，把幸福当作是一道自己马上就能找到答案的问号……尽管幸福从来就没有千篇一律的标准，但任何时候，幸福总是有着自己的形状，自己的色彩和自己的气味！

雪落山村

连续几个干冷的阴天之后，雪终于飘到了窗子上，像一只只带粉的蝴蝶，吸在糊窗户的薄膜上怎么也不肯离去。很快，鹅毛一般的大雪越来越密，漫天飞舞，仿佛空中有一位画家正挥洒着巨笔，在大地这块硕大画板上信手涂抹着一幅漫无边际的画。窗外，越来越远的是山，越来越近的是天。远处的田埂，近处的树木，身边的房子、草垛……凡是静止的，此刻都肃穆在雪的氛围里。

教室里刚开始是一阵骚动，很快，就一个个憧憬起那雪地里的趣事：踩高跷、打雪仗、扳麻雀……闭塞的山村里，一场雪的降临，使平淡的课堂一下子增添许多生动的遐想。此刻，大家的耳朵似乎都患上了重听症，黑板前，老师讲解课文的声音俨然是从另一个世界艰难地挤进门缝的，越来越远。这时候，识趣的老师大多会让学生们关紧门窗，听他抛开课本讲《林海雪原》的故事。窗外的雪，就这样不知不觉地飘进故事里：夹皮沟，杨子荣孤身进虎穴，温济久、蓝平、座山雕……一个个扣人心弦的情节，像缕缕热浪，将同学们从寒冷中焐热！

一段跌宕起伏的故事结束之际，操场上的雪已经是白茫茫一片了。下课了，屋檐下那生铁铸成的上课铃，这时也被雪水淋得少了几分清脆，钝而笨拙的声音，在山脚下枯燥地响着，很快就被淹没在鼎沸的人声里……一间间教室里的人都倾巢而动：聚在走廊里的是女生，常常三五一团，一边跺着穿着单布鞋的脚，一边议论着各自感兴趣的话题。男生则一律飞进雪地里，追着，跑着，叫着，或抓起一团雪，砸向朝着自己追来的伙伴；或就地一滑，仰头倒地，顿时，笑声比身体滑出更远。

偶尔，一个眼睛迷糊，一团雪会不偏不倚地砸在老校长那褐色中泛着红光的额上。原来，耐不住寒冷的老校长，也早已带着男教师们疯跑在雪地里了！一团散不去的笑声，随着他脸上碰碎的雪米，欢乐地洒满整个校园。笑声后面，老校长也仿佛成了童话山里刚刚走来的圣诞老人……

在一个温暖的大雪之夜醒来，外面已然成了一个银装素裹的世界。一眼望去，整个世界缩成了一个小小空间。目光过处，仿佛大人们嘴里天天念叨的美帝国主义，此刻就在不远处窥视着我们！

都说下雪不冷化雪冷，这大雪一停，风就成了刀子。尤其是上学路上顶风而行，那风不仅让人喘不过气，而且还让你的脸遭受着一把把钝刀的一道道削刮。这时，衣衫单薄的男生女生，常常会为此背过身来，用后背顶着风倒退着向远处的学校艰难地靠近。没多久，背上的衣服便如冰一般，重重地贴在身上发出"夸夸"的声响。那声音刺进耳朵里，心就仿佛在寒风里晾着一般，从头一直凉到心底。终于熬到了学校，冲进教室，紫污紫污的脸竟麻醉了似的半天缓不过色。每当这时，无论男女，大家都会书包一扔，一个个又是跺脚，又是搓手。直到红扑扑的脸上开始冒出热气，才不约而同地坐到自己的座位上，打开书本读那篇刚上过一课的朱自清先生的《背影》。水泥砌的课桌冰冷冰冷，黑黝黝的水泥地似结了冰一般，但五分钟过去，糊窗户的薄膜，就被大家朗朗书声中呼出的热气，涂抹成了白纸一张。

风起大漠，雪落高山，雨下平原。那纷纷扬扬的大雪下了三五天后，大人们的农活都歇下了。于是，各家搬出早些时候挖回来的树桩，在堂屋或灶间一角用土坯围些箅谷，架上干柴燃起一堆大火。接下来，一家人就围坐在火堆旁，男人们搓起草绳，女人们则理出早就浆洗干净的旧布头，用糨糊一层层地沾在菖蒲压榨成的鞋垫上，放在火堆旁烤。干了，就剪出一双双厚厚的鞋底，然后就着火堆一针一针地缝。那柴燃尽了再添，添了再旺，寒冷的日子被烤得热热的。

这时候，没上学的孩子大多会往村里德高望重的老奶奶那矮矮的小屋里跑。因为，一到下雪的日子，老奶奶就会从自己的寿材里，掏出一把晒得干干的津红枣，幸福地和水一起放进一只大陶罐里架在火上煮。一缕缕热气嗞嗞冒出，那甜甜的芳香很快就充满一个村子。枣子熟了，奶奶在孩子们的帮助下，小心翼翼地取下陶罐，香香浓浓的热气中，她给孩子们在一字排开的碗里各分上一颗。孩子们双手捧着的碗里，那煮得胖胖的枣子，正绽出金黄金黄的枣肉；尽管诱人，但孩子们大多舍不得马上吃掉，而是一个个感激不尽地将脸埋进碗里，响响地漫饮着那甜甜的枣汤，最后才将那枣子攥在手里，一点一点地舔着上面的肉。外面，雪还在无声地飘着，温暖的屋里，手拿火钳的奶奶在一边看着，不喝，却也像是醉了。暖暖的火光里，日子祥和地映在她布满皱纹的脸上，烫烫的，亮亮的！

逢到大雪天，高帮胶鞋是出门的最好工具。但那种年代，一般山里人家，也就一两双这样的鞋，其余最多也就是浅帮和布帮胶底的解放鞋或球鞋。而且女人一般也舍不得买，因为一到下雪她们就在家里做针线活，实在要出门，那就等早上雪没化或晚上结冰的时候穿着布鞋出去。难不住的要算小伙子，每年冬天来临前，他们都早早跑到山里找来一棵棵弯弯的松树，取下半人高的一截，从一尺多高的地方砍出一道可以放置脚掌的口子，这就是高跷，那是买不起高帮胶鞋的山里人雪天出行的专利。有了它，无论雪多深，路多泥泞，它都能稳稳地把主人送到他要去的地方。

雪天最大的乐趣就是追野兔。虽然狡兔三窟，但也熬不过一周。七八天的大雪过后，耐不住饥饿的野兔就要出来觅食了，黄豆、竹林都是它们的目标。庄稼地，雪皑皑，高高鼓起的一块，是村民们没来得及挑回去的豆萁或稻草。这时，你沿鼓起的雪包走一圈，会发现一串细细密密的脚印弯弯扭扭通向远方，跟踪追击，说不定就能看到一只野兔。别看平时它们身手了得，这个时候，那野兔显然慌得有些可怜，尽管也算警觉，但毕竟没有了平日的机灵。换了平常，一旦看到人，它再慌都会斜着往山坡爬，因为它前脚短，后脚长，自下而上，那是长短伸缩自如。可这下，它却常常慌不择路，掉头就跑，而一旦从上往下跑，则没出几步就会因为前脚短，后脚长而跌一个大跟头。一个箭步上去，晚饭的餐桌上，自然又多了一道野兔粉丝煲的美味！

山脚下，灰蒙蒙的天幕，在若隐若现地将一个三角形村落矮矮地罩在了身子底下。鸟宿竹林，炊烟升起，伴着山里人家的一个个憧憬，越来越大的雪，正把又一个山里的日子飘进一幅让人睡眼惺忪的梦境里……

日月经天，江河行地。又到了冬天，又到了和童年一样干冷的日子，在城里，还能见到这样的雪吗？

清楚地记得，记下上面这段文字，是在 2008 年 1 月一个稍有些空闲的日子；然而，让我几乎近一年来始终难以释怀的是，在离开故乡那个偏远山村整整 20 年之后，居然在半个月后遇上了这个城市 50 年来最大的一场暴雪：一时间，交通受阻，房屋压塌，城市生活面临严峻考验，一群又一群长年在外的游子开始滞留在车站、机场……风雪夜，遥远的家乡却不见思念的归人。

虽然这场雪淋漓得很有些报复性，但对于那些经历过太多风霜雨雪的人而言，又何尝不是一种人生况味的反刍呢？

桔梗花开

几乎是一夜之间，满山的杜鹃花就开始凋零了。稀稀落落，或恹恹地垂挂枝头，或静静地躺在地上。取而代之的是尖尖的叶子，嫩黄嫩黄，一派蓬勃。这情景，正好将那句"化作春泥更护花"的诗句倒了过来。

就在这嫩黄的叶子中间，偶尔露出一支蓝黑色的叶芽来。笔直的茎上，对称地长着卵形叶子，仿佛镶着一圈蓝线，这就是桔梗。杜鹃花凋谢时节，桔梗就会如春笋般从土里探出头来。从此，就在太阳和雨水的喂养下，一个劲地往上长。

桔梗又名苦根菜、梗草、铃铛花、包袱花，属多年生草本植物。李时珍在《本草纲目》中释其名曰："此草之根结实而耿直，故名桔梗"。作为深根性植物，桔梗多野生于山坡草丛之中。其根与人参相似，呈圆柱形，肥大肉质。和人参有人一般的腿脚和手臂不同的是，桔梗很少分枝，当年主根可长达 15 厘米以上。茎直立，高 50～100 厘米，通常不分枝或上部稍分枝。叶子对生或轮生，花期较晚，一般 7～9 月，在茎的顶端会开出 1 朵或数朵蓝色或蓝紫色的花，花蕾膨胀成气球形。花冠呈钟形，先是在花冠顶部分成五个角度裂开，然后逐渐露出五瓣连接的花瓣，倒垂时很像古代的钟，所以又称钟形花。南方的丘陵山区，一棵桔梗一般只在顶上开一朵花，最多不超过两朵。等到稍开了些日子，这些花会像向日葵一样，迎着太阳在早晚变换着方向，8～10月开始结籽。因为蓝紫色的花朵显得素雅，加上花形美丽，因此，桔梗花非常惹人注目。不少地方用作观赏植物栽培于公园、庭院之中，清幽淡雅，别具情趣。

我上小学时，桔梗花曾是我这样年纪的人最熟悉，也是最喜欢看到的一种花。不仅因为它好看，更重要的是它能给山里人家带来经济收入。因为有了它，每年夏天的时候，家庭经济不富裕的孩子可以拥有一条红短裤和一件红背心。而且，孩子们秋季新学期的学费也不用愁了。

山里人家，一到六七月份，孩子放完暑假，就会扛起山锄，背起竹篓，相互邀约着到山上去挖桔梗。山坡上，草丛里，一棵棵桔梗仿佛捉迷藏一般，吸引着小伙伴们两人一组，随着自己目光寻找的方向，慢慢从山下挖到山顶，从山前挖到山后。天热，山上的日头毒辣辣的烫人，而草丛里也时常会嗖地窜出一条大乌风蛸蛇；或者"轰"的一声，一群大马蜂蜂拥而来。但这些对于山里孩子来说，根本算不了什么。热了，用颈上的毛巾擦把汗，或跑到山下的小溪边咕嘟咕嘟一阵猛灌，顿时一股清凉沁人心脾；蛇来了，小伙伴们会箭一般，举起山锄，对着跷起的蛇头喝一声：走！只见那蛇头一缩，一个回旋，只"呼哧"一下，密密的草立马被熨斗熨过一般，分出一条路来，蛇很快就无影无踪了。而马蜂则更好对付了，一旦有蜂飞出，大家便立即滚到低洼处或就地匍匐，马蜂就像熊瞎子，只要你不动，它们一般是不会来蜇你的。此刻，它们常常在窝的周围盘旋五六分钟之后，也就会重新飞回窝里。当然，有时也会碰到难说话的蜂群，这种时候，那站岗的工蜂会长时间地在你周围飞来飞去，两只长针随时在准备迎战它的敌人。多少次，它就在你的眉毛前上下飞舞，你两眼盯着这渺小得是你几万甚至几十万分之一的对手，呼吸停止、心跳加速、眼睑凝固。好几次，甚至以为那两只长针就要蜇向你了，这时，你最重要的还是忍耐。否则，一个小小变化，就肯定会挨蜇。那样，不出十分钟，被蜇的地方就是一个大包。所以，一旦遇到了蜂窝，可千万别惹它。即使那里有再大的桔梗，也只能敬而远之……上面这些经验，对于山里孩子来说，并非是大人教的，而是在一天天的苦熬中，和阳光雨露一起深深地渗进孩子们年轮里的。

最难挖的，是那些长在石头缝里的桔梗。黑黑的石头背景下，是一两株长长的桔梗，骄傲地矗立在石头之上。也许就因为长在这种让一般人难以征服的位置，所以它才显得如此招摇。而凡是这样的桔梗，往往边上也曾被人挖过，但最终无奈地放弃了。因为位置长得促狭，往往没挖几下，山锄下去，就火星直绽，甚至一锄下去，立刻锄把分离。于是，大多数人最终还是放弃了。不过，在那个为了两分钱一杯茶而总不轻言放弃的年代，尽管知道结果不一定好，大家还是喜欢硬拼一下。毕竟，力气是自己的，只要稍微休息一下，用完了的力气马上又会长出来；尤其这种时候，你身处山石之上，当烈日下偶尔吹来一阵山风，那股直透心底的山野清香，是一辈子都难以抹去的享受！

太阳西下，辛苦了一天的小伙伴们，开始背着挖回的一篓桔梗下山了。回到家，在一家人的赞扬声里，用破碗片将桔梗上的皮刮掉，然后在水里用力一揉，白白胖胖的一篮桔梗仿佛小鱼一般在水里直窜，洗干净往竹匾里摊晒两三个太阳，等水分蒸发，一条条桔梗就如人参一般，脆而充满香味。这时送到镇上的收购站，一斤就能卖到两块钱。回来的路上，把那自己用汗水换来的十几块钱紧紧地揣在口袋里，想着平日里自己的一个个心愿，幸福的歌儿总在这时最惬意地响起来。而当天晚上的梦里，常常会出现一大片的桔梗花，风吹来，那紫色的铃铛花随风起舞，并发出阵阵悦耳的声音，此起彼伏……

小时候喜欢桔梗，是因为它能带来收入。而等到长大以后怀想桔梗，是因为它还是良药。桔梗入药始载于《神农本草经》，为临床常用药，味苦、辛，性平，归肺经。功能开宣肺气、祛痰止咳、利咽散结、宽胸排脓，常用以治疗咳嗽痰多、胸闷不畅、咽痛、音哑、肺痈吐脓、疮疡脓成不溃等病症。真感激在并不肥沃的丘陵山区，会长出那么多让人怀念的桔梗；否则，在那个物质极其贫乏的年代，桔梗花再美丽，也难以承担山里孩子的梦想了。

关于桔梗的梦想，等到那部红遍中国的韩剧《大长今》家喻户晓之际，我才发现，其实并非我们中国的山里孩子是这样。在韩国和朝鲜，人们对桔梗也同样有着特殊的情感。

"桔梗哟，桔梗哟，桔梗哟桔梗，白白的桔梗哟长满山野。只要挖出一两棵哟，就可以满满的装上一大筐。哎咳哟，这多么美丽，多么可爱哟，这也是我们的劳动生产。"这就是朝鲜族民歌《桔梗谣》，又名《道拉基》。道拉基是桔梗的朝鲜文。这首朝鲜民歌最初产生于江原道，后流传全朝鲜半岛。传说道拉基是一位姑娘的名字，当地主抢她抵债时，她的恋人愤怒地砍死地主，结果被关进了监牢。姑娘悲痛而死，临终前要求葬在青年砍柴必经的山路上。第二年春天，她的坟上开出了紫色的小花，人们叫它道拉基花，并编成歌曲传唱，赞美少女纯真的爱情。从此，每年春天，朝鲜妇女就会结伴上山挖桔梗，由于按习俗她们平日不得出门，因此，在外采集桔梗时喜欢唱这首歌，这也表达了她们的一种愉快的心情。同时，《桔梗谣》音乐轻快明朗，生动塑造了朝鲜族姑娘勤劳活泼的形象。

据说，朝鲜族对桔梗特别有感情。在朝鲜、韩国、日本，把桔梗当作食用蔬菜十分普遍。韩国超级市场等处常有小包装的保鲜、冷藏或腌制桔梗出售，把它当作餐桌上必不可少的一种菜肴。过去，韩国曾大量栽培和加工过桔梗，但精明的韩国人发现中国的桔梗质优价廉，因而转向从中国大量进口，并把它加工成药菜产品销往日本、美国及其他国家和地区……

当初年少，自然无法知道在中国之外，我身边这平凡甚至有些卑微的桔梗，会有如此多的功效和缠绵悱恻的传说。如今，当年已不惑的自己，在一个同样是炎热的夏秋之交重回故乡时，兴之所至，拾足山野，眼里依然是那一朵朵美丽动人的桔梗花，耳边也依然萦绕着那来自异国他乡的《桔梗谣》，却唯独不见 30 年前，那群漫山遍野扛着山锄挖桔梗的少年！

转瞬三十年，伊人已变迁。旧貌新颜相伴去，相去彩云间。今昔乐无边，昔今已无言。断肠萧瑟高崖岸，秋风唯见桔梗颜……

——听，是谁还在和桔梗对话？

三轮车上的家

妻从单位打来电话，说找到了合适房东，问我搬不搬家。我没多想，当即就把个搬字石头一般扔向话筒的那头。

放下电话，依然像过去那样，单车骑向大街上树阴下跷着二郎腿、双手抱头半靠在三轮车上等生意的那一群。在那一张张如表格一般写满渴望的古铜色脸中间，我很有经验地要了一位面部和善的老车夫，将暂住地地址的纸条递过去，然后谈妥晚上 7 点准时来搬。费上述口舌我可谓滚瓜烂熟，因为这已是我第三次劳驾三轮车搬我那个所谓的家了。

7 点刚到，老车夫赶到，我和妻子也已将家具收拾停当。

20 分钟，我在老车夫的相帮下，依然熟练地将一张写字台和一张铁架床摆放在三轮车上，妻子则把叮叮当当的锅碗瓢盆和大包小包杂七杂八的家什堆到车上——这就是我们的家，因经常"南征北战"，家具也只能如此简单了！

手洗罢，三人上车。妻子骑车在前领路，老车夫踩着我们那个家也踩着他自己"蹦嗒蹦嗒"的生活紧跟其后。我则骑车在后，目光紧盯着三轮车上的那一堆。一行三人，鱼似的在这个城市忙忙碌碌的夜幕里游动着……

不多时，便到了所谓的新家。依然如故的一番忙碌后，出门送老车夫。眼帘中，一个匆匆的背影终于消失在夜的尽头，然而他脚下那"蹦嗒蹦嗒"的踩车声，却在耳中久久不去！返身回到这间并不宽敞的小屋，此时此刻，仿佛世上所有劳累一下子全都垒聚到我俩身上。于是，两人对坐，四目相顾，无辞旧室之依恋，无迁新居之欢欣；有的，依然是对房子的感慨，只是，终因人太累，没顾上想得太多就合眼而睡。

隔日醒来，说昨夜梦事，妻说梦见我们有了个真正属于自己的新家，而我也梦见了昨夜那老车夫弓身一起一伏为我们搬家的一幕！

同床同梦，明天总会好的。现在，我们该去上班了。

不太潇洒

顶一个"无冕之王"的头衔，也许会让一些热情奔放的少男少女羡慕至极。儿时的我，也曾为此赔上好多好多长长短短的梦；那时在我憧憬的宇宙里，似乎只有记者是最潇洒的职业。

谁知，等自己真的成了记者，个中滋味，又委实与潇洒无缘！

常常，采访归来静坐案前，那刻，手中那杆画惯了各种图形、或者情绪的笔，竟变得那样沉重，好像它的主人已不是自己，而是自己以外的那无数双眼睛。

如此，就有了一个个这样的情景：虽早已过了吃饭时间，仅仅为了一篇稿子中的一句话，或者一个概念，一个老的带着几个年轻的记者，一坐便是几个时辰，直到夜深人静，才各自拖着饥肠辘辘的肚子，消失在更深的夜幕里。

依然记得一个老记者当初跨进记者行列的第一课——月华如水，一个花好月圆的中秋夜，为整理一篇关于台湾同胞的稿子，他借来一只五千瓦的电炉，让门卫师傅帮着烧一锅稀粥；自己守着一个白天总是嫌挤，此刻却空落落的办公室，和自己的笔一起揣摩海峡的那一端，此刻一位老人正翘首企盼的情景！稿子写完，那锅自己最爱吃的稀粥却沸了又煮，煮了又沸，早已把那位好心的师傅送进了梦中……

也有空闲的时候，这种机会，偶尔到公园走走，在感慨生活多美好的同时，会突然想起平日里在影视中见到的那一群总是带着意中人，在公园在舞厅或在马路上被感情和爱情惹得不知如何是好的记者们，不禁为写戏的这种浪漫的构思苦笑。创作缘于生活，只是芸芸记者中，真的如此潇洒的又有几人？

要说潇洒，看来只有当自己的稿子被上司（当然更是社会）认同，此时的自己会欣然省悟：人生在世除吃饭穿衣外，唯有被人承认最重！于是，便有这样的时候，灯火阑珊处，自己拖一个疲惫的身影匆匆于归途；霓虹灯下，听路边稀疏的笑声来来往往；居民楼里，看窗户里灯光温柔，禁不住，自己也亮开嗓门，拾起一首早已过时的歌随便哼着陪自己回家！

月落何方

一盏盏路灯亮起来的时候，公园就成了人们茶余饭后回归自我的海洋：或三五结伴，或举家而出，人仿佛是水中的鱼儿，开始在这夜的海洋中寻找自己的乐趣。

几丛凤尾竹中间，怀抱萨克斯的小伙正微弓着背吹着那支《弯弯的月亮》。他整个身子仿佛成了乐曲中的一个音符，柔柔地晃动在夜里。离他约2米的地方坐着一对情侣，他们紧紧依偎着。偶尔，风婆娑着竹影，连同小伙晃动的身影一起，罩到那对情侣身上。

小伙放东西的石凳上，有一只旅行包和一只茶杯。从和他的交谈中，我知道这就是他的全部家当。小伙姓梁，今年20岁，是天津某技校学生，吹萨克斯是他最大乐趣。因为都在事业单位上班的父母反对他这个爱好，几次家庭斗争之后，最终他选择了逃避。并从北方的天津，一路吹到这座江南小城。

从《弯弯的月亮》到《城里的月光》，从《懂你》到《牵手》。那银色管子里流出来的乐曲，仿佛股股山泉从岩石缝里渗出来，静静地从石头上滑过，润着浓浓夜色和柔柔灯光，也润着这世间的嘈杂。乐曲凝重了夜色，这时轻薄的只有眼前这公园。

这个公园本来是清代一个大富人家的私家园林。曾也是小桥流水、曲径通幽。而且年代久了，地上长满了青苔，假山上也是树木森森。只是，当改扩建终于成为一种时尚，在每个城市张扬到极致的时候，几乎一夜之间，城市所有的公园就成了一个个敞开式广场。置身于淋漓尽致的透明之中，公园本应有的那种"曲径通幽处"的底蕴，竟恍若隔世。

季节更迭，树木在图纸上发芽，虹霓在图纸上明灭，就连那石头的布置也仿佛成了某个人脸上的疙瘩，那水就是他随心所欲中的一处闲笔。在这样的公园里漫步，失去的是闲庭信步的轻松，增加的是一种走在他人手掌之中的心悸！

——没有指引没有援助的旅途是一种孤独，而聒噪不止的处处指引，却又如一位话语太多的老人，让人在旅途中感受着另一份深深迷茫！在这个信息碰撞的时代，舆论在修正着人们的思维，并因此而让人怀疑，这世界以手指挥的人总是太多。那一双双手，常常成了人们前进途中的一丛丛荆棘。

在这样的城市，也就怪不得这位吹萨克斯的小伙会选择逃避。常常，我们自己也在与这城市做着同样的抗争。

那是一个深冬的夜晚，地上积了一层厚厚的雪，路上行人很少，而且因为已经结冰，所以走起来经常打滑。当往回赶的我艰难地把自行车推上一座高高的人行便桥时，本来在我前面推着车的一个中年人，突然把他那辆破自行车往雪地上一撑，然后很热似的解开衣扣站到了桥栏边。他清了下嗓子，对着桥下东去的河水，唱起了齐秦的那首《我是一匹来自北方的狼》……唱完，抛下一句"凄厉的北风吹过，漫漫的长夜流过"，就推车畅快地沿着坡道冲了下去，身后是我愕然的目光。桥下，运河水静静地流，机声隆隆的机帆船头，撑桨大嫂依旧举目望着她的前方……

对于许多人来说，中年人留下的歌声，也许只是一缕青烟，倏忽间便消失得无影无踪，但对于我来说，这声音却是深扎心底。

——人是需要发出自己的声音的。尽管很难得，甚至有时也许还很微弱，但这毕竟是自己的声音。这就是为什么在水泥铸就的城市森林里，总会有这样的情景：阳台上默默的瞩望，万籁俱寂窗户中的荧荧灯火，还有居民楼窗户里偶尔投下的那缠绵悱恻的徘徊……这其实都是一种没有发出声音，却又是永远鸣响在失眠者心中的歌！

生活在城里的人，唱歌其实单调得只有下面三种情景：第一种是平静到无人，就像上面这位中年人的情状；第二种是借着酒精，喧闹到人声鼎沸之际，每每这样的时刻，三五知己关在包厢里唱大江东去，唱人生几何，唱"我总是一无所有"……

第三种情形常常是在广场上。或清晨，或黄昏，一群穿红戴绿的老大妈专注地表演着《三句半》。就像一味传统菜肴，逢到社区有活动，她们都会把它端出来。虽然只有三句半，可是，从学习到化装到最后出场的一招一拭，她们从来没有马虎过……那是一种陶醉，是一种对心灵的自我告慰！

森林是清一色的最后必将走向灭亡，往往杂草丛生，森林才会愈发茂密。这正如这公园，有时人为的成分少了，倒更显得巧夺天工。而人其实也是生态中的一种元素，他（她）只能在差别竞争中找到自我！

从沉思中醒来，我眼前的小梁依然紧闭着眼睛在吹那首《回家》的曲子。这时，周围的人也在跟着哼哼，而且，渐渐地越来越多。有时髦女郎，有光着膀子的老汉，有抱着孩子的少妇，有头发已经谢顶的中年男子。那歌声，宛如一泓清泉，在彼此的心间流淌：回家的渴望又让我热泪满眶，古老的歌曲有多久不曾大声唱。我在岁月里改变了模样，心中的思念还是相同的地方……

陌生的城市，陌生的人，只有这歌不是陌生的！这歌声，让这位流浪者走进了新的城市。

夜已深了，天幕上不见月亮，只有几颗星星稀疏地缀着，更添了夜的凝重——昨日月在云中，不知今日月落何方？

当时只道是寻常：许建俊散文选

幸福随想

——写在常州电视台建台 25 周年之际

一

面对一张洁白的稿纸，我思绪的平台上出现了那一片并不显眼的店铺——天平眼镜店。虽然只有 4 平方米，却承载着一个 38 岁的家庭主妇对生活的期待。

她原是市内某一光学仪器厂的会计，因为效益的关系，大多数职工开始面临下岗。尽管平时大家对这个厂好像或多或少地有着这样那样的怨言，可一旦真的失去它，一个个都仿佛成了孤儿，落得形影凄凄。这时，一向性格内向，做事拘谨的她，毅然将一纸下岗申请交给了厂领导。

回到家，她拿出仅有的几千元积蓄，在街面上租了亲戚的一间 4 平方米的门面房，开起了"天平眼镜店"。开业之初，生意勉强；经营半年，生意还是不大。但她依然每天早开门，晚打烊，把天平眼镜店的门一直开着。她说，创业本来不易，对于她来说，有了这店，便有了一种依靠。就像刚开始她将这店取名为"天平"一样，一则是追求公平处世，同时也是希望天天平安。这样，店只要开着，她就会感受到一种充实的幸福……

——这是我 1997 年在新闻部做记者时，曾经采访过的一位叫沈萍的下岗女工的故事。平淡的情节，一如中国大多数下岗女工的简历。然而，正是这种平淡，却让我无法忘怀。

对于大多数公民来说，平淡可谓一生中，不可不认真解读的一道方程。在这一解读的过程中，如果少了一种对生活的期待，以及一种环境对自己的期待，恐怕我们更多的时候，从平淡中读到的不是幸福，而是无聊。哀莫大于心死。

唯其如此，我们才愈发觉得这种期待与被期待的重要了！

二

借着一份偶然，我走进了当时寄身于长生巷常州宾馆二楼餐厅中的常州电视台。那是1992年7月，当时在江苏省武进师范学校工作的我，被学校派往常州电视台联系报道事宜。也许是冥冥中真有一种缘分，几次接触下来，我便被当时的新闻部借用了下来，而且一借就是4年。4年中，除了开始两年每周还兼了学校的三天7节写作课外，几乎白天晚上所有的时间我都在长生巷常州电视台借居的那个拥挤的空间度过。

常常，当我心急火燎地从远在武进南夏墅的武进师范，赶到这个本不属于自己的空间时，望着我身上裹挟着的粉笔灰，书卷气及倦怠的眼神，那一张张陌生的脸上，呈现出一双双让我永远铭记的目光。关心也好，同情也罢，初来乍到，在一个陌生的环境里，从这目光中，我享受着无尽的宽容和期待。虽然这一切的一切中的丝丝缕缕，有时并不十分明显，但在我心底，却留下了深深的印痕！

人非草木。鲜花在承载了人类的过多爱护之后，回报主人的不是鲜艳，而往往是萎靡或者凋谢；但人在承受了关注之后，则会变得更加坚强，并且，这种坚强足可以抗衡纷纷尘世中的那些诸如功名利禄方方面面的诱惑的。

从1993年被借在新闻部，到1996年4月10日正式调进电视台，正是这一份份关爱，使我终于度过了漫长的1500个日日夜夜。这种熬煎是一种以人生的过度辛劳换来的充实。清楚地记得，这期间，我曾连续6个除夕之夜是在采访中度过。而且，大多是通宵达旦、废寝忘食！

在将近10年之后，当我重新翻拣上面这段历史时，我说不清我此时究竟是怎样一种心情。有过为人师经历的我，深谙"梅花香自苦寒来"的个中深义——就让这句话来总结这段历史吧！

当时只道是寻常：许建俊散文选

三

冬季过去，春天来了。

1996年4月10号，这是一个本该让我值得庆贺的日子。这一天，我终于成了常州电视台的一名正式职工。本来，期待积累得愈久，爆发的兴奋也会愈发壮观。然而，这一天我却无丝毫的喜形于色——也许是在这种期待中寻得太久太久的缘故罢。

历史本来只是日历翻动的积累，它并不因为人的感情而发生变化，尽管我们常常会为了记住某一天而特别隆重地去纪念这一天。不过，从这一天开始，我在举手投足间，分明感受到了一份责任的沉重：综合素质的完善、业务水平的提高，量与质的考核……一切都才刚刚开始，而电视新闻的发展已经进入了一个风驰电掣的快车道，因此，渴望成熟已然迫在眉睫！

对于一个甘于把电视新闻当作自己以身相许的事业来热爱的人来说，负担和与之相应的痛苦常常都是自找的，我就是这样一个人。这样说，倒不是想证明自己的境界多么崇高，只是为了不辜负领导对自己的信任，不辜负自己的这份职业，更不辜负每天晚上锁定九频道来看自己手中出来的节目的那些观众。记得仅在1997年初到1998年上半年这短短一年半时间，在领导的关心支持下，我与同事们参与策划了《走向春天——常州中小企业扭亏纪事》、《自强不息天地新》、《三市五区经济专版》等10组近百集系列报道，并收到了很好的社会效果。

也是在1996年4月，由我1994年从几位前辈手中接过的新闻部《街头巷尾》栏目组，在连续两年荣获常州市青年文明号的基础上，首次摘取江苏省青年文明号这一荣誉，当时在江苏省新闻界中，仅常州台《街头巷尾》和江苏台的《大写真》获得这一荣誉。

对于追求者来说，荣誉是一种辛劳付出的回报，更是一种对自己不断前进的鞭策。我以为，常州电视台之所以近年来能够在全市乃至省内同行中享有较高的知名度。靠的就是这样一种不懈追求的精神。而且，还不是个人的奋斗，是领导率先垂范，继而带动一批富有事业心，甘愿以集体利益维系自身荣辱于一身的一个强大的战斗集体的自觉行动。换一种说法，正是这一让人时时感到被期待的环境，才创造出了一个时时充满期待的战斗集体。

作为这个集体中的一分子,我的心中时时有一种幸福在涌动。而这种幸福,并非只是一种自豪与欣慰,它还包含着一种自己对事业,对工作,对他人的一种责任。因此,当领导把一项荣誉定在我的名字上时,我总感觉身上又多了一份沉重:是期待造就了无私,是期待选择了公平。当一个进台时间并不长的人,能够享受到一次次荣誉,能够经常被领导托付一项项责任之时,这种被期待的幸福真的无以名状。"士为知己者荣。"于是,当1998年底,台里酝酿节目全新改版,要求每人写一句话时,我未加考虑,有感而发地写了这样一句话:"能生活在一个充满期待的环境里,是我一生的幸福。"这种期待,是领导和社会对我作为一名记者的期待,同时也包含着自己对社会,对自己工作所寄予的希望。没有人能够保证自己的一生永远幸福,但人人都可以促使自己永远充满期待——这就是幸福。

所以,当1998年7月1日上午10点,我意外地被告知,领导决定让我到经济生活部做副主任时(后因诸多原因去了专题部),我愣了好一会儿,既没有感激之语,也无奋斗之誓,只是一个劲地搓弄着无趣的双手!

此前,我对这一决定毫无察觉。没想过,也没听说过;此刻,仿佛肩上搭着一只沉重的手,而且,脑后还有无数的目光。

当天晚上,我辗转反侧,彻夜难眠。从此,在我这个本来生活习惯就不好的人身上,又多了一个坏习惯——失眠。印象中,以前从未有过。而从这一天起,台里万一有什么大事,就仿佛发生在自己身上一样。只觉得自己的呼吸,不知何时已经融入了电视台的一切中了。难怪,每当夜深人静,加完班后从楼梯上走下来时,倾听着自己的脚步声,也仿佛听到了电视台的心跳!

和下岗女工沈萍一样,对于电视台每个职工而言,电视台不也像我们大家的一个店铺一样,只要它一天天在期待中开着,我们不就在享受着这种踏实带给我们的幸福吗?

一个国家的命运犹如浩浩汪洋中的一条航船,一个拥有着几百名职工的集体也是如此。

当我写完上面这段文字,新世纪的大幕已经开启。期待的天平上,又亮起了新的渴望,这渴望中,常州电视台的这只船已经在向着新的世纪扬帆!

路漫漫其修远兮。为了这一份期待,我愿意把自己手上的这把桨划得更出色!

十年

　　十年在人的一生中，该不是一个太短的数字，但如果把这十年放在人一生中最重要的一项工作上，这个十年说是一生恐怕也不为过。

　　人生在世，最重要的一个分水岭在哪里？也许每个人都会有自己的答案，而在我看来，30～40岁无论如何，都可以说是一个非常重要的分水岭。试想，一个青春年少，华发矗立的懵懂少年，带着一种对美好未来的憧憬，和对世界的好奇与征服的激情，刚刚迈入人生的创业黄金期，这时候，无论是立业的志向还是行动，都有着一份自己的成熟。由此往后的十年，便在这种青春的冲动与成熟中展开，那是一种超越年轻人的雄心展示，更是一种追赶中年人的企图蓄势。无论结局怎样，他（她）都在这个过程里，几乎忘我地走过，最终走向人的另一个时期——中年。人到四十而不惑，蓦然回首，倏地发现，这个过程竟是人生中走得最匆忙的十年。

　　人到中年，早已不太愿意说如果——那是年轻人对未来的憧憬，也是老年人对过去的依恋。中年人只有现在，只有双脚踩着的土地，和那即将或已经留下的一行行脚印。所以，如果把已经付出的十年献给了自己所钟爱的事业，那将是一种永远的幸福；反之，则是一种悲剧。

　　对于一个自己选择自己命运的人来说，我一直庆幸于自己正在走过的这个十年。

　　小时候，我一直向往着记者的工作。因为生活的环境和自己并不太优越的家庭背景，加上自己生来不想让长辈来安排自己命运的秉性，使得我记者的梦尽管做着，但从来未把它真的当作一种安身立命的终极目标去追求。只是更多地把它作为一种神圣的乐趣小心地珍藏于心底。当我背起行囊，离开大学校园准备踏向所谓的社会时，和很多同龄人不同的是，社会就像一班短途车，我乘过一站，刚出校园的我，便又走进了校园，只是身份由学生而成了老师。

第一次站在三尺讲台前，自己准备由一名学生而开始以老师的角色进行换位演说时，望着那一群年纪和我相差并不悬殊的学生，我脱口而出的第一句话，竟是五年创业志向。那就是叫他们通过三年的苦读，务必在走上小学教育岗位上五年出成果，如果没有这种雄心，不如趁早打道回府，免得辜负了青春好年华。这以后，我便带着班上 52 个学生奋斗了三年，我们有过打靶归来的歌声，有过校运会上一起为失去的名次的共同落泪，也有过毕业分手的前夜的执手相看泪眼，竟无语凝咽……待 2003 年国庆长假，学生毕业十年再聚会，居然出了 47 个校级干部，5 个教导主任，看着一个个已是孩子父亲母亲的学生，身为班主任和任课教师，我仿佛成了海明威笔下的那位坚强老人，正看着自己捕获的大鱼。

其实，为了这些学生，我曾经经历过怎样的一种煎熬呢？

那是很偶然的一次，当时在学校负责宣传的我，因为工作的需要，经常要和媒体接触，那是我所在的江苏省武进师范学校 90 周年校庆前夕，我到电视台新闻部联系报道事宜。当时，电视台还在长生巷宾馆里的一个二层餐厅里办公，电话声，喊人声、磁带走动的叫嚣声，整个环境很是嘈杂。一个个铁柜，隔出了文艺、总编、新闻、办公室、制作部几个部门，常常是某位主任的一句很轻的批评下属声，往往从台长到打杂的都听得一清二楚。作为一个局外人，我为这里办公的简陋而费解，由此也理解了为什么那时在学校里打开电视看《常州新闻》，为什么星期三和星期天都没有新内容了。这样想着，并没有想着哪天自己也会成为其中一员。也许真的是很多事在看似无关中，都冥冥之中有着一种必然。也就是那一年我与电视台交往最频繁的时候，不仅在省内的《新华日报》，而且在本地市报，也是隔三差五地常有整版的文章见报。以至我在见到一些人时刚报上名字，就会迎来是否就是某篇文章作者的提问。这样的时间长了，我便被借到了电视台新闻部。记得第一次出去采访，那是跟着前辈汪人安老师到戚墅堰去拍一个液化气站竣工运营的报道，中午是在戚墅堰饭店吃的饭，因为不会喝酒，还挨了汪老师的骂。

有人说，人生在世，精力最旺盛，也是最可作为的年龄应该在28岁到38岁。假如一个人能够用这十年去从事他所希望从事的工作，那该是一件痛快的事。而我就是把自己有生以来最宝贵的这十年，用在了电视新闻上。

从我正式调进常州电视台到现在，已经在电视新闻采编岗位上工作了十年。当十年的奋斗正要结束时，幸运地遇上了电视台三十周年台庆。三十而立，目睹着这个集体在全国同行中一年年地取得骄人业绩，我想得更多是自己这十年。

1999年，《社会写真》进行了比较大的一次改版。那就是节目由原来的每天8分钟，扩展为每天25分钟的杂志型版块。播出时间也由原来的20：05分提前到19：00。这次改版，专题部的人一下子增加到了28个，办的节目也比过去更丰富。尤其是那一年的《社会写真》"3·15特别报道"，力度大，影响深，至今想来，仿佛就在昨天。那一年更大的收获是，专题部在当年的江苏省电视社教节目评奖中，居然打破了多年来我台社教节目在省里评奖中成绩低迷的局面，一下拿了两个一等奖，一个二等奖和五个三等奖，并先后问鼎中国电视新闻奖和中国新闻奖。

那一年的冲劲，奠定了今天《社会写真》的影响力，《社会写真》当年的很多做法，事实上至今仍然在周边电视台的节目中发挥着它的积极影响。比如我们对民生新闻的运作，可以说在江苏省内是开风气之先的，而且，我们从一开始就注意了民生新闻的格调，讲究通俗而不庸俗；讲究贴近而不迎合。更多的是在营造一种真正的雅俗共赏，一种民生和民声的参与。

记得刚开始我们曾经为了收视率一度徘徊在3‰而焦急，但通过2年多时间的磨合，《社会写真》终于以一种独特的锋芒，成为全省的一个优秀电视名牌栏目。

2000年下半年，因为工作需要，我到新闻部主持工作。当时，《常州新闻联播》和《新闻播报》、《晚间新闻》正面临着在巩固已有成绩的基础上，进行新的突破的问题。如何在保持正确导向的前提下寻找新的突破，是我和新闻部全体同事不用挑明的使命。面对在全省新闻节目编排年度评比中一直无缘获奖的历史，我和大家说，集体的声誉，与个人的荣辱之间永远不能划上平行线，只有当这两条线完全重合时，才会有个人的一切；否则，再强大的个体，也永远无法抵挡住自己后背的空虚。

正是在这样一种压力下，我和兄弟姐妹们在力所能及的空间里，挖空心思为节目而战。新闻部大策划传统的形成，就是这样延续了下来。一分耕耘，一分收获，经过努力，我们虽然经历了无数的艰辛，但终于还是挺了过来。当初，我是踏着新千年的钟声与感动，重新回到了曾经工作了近 5 年的新闻部。离开 2 年之后，算起来，到现在又在这里工作了 5 年。这五年，常州相继经历过 3 任市委书记、5 任市长。作为一个承担喉舌功能的新闻节目负责人，我深知每一天报道的重要性。让人暂时可以欣慰的是，在宣传部和台领导的直接指导下，我们的导向始终能与市委市政府中心工作紧紧合拍，而且节目收视率也能逐年稳步提升，并一直确保在本地处于第一位置。更让人高兴的是，新闻部还获得了常州市"红旗班组"称号。

创新是一个民族的灵魂，对于电视节目来说更是如此。当 12 年前的某一天早晨，我们打开电视，还惊讶于《东方时空·生活空间》那种娓娓道来的"讲述老百姓自己的故事"的时候，今天的这种惊讶，早已不是一种涟漪，而是一种平静中的淡定。因为，在日新月异、信息碰撞的今天，人们的耐性早已容不下那种不紧不慢的絮叨了。创新的脚步必须走出前卫的步子，哪怕是戴着脚镣，你也没有理由让观众分享你的孤独——那是一种不可传染给他人的委屈。观众需要的，永远是你智慧的火花。当"超女"、"韩流"汹涌而来之际，谁也无法抵挡观众苛刻的目光。"醉不成欢惨将别，别时茫茫江浸月"，如果你还自恋于经验主义的孤芳自赏，在收视率与美誉度的煎熬中，将注定败走麦城。

为此，这 5 年来，我一直在苦苦思索着如何突破，或者说是一种自讨苦吃的求索。性格使然，我曾经多次在台栏目研讨座谈会上，不忌锋芒，甚至是斗胆不顾幼稚地陈述自己的一孔之见，甚而至于曾提出过自己带几个志同道合的兄弟，为台里承包一个栏目的愿望。此心除了想为集体的事业贡献匹夫之勇之外，其实真的是再无他求。

新闻采编，只争朝夕。每日忙毕，再忙再晚，我几乎都会做好最后一件事，那就是整理好自己的办公桌，想着万一哪天这个位子自己不适应了，那就要立即腾出让给他人，毕竟，新闻事业，从来都不应该有旁观者。给自己压力的同时，其实也是在为自己手下的三四十号兄弟姐妹着想。人生苦短，相处是缘。在新闻部工作了 10 年，掉头一去，满头黑发，离开 2 年后再度回来已是雪染两鬓，又是 5 年。十年可以使一棵小树在经历了十度寒暑后，参天挺拔，更何况朝夕相处的同事呢？

在 2005 年再过一个月就要结束之际，又一个十年已然开始。在路上的我们，即将踏上的，是常州电视台即将向不惑之年迈进的足音，一切正继续进行，一切都充满朝气！

感谢责任

上客，启动，到站，下客，再启动……日复一日，年复一年，车来车往中，道路两边的建筑和车流，随着他头发的稀松而变得密集。常常，等红灯时，看着周围一天比一天豪华的小车，置身高大且有些拖沓的大客车里，一向处变不惊的他，和身后乘客的百无聊赖形成鲜明反差。他非常平静，就像方向盘前的那面镜子，风里雨里，清楚与模糊间，映照出的总是一车乘客的一次安全之旅——这便是责任。于自己，是一种对事业与职业的坚守；于乘客，是一种对生命与人格的尊重；于社会，是一种对文明与公德的信仰。

和这位公交司机的职业相比，我从事的新闻工作虽然每天都在感受着新鲜与生动，但归宿其实也就两个字——责任！

从 1993 年开始涉足电视，如今已跌跌撞撞走了 17 年。期间，感受着这座城市的每一点变化，也越来越清楚自己所肩负的责任：电视新闻报道要无愧于时代，就要不断地做出优秀节目，而创优除了信心、耐心、悟心之外，再无别的选择。

信心：天行健，君子当自强不息

"天行健，君子当自强不息。"当一个人决定把一生献给电视时，就应该为自己的职业设定一个目标。当浮躁、功利、盲从充斥周遭时，人很容易变成河中的浮萍。当然，浮萍永远是自由的，但这种自由也注定它将永远没有自己的归期。与浮萍相比，人更需要掌握自己的明天。哀莫大于心死。当一个人不知道自己下一站栖身何处时，他将会感到非常痛苦。

"文章千古事"。我既然选择了电视，就应该每年有收获。而且，5年内在省里要获一等奖，10年内要拿下全国奖。这个目标是1996年4月10日定的，那一天是我调进常州电视台的日子。为了这，曾经有过连续15年没有和家人一起过除夕的历史，也曾有过连续工作近30小时没有休息的历史。记得女儿升高一前的一个周日中午，当我终于为妻子和女儿烧出一顿饭菜并端上桌时，望着一家三口香香地吃着可口的饭菜，女儿突然有感而发，说："今天我和爸爸终于可以四目相对地吃上一顿完整的饭了！"是的，15年来，我和女儿几乎很少有过坐在一起，四目相望地吃饭的时候，至今想来，仍有一股隐隐的辛酸从胸中沸腾……可我又能避免吗？

虽非科班出生，但我深信笨鸟先飞，天道酬勤。于是，事故现场，力争第一时间；百姓有忧，尽力帮忙解决。2005年4月1日，中宣部将黑牡丹集团工程师邓建军定为全国重大宣传典型，为给即将来常州的中央新闻采访团提供素材。我从4月2号中午接到任务起，带领两名同事连续工作两天两夜，终于在采访团来常前完成了一档20分钟的演讲实况录像和一部20分钟的电视专题片。该片不仅在邓建军事迹汇报会上受到中宣部新闻局领导和省市领导的一致好评，还先后荣获了江苏省电视专题片一等奖和两年一评的中国广播影视大奖。现在想来，如果不是从 2000 年起，我就开始积累邓建军的新闻素材，也不可能有这么多的收获。

优秀记者，总是人品与文品的结合。残疾人屠霖虽家境贫寒却热心发明，我在跟踪报道的同时，还多次带着钱和生活用品上门慰问。辽宁商人高太录常州提货被骗，我连夜采访并安排吃住。而当某医疗厂老板为一条报道带着烟和钱找到我时，被我婉言拒绝。爱憎分明，是记者的责任。我连续报道的《出钱存车车失踪》引起城管部门对自行车寄存点的规范管理；社教系列《如此留置》引发各界对改善投资环境的热议，《鲜牛奶怎么不鲜了?》使市民从此喝到放心奶；为呼吁市民养成卫生习惯，我不仅对乱扔垃圾行为进行曝光，还动手将市中心一座桥上的几大袋垃圾搬走……一位老报人为此在报上撰文，以我的"动口又动手"倡导记者对有利于人民的事，要报道、更要尽举手之劳！

而这一切，都因为自己始终虔诚于做一个负责任的记者。"有志者，事竟成，破釜沉舟，百二秦关终属楚。苦心人，天不负，卧薪尝胆，三千越甲可吞吴。"每当累了困了，我都以此激励自己。

耐心：板凳要坐十年冷

一条火箭弹增雨作业的报道，十万分之几秒的火箭弹飞入高空和大雨倾盆的情景，让电视在报纸和广播面前出尽风头，这是电视优势。而正因此，相对报纸和广播而言，电视新闻的劣势也更突出。有了好题材，缺乏好现场；有了好立意缺乏好由头，或事过境迁，或物是人非……这些，报纸和广播都能弥补，唯独电视常常是可遇不可求。

2002 年连续报道《10 岁男童高空触电奇迹生还》，虽然我们拍到了男童瓦热斯高空触电那一刹那惊心动魄一幕，但类似报道并非常州独家。因此，仅凭这要想在省里拿一等奖希望渺茫。越磨越浓的是墨，越酿越醇的是酒，越做越精的是节目。为使报道平中见奇，我提议记者做连续报道，通过常州各界对新疆流浪儿瓦热斯的关心，呼唤他父母出现将其带回家享受亲情，让他从此成为好儿童。同时，报道立意还由此升华到汉族和维吾尔族友谊这一主题上去，在同类题材中做到"人有我优"。对于这个提议，记者当时认为实现的可能很小，毕竟常州与新疆相隔遥远，但也许老天有眼，3 个月后，果然等来了瓦热斯父母常州认子那感人一幕。最终，这条连续报道获得江苏电视新闻一等奖。

"板凳要坐十年冷，文章不写半句空。"艺术是一种煎熬的职业。在浮躁已成为一种新型流感，稍不注意就会被感染的情况下，记者特别要善于坐冷板凳，反复琢磨，仔细推敲；琢磨面临的形势，推敲承担的责任。诚然，当今时代，信息交流已成为人们获取经验的重要途径。这种情况下，人不可能"跳出三界外，不在五行中"。但面对浮躁、功利、奢华、喧嚣，记者更需要清醒和理智、平和与淡然。要从喧嚣中突围，在诱惑前自律，耐得住寂寞，方能不被乱花迷眼。

悟心：蓦然回首，

那人却在灯火阑珊处

作文有三大境界。一曰：昨夜西风凋碧树。独上高楼，望尽天涯路。二曰：衣带渐宽终不悔，为伊消得人憔悴。三曰：众里寻他千百度，蓦然回首，那人却在灯火阑珊处。新闻精品就源于一个悟字。

为记录全国政协委员、提案大户卜仲宽参政议政的历程，我曾连续 8 年对他跟拍。2001 年 10 月，得知全国政协要表彰他的优秀提案，我放弃公休连夜赴京采访，最终完成了长片《责任》。片尾，我特意选择一组黄昏时分，几位老人在天安门广场放风筝的画面。风筝轻扬的背景是人民大会堂正门上方的国徽，寓意中国民主政治脚步日趋稳健。这一结尾与标题呼应，含义深刻。若不是对我国民主政治有所了解，很难会有这样的考虑！如此，该片摘下江苏改革开放重大题材最佳纪录片奖也属情理之中！

2003 年创作的《中国心灵的眼睛》，记录的是著名诗人余光中的"乡愁"。构思该片时，我斟酌的最多的就是切入口。反映余光中乡愁的节目很多，若无新意再做就是浪费。通过思考，我发现很多场合，余光中那双眼睛总是仰视状，这神情与他《乡愁》的诗竟非常吻合！由此想到了作家苏叔阳写给他的那首"……那天，说起黄河的涛声，你的眼睛忽然涌起母亲河的涟漪，哦，这是一双中国心灵的眼睛"的诗。于是，节目就从余光中的眼睛开始："我们在许多媒体上读过这一双眼睛。小小的，深深的，也许因为浸润了太多的海水，这一双眼睛才总是这样仰视状。这是一种眺望，一种期待，更是一种思念！"后来获奖事实表明，以眼睛来解读余光中乡愁的，这是第一次。

个个心中有，人人笔下无。悟心，就是目光要比别人犀利，立意要比别人高远，角度要比别人独特。达到这一层次，需要丰富的社会阅历，触类旁通的知识根底，敏锐的新闻敏感和政治敏感。对于记者来说，这是责任！

17年来，感谢责任，让我15年考核优秀，五次嘉奖，四次记三等功。2005年，心得《守好职业，做好事业》在全市保持共产党员先进性教育总结大会上引起长时间掌声。2008年被评为全国广播电影电视系统先进工作者，2009年荣获江苏省优秀新闻工作者。2010年终于荣获江苏省新闻人才最高奖——戈公振新闻奖。这一年，由我主创的新闻评论、新闻专题、新闻论文等3件作品分别获得中国广播影视大奖、江苏新闻奖、江苏电视新闻奖3个一等奖。另外，2011年又顺利入围江苏省宣传文化系统"五个一批人才"。感谢责任，我的长篇通讯《寻子何时是归期》发表后第二天，就使拐骗儿童者"良心发现"送回孩子，并在小孩身上留下一张"一篇报道挽救了一颗迷失的心"的纸条；1996年，因我的报道而找到工作的环卫女工安质慧大冬天下河摸来田螺上门感谢……

红灯停

夜幕阑珊之际，我骑车行驶在回家的路上，疲倦的身影，在疲倦的目光支配下，为城市的夜晚涂上一笔沉重的轨迹。白天没来得及想的许多事，此刻正在脑中一一闪过。夜在眼前愈发模糊起来。

就是在这模糊之中，我冲过了那道斑马线，一边继续想着刚才的事，一边继续朝前冲着。

"红灯停！"

"红灯停！"

接连两声清脆而尖厉的声音，从身后传到我耳中。声音并不高，却还是把我从思绪中拽了回来。抬眼一看，前面确实亮起了红灯！而此刻正好有一辆重型卡车疾驶而过。眼中，卡车司机猛然回头那惊吓而又恶狠狠的眼神告诉我，一个生命在一声微弱的提醒前得以继续！

也许是因着庆幸身后的这声"红灯停"的提醒，我下意识地回头寻找那个声音发出的地方。是身后传来的。就在我身后大约 10 米远的地方，一位大约七八岁的小姑娘正笑嘻嘻地站在自己的自行车旁看着我。旁边，她的父母正一脚撑地，一脚踩着自行车踏脚望着她笑。

见我看她，小姑娘笑嘻嘻地瞧了瞧她父母，继而又冲我笑着……此刻，我分明听到她的母亲责怪起她来，意思好像是嫌她多事。小姑娘撒娇地朝母亲撇了撇小脑袋，像是有些不服气，她那不自然的动作告诉我，她为这大人的训斥感到委屈。

正当我想退回去向他们道谢时，小姑娘的声音又传了过来。"绿灯行！"我回过头，果然绿灯亮了，于是，我马上蹬着车子继续走……

一个人骑在回家的路上，小姑娘的那句"红灯停"也一直在耳际响着。

不由得想起了我的一位上级讲过的这样一件事：当我们大家都还是懵懂少年时，大凡家里来了亲戚，我们都喜欢在亲戚面前表现自己，大有初生牛犊不怕虎之意。而每每我们讲得不对或哪里做得不好时，在一边看着的父母，便会走过来悄悄扯扯我们这些正处在得意中的"无知少年"的衣袖以示提醒。长大了，工作了，有时候想想，同事之间，上下级之间，还真需要这种彼此间"拉衣袖"的传统；然而，这种传统现在并不是经常能让人感受到。

年少无知，如果这种无知只是就社会经验缺乏而言倒没问题，但假如把那种出于善良的提醒也作为一种无知或不稳重，对于一个人来说，恐怕就是一种莫大遗憾了。

至今我还清晰地记得夜幕阑珊之际，归途中的那一声轻轻的"红灯停"——尽管这已是半年以前的事了！

书语

在你孤独无助的时候，她静静地看着你。虽然没有丝毫言语，但一番古道热肠的情意却一览无余。她清楚，这时候叹息都是多余的。

总有这样的时候，为了尘世中的疙疙瘩瘩，你揣着一肚子委屈和他人理论。而最终结局，总避免不了面红耳赤甚至不欢而散。其实，这一切解释都是徒劳，因为最后的输赢，早在启口之前就已经清楚——是你就不是他。毕竟最终胜利者只能是一个人！但是，如果你把这长长的过程用来读一本书，哪怕只是读其中的一篇，当你合上书，掩卷沉思，然后把目光移开，放到更远的空间，这时，你就会觉得自己永远是个胜者。

——终于成为胜者的道理非常简单：失意时，不忘自己脚下的大地，不忘自己还有那可以在没有路的地方踩出一条路来的双脚；得意时，不忘自己头顶上还有苍天，不忘自己的前方还有险滩还有更强的对手。

——最终不能成为胜者的道理也很容易：太多的时候，你常常会受冲动驱使，去做一些看似义愤填膺而事后证明又常常是鲁莽的事情。

捧起一本书吧，用心去倾听，用心去交谈。书会让你发现，对于所有人来说，你原本就是一个胜者；而唯独一个人常常会成为你最大的敌人，让你难以战胜，这个人就是你自己！

茫茫人海，岁月荏苒。更多时候你选择了随波逐流。就像在红绿灯前，你会下意识地跟着别人一起，在侥幸的斑马线前没有了自己的方向一样，从众使你染上了浮躁的病毒。

对于你而言，过度的自信和过度的自贱，都是一道没有答案的方程。捧起一本书，那里虽然不一定都能找到答案，却能教会你怎样忍耐。

忍耐寂寞，忍耐苦痛，忍耐周遭不能承受之痛——也许，这就是最好的答案。

清清溪流心间流淌，蔚蓝天空眼底高悬，露珠在花蕊上滑动春的气息。绿叶在树梢筛选夏的节奏。那纤细柔长的秋雨，在没有边际的旅途上，正编织着爱的委婉，还有那晶莹剔透的冬雪，于习习风尘中，一层一层把人的回忆铺陈……

——这样的境界，即使在城市的花园里也难以寻觅。它只存在于书本里，存在于心平气静的心境里，存在于你把身子整个地交付给静静的草坪之上，一览无余地坦陈自己那沾满世俗的身躯；存在于你把一本看累了，然后又将它盖在脸上，闭上眼睛的时候！

平静你的生日

一

在西方，生日因为与人生的开始有关，而一直被人们当作里程碑来非常圣洁地纪念着。譬如，他们就把耶稣的生日当作一年中最隆重的节日——圣诞节，而很认真地过着。当这种对生之留恋的浓重情结越过大洋彼岸，慢慢来到东方时，人们似乎也毫无疑问地对它呈现出特有的钟爱。如今，圣诞节、情人节、愚人节之类的洋节行遍中华大地便是佐证，尽管像生日 Party 之类的活动，对于我们这个国家来说，曾经被认为是糟粕，甚至庸俗腐朽的生活方式而遭唾弃和鄙视！

相反，过去的东方人对待生日却并不这样关注，而是以一种绝对的平静，表白自己对活着的珍视。只有当亲人亡故之时，作为后代，才有做七守孝的礼俗。个中缘由，个人认为，死去的人其实并非真的就不存在了，只不过到了另一个世界而已。关于这点，西方人却显得极为平静；有时候，他们甚至会表现出死不足惜之气度！

我之所以对东西方这两种在生与死观念上的区别作上述分析，不否认有一点意在唤起人们对我们自己传统的些许回忆的目的。因为，对于生日，目下的现状仿佛改变了传统。眼望周遭，一种对生日的虔诚情愫，已由最初的悄然而变得流行起来。生日 Party 这一舶来品，在少男少女甚至中小学生中更是时髦得可以。就连做家长的也开始为此感染得大度起来，在饭店摆几桌，哼一哼"何不潇洒走一回"者，远比在家老少相拥，吃蛋糕共唱"Happy Birthday to you"者多！

对于向来崇尚人情的我们，此风是否值得大力倡导？我认为这倒无须迫不及待地下结论，关键是，早就抱怨为人情所累的国人，倒是大可以有理由从我们有着五千年文明史的传统渊源中，求得一份解脱与宁静的。

二

女儿烨烨出生仅 3 月有余，12 月 5 日那天是她来到人间的一百天纪念日。按现在的时兴做法，当摆几桌庆贺一下，可偏偏岳母请人为她算了一卦，硬说这天我与她不可相见。于是只好请人用车送她去乡下岳母家暂住些时日。这么做，并非显得我对"命"的诚，只是不愿难为岳母的意愿罢了。

那天，我是抱着她，一直把她送到岳母家的。往常，她一坐上车就要睡觉。而那天她的一双小眼却一直看着我，等我把她放进妻子怀中时，她那专注的眼神更是像种子一样，落进了我的眼帘！当晚，我独自一人守在城里那空落落的家中，一种从未有过的寂寞整夜拥裹着我。当时，平素对一切向来持无所谓的我，竟落入一种怅然若失的境地。

直到从枕边看到女儿平日常围在胸前的那条绿色毛巾，从上面闻到女儿身上那股特有的奶香时，心才稍稍找到了份寄托。

尚幼的女儿，虽然不会知道这一切，但事实却使她的这一本该隆重的日子变得很平淡。而我的那份对孤独与思念的忍耐，对于她来说，除了是一种希望外，更多的成分却是一种幸福。这么说来，这平淡也就无须内疚了。

写此文前，岳母在做午饭时，曾对生日有这么一句评价，说"忘掉生日反而会平安无事。"妻子当时就笑着插话反驳，说这是一种借口。岳母一生以土地为命，究竟是不是借口倒不必追究，只是她的这种见解正合我意。

事实上，我也常常将自己的生日忘掉，对妻子的生日几乎更是从未关心过。记得当初恋爱时，在她 24 岁的生日，我曾附庸风雅地写下一首诗：今夜，点燃 24 支蜡烛/目光隔火照过来/所有的诺言开始暗淡/烛光袅袅/点燃你的烦恼与忧愁/最后，留下 4 个字/天天快乐！这种纪念生日的方式在我来说虽只有一次，但在妻子心里，恐怕是奢侈至极了。因为，从这以后，我真的就从未记住她的生日，直到我写这篇文章的时候。有些人看来，这虽然是一种莫大的遗憾，而妻子却不这样认为，尽管有时她也会怨我几句，并总会在我生日那天替我准备一份礼物，而没有一点怨艾之意。由此，我便更加相信平静生日的过法了！

红青蛙

"春风轻轻地吹，吹绿了杨柳，吹红了山茶，吹来了燕子，吹醒了青蛙，吹得小雨轻轻地下……"这是 5 岁的女儿刚进幼儿园时，学得的一首儿歌。不知是因为淘气，抑或一时记错了歌词，晚上睡觉前，她在背给我和妻子听是，竟把"吹红了山茶"与"吹醒了青蛙"两句中的"山茶"与"青蛙"调换了次序，成了"吹红了青蛙，吹醒了山茶"。当即就招来了在中学教语文的妻子的纠正，并告诫女儿说青蛙没有红的，以后别"瞎说八道"。

听话的女儿赶忙讨好地纠正过来，也因此赢得了她母亲的夸奖。

望着女儿因满足而甜甜地进入梦乡的样子，一只鼓着两只大大的黑眼睛，身着橘红色外衣的红青蛙，突然从记忆的深处，跳到我的眼前。对于从小生活在山区，日日以山石野鸟等山中珍奇为伴的我来说，这不是虚幻，而是记忆的闪回！

天渐渐地远了，水渐渐地清了，山上的鸟兽渐渐地少了。小时候，每到山瘦水寒季节，大人们便早早地磨快了镰刀，绞好绳索，扛着扁担上山砍柴了。孩童无事，就一个个跟在大人屁股后面上山玩。这时候，像蛇这样的让小孩子们担惊受怕的动物一般很少出现，比较常见的是山鸡、野兔还有那躲在草丛中的红青蛙了。

与平时我们看到的青蛙相比，红青蛙除了身上是红颜色外，就是身子修长，特别是肚子极小，因此跳起来要比平常的青蛙快。刚开始见了它，我们还有些紧张，以为碰上了什么会咬人的怪物，当大人们告知这是山上的"田鸡"时，才放心地上前与它"捉迷藏"……

假如生活在平原的妻子知道上面这样的事，想必就不会去责怪孩子了。可遗憾的是，她不知道，而且，像她这样不知道红青蛙的家长一定不少。想来，在孩子面前会和她犯同样错误的家长也肯定不少。孩子虽然不知这段背景，但凭着天真和无拘无束，她却歪打正着地说了真话，而我们自认为正确的纠正，往往倒是犯了一种错误。生活中，大人们这种错误总是自觉与不自觉地在犯着，并由此而影响着我们的孩子。

那一次，同事家的小孩到单位来玩，因小家伙活泼可爱，便引起了大家的争相嬉闹。其间，同事中有人向她提了个"上医院首先干什么"的问题，谁知，4岁的她小脸一扬，理所当然地脱口而出"找熟人！"此话一出，四座皆惊。眼下的孩子可真是成熟到家了。但仔细想想，这种用"找熟人"来取代"挂号"的聪明，又说明了什么呢？

成语中有个指鹿为马的故事，我们几乎都知道，这在大人身上，它是一个不常见的悲剧。可大人们也别忘了，当那位光着身子的皇帝衣不遮体地被众臣前呼后拥，招摇过市地陶醉在一片赞扬声中时，恰恰是一个刚刚牙牙学语的孩子，从大人们重重的胯下露出头来一语道破了天机……

生活中，我们未必都是孩子的老师，尤其是在城府味很重的公共场合。

平台上的辣椒

周末一家人去乡下岳母家串门，回城前，见村上田里有没迁栽完的辣椒苗，便拔了20棵，顺便从农田里掘上一大袋泥土。一回到城里的家，女儿和我就立即上楼到平台上忙开了。我拌土、栽插，女儿分苗、浇水，三棵一盆，小心翼翼地栽下去。我一边栽一边还给女儿介绍辣椒的生长知识。不知不觉，5盆辣椒栽好了。多下的5棵，就送了在一旁看我们栽的邻居魏奶奶。作为回报，魏奶奶也回给了我们一棵她培育出的紫荆花苗。女儿满怀感激地把它栽进了花盆。这些花盆里面长的本来是买来的现成盆景，最终因为我没时间天天伺候它们，里面的花都相继夭折了。光秃秃的盆里，开始长出些马齿苋之类的杂草，这下正好清理一下。

第二天早晨，迷迷糊糊中听到女儿下楼梯的脚步声，睁眼一看，才5点刚过。一问才知道，女儿已经给辣椒苗浇完水了！上平台一看，果然那5盆辣椒苗一棵棵都生机勃勃地站在花盆里，头神气地昂着，青翠欲滴的叶子在风中微微地拂动，仿佛接受检阅的士兵，正在胸有成竹地与首长进行着目光的交流。

"爸，你看辣椒苗都活了，好像它们在笑呢！"女儿弯着腰，两手撑在屈起的大腿上，低着头高兴地说。

"是啊，它们在感谢你给他们水喝呢！"我满意地对女儿说。

"真的吗，那今后浇水就包给我吧。"女儿认真地承诺。当时，我没多想，就顺水推舟地答应了她。

这天晚上，当回到家的我端上碗准备吃晚饭时，突然想起了平台上的辣椒。这么热的天，该上去浇水了。于是就叫女儿赶快端水去浇，这时妻子告诉我，说女儿一到家，书包一放就已经去浇过了。

吃过晚饭，女儿拉着我和妻子到平台上去看辣椒。看着那一棵棵生机盎然的辣椒苗，我由衷地感激女儿对自己信守诺言的忠诚。

从那以后，几乎每天吃过晚饭，即使再晚，我们一家都要去看那平台上的辣椒。每次看，都会发现辣椒在一天一天地长高。一个星期后，居然开出了粉白色的小花。这下女儿浇得更起劲了，而且，还天天要看电视中的《天气预报》。假如碰到气温高的日子，她会早上和晚上各浇一次，甚至还有意将淘米水用来浇辣椒。由于我常常很晚才到家，她就特意将我买给她的小手电带上，碰到天黑看不清，她就手电一照，一目了然。不仅如此，每次她还要我和她一起去照照魏奶奶家的那5棵辣椒。看看谁家的长得高，花开得多……

辣椒花在女儿的精心浇灌下，开了，又谢了。很快，尖尖的辣椒仔长出来了：一个、两个、三个，渐渐地越来越多了，女儿是越看越高兴。天天浇，日日数，给辣椒松土，为它们清理杂草，与邻居魏奶奶家比长势。这平台上的辣椒俨然成了她学习之余的一件最大的乐事。

大约是20多天之后的一个周末，我看最先长出的几只辣椒正发硬发黄，这是辣椒开始老的症状，就建议女儿采下来炖蛋吃。记得小时候在农村，辣椒炒鸡蛋算是大菜。那时经济条件差，加上计划经济，猪肉要凭票供应。所以，夏天的时候，谁家来了亲戚，一般桌上最好的菜便是厚厚叠叠的一碗辣椒炒鸡蛋。碰到亲戚来得太频繁，鸡蛋不够了，因为那时农村的酱油和盐也靠母鸡下蛋去买。就用一碗面粉往一只鸡蛋里一拌，就算是体面待客了。

我的话刚出口，女儿就有些犹豫。看得出，她是想尝一下这平台上的辣椒味道，但又有些舍不得。毕竟是她自己从一棵棵苗，培养到活棵、成苗、开花、结果的。末了，她非常心疼地采下一只，可怜兮兮地请我原谅那些没采下来的辣椒。

我当然答应了她的请求。中午，当我将辣椒炖蛋端上饭桌时，除了开始感到有点辣外，她竟吃得很香。

看着她那开心的样子，我知道这平台上的辣椒让我和她都收获了许多当初所没有预料到的东西！

在乎你的感觉

太多的人喜欢把生活的状态概括为寻找感觉。至于感觉究竟是什么，似乎每个人的脑海中，又都充满着疑惑。难怪几年前，会有一首歌轻飘飘地挤入繁忙的人流。所谓"跟着感觉走，紧抓住梦的手"，便是将梦与感觉紧紧地联系在一起。虽然脚步轻松，却总也拂不去客走茶凉，人散屋空后的那份内心的寂寞与无聊。

世事浮云，人迹匆匆。风中，孑然一人驻足陌生的街头，便感觉脚下处处是地雷阵、迷情网。凄凄惨惨戚戚，唯有那蓦然回首中的一双熟悉的眼睛，可以点燃心中的苍茫。这就够了。因为温暖的真正含义便是感觉。这正如潇瑟寒风中的一句嘘寒的话，虽然对方并未给你披上御寒的衣物，但原本瑟缩着的你，此刻会明显感到齿缝热了，脚稳了！

那一次采访驱车途经人潮如涌的南大街，猛然听得人群中有个声音在喊我的名字，而且声调极高。循声望去，是我的一位来自乡下的写小说的朋友。虽然上班下班，在一次次握手与挥手之间，名字早已被身份所取代，但这次我听到却顿然有种心头一热，甚至鼻子发酸的冲动！这位朋友凭着写作的一番热忱，竟抛妻别子，从乡下到城市寄居一隅，且数年居于陋室孜孜不倦。尽管奋斗途中多有曲折，但他对朋友、对事业却分外虔诚。而更令人感动的是，在市声嚷嚷，人人皆将无棱无角，慢声细气奉为信条之际，独有他居然能依然如田埂上碰到故旧一般朴实，实在堪称是朋友中的知己。

——这就是感觉，尽管这种感觉往往是稍纵即逝的；但只要你在乎，便总能体会得出！

然而，放眼周遭，如果你常喜欢以一种被报答的心去寻找感觉，得到的也许更多的不是被报答，而是冷漠，甚至是轻视。从大学毕业，实指望一腔经纶可以因上司器重而指点江山，挥斥方遒，结果却落得多年一介"百姓"，作为庸庸。于是，与友人相遇，道人生短长，论时事是非，虽也有几多热诚几多感慨，但更多的时候则迁怒于人。总以为"世人皆醉我独醒"，事实上偏偏却是"世人皆醒我独醉"。这就是地球上纵然没有我也照样日行 8 万里。10多年在教科书上读烂了的量变到质变的辩证法，成了前进路上的绊脚石。万丈高楼平地起，没有实实在在的"平头百姓"的经历，何来有朝一日经营天下的雄踏武略?!

曾经，当已是 73 岁高龄的邓小平第 13 次被打倒后，又第 13 次出现在中国政坛上时，西方预言家曾戏称这恐怕是"迟到的爱"、"晚来的秋"；然而，正是这位世纪伟人，用他从容的目光和智慧的双手，为世界上四分之一的人口描绘出了一幅幅春天的画卷。谁能说这不是一次次漫长寂寞后的爆发?! 虽然这种寂寞中满缀着 13 亿人民的苦涩与酸辛，遗憾与内疚。

人生寂寞是感觉，而耐得住寂寞则更是一种感觉。这一切，全都因为你在乎！

秋来无语

一夜西风起，秋便在叶黄之际落到了地上。

风是从额角一丝一丝慢慢吹进心里的，凉飕飕的，仿佛钻进了身上的每一根血管。此刻，许多未了的心事，像是突然被自己宣布放弃一般。心底淡然，没有风的抚慰，静静如一潭死水。

就在这种风里，有花白的头发悄然闪动在眼睛的上方。稍稍卷曲的它们，凌乱地在风中与季节磨合着……从呱呱坠地的童年起，这种磨合就已经开始了——少年不识愁滋味，只是那时总不经意罢了。

人到中年，渐渐远去的激情弥补着更多的深沉。于是，喜欢在喝茶之前，品味茶的色泽和香味。生旦净末丑，人生一台戏。与其说是在品茶，毋宁说是在品味着前世今生一点一点的酸甜苦辣！

梳洗罢，独倚望江楼。喜欢在无人的时候，背手踱着自己的步子。脚印中，是一份四十而不惑的承受；不惑的是人与人之间彼此那些疙疙瘩瘩的往事，是名利场上累过苦过恼过的一个个磕磕绊绊的记忆。

人到中年，早已不太愿意再说如果——那是年轻人对未来的一种希冀，也是老年人对过去的一种遗憾。中年人只有现在，只有双脚踩着的土地和那即将或已经留下的一行行脚印。就比如这金黄金黄的秋天，在送走了丰满而热烈的夏季之后，它总是以一种低调姿态，站在田里，躺在河中，或挂在树上。

不会再去在意那轰轰烈烈的夏季里，究竟还有多少风花雪月的故事没有了断？也不会再去在意下一个寒冬来临的日子里，究竟还会有多少个故事在温暖的被窝里徜徉？此时，天空中横过的一个雁阵，就能把前面走过的无数个日子，一笔勾销得无影无踪……

有很多人在自己的身旁走过，熟悉或者陌生，高官或者百姓，都一样匆忙得来不及招呼。背影里总是充满着寻找与放弃、冲动与冷静。

红灯停，绿灯行，就在一只脚已经跨出，另一只脚刚刚拎起的时候，又一个人流高峰已经来到——

怎一个人生几度秋凉！

走进落基山——加拿大纪行

20年前，加拿大作家乔治·伍德科说："世界听不见加拿大的声音。"他说得没错，加拿大人属于那种最后赞扬自己富饶国土的人民，称颂她魅力的往往是外国人。

——题记

呵护温哥华

飞机在经过13个小时的高空飞行之后，温哥华就在我们的脚下了。虽然此刻地上还有一道黄色的入境线横在我们面前，但毕竟已在呼吸着异域的空气，耳闻目睹着美洲的文明了。

温哥华其实是一个很中国化的名字，无论从它的音译还是从它的陈设来看，你都能得到印证。入境签证处有很多华裔工作人员，因此，即使你英语表达能力欠佳，在这里同样不会遇到太大的困难。同时，那身着浅蓝色警服的白人警察，友好地迎接着面前每一位等着办理入境手续的外国人，脸上始终挂着和善的笑容。也许是出于职业需要，或者说是长期以来形成的一种职业敏感，对于他们自己的这种看人脸色的工作，那些警察有时也会使那些英语洋泾浜们难堪。比如，你的英语不怎么样，却硬要别着舌头去讲英语时，他们就会故意问你多一些问题。内容从原本简单的会话，诸如"你从哪里来？""到温哥华干什么？"之类，到问一些你的兴趣爱好之类。如果你涨红着脸答不上来，他会主动向你表示"I'm sorry"。不过，对于老年人，他们是不会强人所难的。

和北京首都国际机场相比，温哥华机场规模并不大，但从它的布局设计上看，却别具风韵。首先是它对自然的张扬：下了飞机，登上自动扶梯，通过二楼一条长长的走廊，到前往下一站的候机室，就在你的两旁，有充满传奇色彩的独木舟，和各种各样的珍奇树木与嶙峋怪石，还有各种各样的花草。流水从脚下淌过，里面有鱼儿尽情徜徉，有时甚至就在你的脚下漫不经心地游着，仿佛在欢迎着你的到来。这些都一一陈设在机场的过道内……让久居闹市的你，一下就走进了自然。这里，空间向你展示着这个城市的特色和文化，而少见的，是我们在国内一些机场所见惯了的商业气息的浮躁！

有人说，加拿大是一个善于宽容的国家。这也许和它的历史有着很深渊源。相传公元 1535 年，法国航海家若克·加蒂埃率领 200 多人乘般横渡大西洋，来到现在加拿大东海岸的圣劳伦斯河下游的魁北克城附近，停泊在一个印第安人聚居点旁边。加蒂埃问印第安人"这是什么地方"，印第安人回答说："卡拿塔（英语为 Kanada）。"在印第安人的休伦－易洛魁语中，卡拿塔是"聚居点"或"村落"的意思。加蒂埃回到欧洲后，就宣布自己发现了一个新大陆，名叫"Kanada"。从此，加蒂埃和他的伙伴们就把这里称为"加拿大"（Canada）。

在古代，加拿大的大片土地，原为印第安人、因纽特人（即爱斯基摩人）所居住。纽芬兰岛被发现后，便有欧陆移民迁来。现在，这里英裔和法裔居民总和约在 68％左右，其余分别为意大利、德国、乌克兰等欧洲人后裔，土著人约占全国人口的 5％，华人约 80 万人。也就是说，它是一个移民集中的国家。这一点，刚到加拿大的人也许感受最深。比如，在温哥华，你可以看到各种肤色的人在从事同一种工作。虽然肤色不同，习惯相异，但彼此之间相处绝对融洽。即使是黑人与白人，或者是白人与亚裔，他们之间给人的感觉完全是一种平等。而且，对于初来乍到的外国人，他们都会主动向你问好，甚至问你需要他来帮你做些什么？如果他的行动可能会影响你，或者你的行动会妨碍他，他则会主动向你说"Excuse me"，希望得到你的原谅。大家来自四面八方，共同缔造一种人与人的和谐。其实人对真诚的期盼，就是这么单纯。也正是这种单纯，在呵护着温哥华在人们心目中的印象！

当然，在温哥华，这种单纯也不仅仅如此；从人们对自然环境的选择也同样可以发现。

温哥华的居民区有着严格的贫富差距。一般富人与穷人是绝对不可以住在同一居民点上的。不过，尽管如此，他们都注意把与自然的和谐作为自己生存的首要选择。居民区里，无论哪户人家，都注意将自己一生中最幸福、最和睦的寄生地，选择在与花草、树木甚至虫鱼为伴的地方。这里，你看到的无处不是绿色掩映中的人家。往往，在一堵绿意葱茏的树丛中，你会发现一个由树木修剪出来的小小圆洞。洞一般不高，刚好一人弯着身子可以通过。但圆洞里面却住着一户人家。而这种藏在花草树木中的房子，一般也只是外形并不复杂的平房，远没有我们城市里的别墅那样高大与宽敞。这是一个土地多得让人可以随意拥有的国度；但人们对房子的讲究却并不是特别铺张。在他们看来，那只不过是一处人累了之后的栖身之处罢了……

在太平洋与落基山脉之间，温哥华就是这样一个花园城市；除了似乎有点拘谨的房屋及恰到好处的人行道、汽车路之外，其他几乎全是花草树木。人在选择环境，同时也在呵护着环境。

——毕竟，绿树成阴给人的是憧憬与坦荡！

伤心旅店

班夫是加拿大安大略省卡里加里市的一个有名小镇，位于温哥华北部的落基山下。因为有着世界上最浪漫的湖光山色，落基山又有一个很美丽的名字：灿烂山脉。班夫就在灿烂山脉脚下。因为海拔较高，这里气候特殊，一年四季，山下鲜花绽放，山腰白雪覆盖，山顶云蒸霞蔚，烟雾缭绕。而白天和晚上更是温差悬殊。白天似春天一般，到了晚上则有阵阵寒气袭来。班夫由此成为闻名世界的度假胜地，加拿大第一个国家公园就在这里诞生，并以班夫命名。

班夫温泉酒店就坐落在落基山山脚，仿佛一座古寺静静地依偎在一片森林中。这个高雅别致的酒店建于1888年，它与周围未受破坏的大自然荒野形成了鲜明对照；林深夜色浓。夜晚，灯火通明的酒店为茫茫林海所包围，好似漆黑的海面上行驶的一艘巨型客轮！

应该说，是温泉酒店成就了班夫国家公园。这其中还有一段传奇。19世纪80年代末，在班夫修铁路的三个铁路工人——托马斯和威廉·麦克卡第尔以及他们的朋友弗兰卡·麦克卡伯对班夫附近一个特别温暖的地方，也就是现在班夫城外著名的"山洞和盆地"颇为好奇。为了弄个明白，三人开始探险。在此过程中，他们发现了一条从一块岩石裂缝中流出的小溪，下面的水竟然热得出奇，而且，空气中还弥漫着浓浓的硫磺味。因为觉得新鲜，三人就沿着树枝垂下的藤条爬下来，走进热水池内痛快地洗了个澡。这一洗，一身的疲倦得到了酣畅淋漓的释放。于是，他们不断地带工人前来这里观看。当然，对于他们来说，一个梦也由此诞生，那就是试图拥有这个地方。

螳螂捕蝉，黄雀在后。正当托马斯他们三人盼着梦圆时，另一个人也在做着同样的梦。他就是雄心勃勃的铁路公司总裁威廉·冯·霍尼。他想，可以将这个印第安人习以为常的神水池改建成一个绝妙的旅游胜地。既然我们无法输出景点，那我们就引进游客！

为此，威廉·冯·霍尼很快就在这里建造了一座大型豪华酒店，就是现在的班夫温泉酒店。这也是他所建造的连锁酒店中的第一座。后来，政府在温泉周围划定了一个 10 平方英里的联邦保护区。它是加拿大第一个国家公园的前身。两年后，一个占地 260 平方英里的落基山国家公园被划出来了。如今，班夫国家公园的整个面积是 2564 平方英里。

照理，温泉的那三个发现者应该因此而获得丰厚的回报。但事实上，威廉·冯·霍尼想办法说服加拿大政府介入此事，最后仅以 900 加元（相当于 6000 元人民币）附加让他们在旁边一小块地上晒干草来谋生将他们摆平，尽管这三个穷人再三抗议，但终究人微言轻，无济于事。这对于探险者来说，不能不说是一件憾事！

如今，在这酒店繁华的灯火与嘈杂中，那三个探险者又在哪里呢？

岁月之河，大浪淘尽英雄。打开加拿大历史，我们读到的就是一部带着很深悲剧色彩的探险史。早期的探险者，几乎都是为了黄金和宝石而来。但最后，大多数的人都以失败而走下历史舞台。在数不清的探险者中，最令人痛心的或许是约翰·富兰克林。

约翰·富兰克林是一位英国海军少将和探险家。1819 年，他奉命划定一条从哈德逊湾至北冰洋的航道。成功后，他于 1825 年和 1845 年两次航行至北美。在最后一次探险时，他确信可以找到一条西北航线。为此，他义无反顾。最终，这位英雄再也没有回来。与他一起踏上不归路的，还有曾经为另一位探险家帕里服务过的克罗泽船长。当人们最后看到富兰克林的两艘船：黑暗号和恐怖号时，历史已走到 1845 年的 7 月 26 日。几年后，救援队发现了他们的遗骸和罹难前几天写下的日记。原来，富兰克林和般员们离目的地只有数里之遥时，因粮尽而毙命。

对于欧洲人来说，加拿大即无黄金，也无珠宝，是一处令他们伤心沮丧的地方。

不过，在这里，山石和森林资源却是丰富的。现在的班夫温泉与建成之初相比，虽然时光过去了将近 120 年，但面貌几乎没有什么大的变化。就连今天的班夫温泉也和 1885 年时一模一样。酒店的建筑材料大多取自于山中，比如山石、木材。这里的墙一律用山石裸露着砌建而成，就连窗棂也是石头砌成的。虽然上面明显沉淀着岁月的印痕，但正因如此，才更增添了酒店的沧桑感。

走进酒店，沿着一道道设计精巧、似乎又暗藏着无数玄机的木门或石门，不断地深入这座古城堡，仿佛走在曲折探险的历史征程中，耳中分明还鸣响着无数探险者穿越太平洋，向着茫茫落基山起锚的呜呜笛声。

我是当地时间下午一点进去参观的，等看完所有设施已是下午五点。出得门来，西斜的太阳正软软地照在酒店的墙壁上，那饱经风雨的墙壁，又一次把酒店古老的历史，折射进我的记忆。抬眼处，监窗的平台上，戴红帽、穿黑衣服、着红黑相间格子裙的礼宾，此刻正抱着竖琴，把那悠长的苏格兰乐曲送到落基山下。此时此刻，附近所有的人都会停下脚步循声而来，就连不远处那淙淙流淌的鲍河水，此时也仿佛在凝神屏息地聆听。这曲子是对游子归来的呼唤，更是对人类心灵的洗涤！

因着这琴声，一种肃然起敬下意识地从内心深处浮到脸上……

卡尔加里的遗憾

卡尔加里是加拿大艾伯塔省的第二大城市，人口约 70 万，位于鲍河与埃尔博河交汇处。西边有落基山脉的阻隔。1875 年，这里以西北骑兵队为基础建立起来，刚开始是以饲养牛羊、栽种小麦为主的小市镇，但自 20 世纪在市区南面的特纳山谷发现石油之后，卡尔加里便一跃成为现代化的都市，并迅速发展起来。下午 1：40 从温哥华乘飞机，穿越一座座山脉，大约 1 小时 15 分钟的航程，到下午 3：00，我们就到了卡尔加里机场。

卡尔加里有的是广阔的草原，也因此，会有很多的高尔夫球场。经过飞机的颠簸，下得机场取行李箱时，我们同行的 13 人中，有 5 个人的行李没了影踪。于是，只能在机场等。谁知，一直等到 5：00，机场上快关门了，我们的行李还是没有着落。在国内，曾多次听说过行李在旅程中丢失的事。当时，也许是时过境迁，说者表情上并无太多的憾意，听的人也更没有什么反应。没想到，现在这种事竟落到自己身上，而且是刚刚踏上异国他乡，便油然而生一种不顺的感觉。更让人费解的是，这种事发生后，机场的工作人员俨然个个都是一副无所谓样，尽管无法忍耐的我们一次次与他们交涉，他们还是不紧不慢地问你一些烦琐而又无关紧要的问题。最后见我们要发火的样子，才慢腾腾地拿出一张旅行箱图案对照表，让你选出你自己的旅行箱样色。他象征性地记下来，连同行李的航班编号和我们住宿地的电话，扔下一句"听消息吧"就走了。

看着那一张颜色发黄，并有些皱的旅行箱图案对照表，才恍然明白，以前有关西方文明多么崇高的想法简直有点幼稚。因为，他们的工作包括敬业精神和他们所宣扬的所谓人权，也并非像人们所说的那样完美。

出国第一天就遇到这样的事，心里自然压上了沉重的石头。随后的旅程会怎样？我们一行 13 人似乎都在心里纠缠着这个大家在嘴上所不愿说破的话题。

快快地离开卡尔加里机场，我们挤上一辆面包车向住所地奔去。车窗处，斜阳高照，本来绿意葱茏的草坪，此刻笼罩了一层暗黄色，一如我们的心情！

到了一个小镇，我们住进了一个三层楼的小旅店，名字叫技能宾馆。这是我从它的英语中直译过来的，原来的名字叫技术之类。像这种宾馆一般都远离城市，周围只有工厂，而没有集市。路上除了匆匆而过的车子，更多的时候，连行人都很少看到。

晚饭是在距驻地约 40 多里的唐人街上吃的。这天是双休日，很多中国餐馆都关门了，也有一些餐馆虽然在营业，但没有座位了。在加拿大，虽然唐人街上中国餐馆比比皆是，但一般容不下几桌人，他们规模大多在 7 桌左右。而且一律没有包间。另外，逢到周末，这里的饭店常常被那些有儿女结婚的华人包作宴席了。

最后总算找到了角落里的一个小店将就着吃了一顿。席间，尽管加拿大籍导游小李一直在找机会说些宽慰的话，试图让我们忘掉心中的不快，但似乎因为有这种心情的人太多了，他的努力并不见效。记得当时他特意点了一种名叫罗宋汤的唐人街特色菜，说很好吃，但我们都只是尝了一下，就没有再尝第二次的冲动了。

不过，随行的北京电影学院教师潘若简小姐的一句话最后倒是起了作用。她说，她结婚那年和丈夫去意大利旅游时，也曾有过今天同样的经历。不过，等到晚上吃过晚饭回到所住宾馆时，机场居然将行李送来了。潘小姐还顺带说了这样一件事，说中国人在国外丢行李是正常的。当一个考察团到另一个国家时，这个国家的安全部门往往会抽出其中一部分做他们所谓的特别检查。检查完毕，自然又会物归原主。只是这种检查是在主人绝对不知情的情况下进行的，所以，机场方面恐怕也不一定真的清楚。再说，即使他们清楚，也因为这样的做法终究欠文明，也就自然不会多此一举地来解释了。难怪我在机场会看到工作人员那里，专门放着两大张供旅客辨认行李箱样式的图纸呢！事已至此，但愿真的如潘小姐所预料的那样！

说来也真有这样的巧事，等我们到了驻地宾馆门口时，我竟发现，宾馆大门边上果然堆着一堆行李，而我的那只黑旅行箱就在最外面。没有一种幸福能胜过失而复得了，特别是在这种时候。

我们涌向自己的行李，打开检查，除了沈阳军区电视艺术中心的孙主任和潘若简小姐两人的行李箱有明显翻动痕迹外，其他人的行李箱基本正常……

夏天的夜晚，虽是偏僻小镇，但因为是在一个电力富足得让人不知道怎样消耗的国家，所以四面八方的路灯还是把小镇的夜晚照成了白昼。远处啤酒屋的歌声响起来了，就在这刚刚迸发出活力的夜旁边，过去的一天正慵懒地与人们擦肩而过。

夜的尽头，新的一天已经启程！

美国的月亮

在加拿大与美国交界处，有一个地方是最著名的，那就是尼亚加拉瀑布。

远看如万匹白帛悬空垂落，珠飞雾漫，阳光照射下，不时呈现出一道道彩虹，似五彩巨缎悬挂天际。近观，平坦处一片碧蓝，偶有水鸟尖啸而下，惊得三五条鱼儿倏地从水中跳起，又飞快地窜入水中。起伏处白浪翻涌，前赴后继，伴着轰鸣，直冲心扉。这些，虽没有惊涛拍岸，气吞万里之张扬，却也是蓄势待发，运筹帷幄之深沉……美，其实就在于个性！

我们来时正是夏季，因此错过了瑞雪下看瀑布的时机。听说隆冬时节，瑞雪飞扬，气温骤降，瀑布附近的树木岩石上的水珠凝冰积雪，银光闪烁，别具风采。瀑布背面有一大岩洞，攀缘入洞，仰观瀑布，遮天水流滚滚而下，犹如置身于神话世界。瀑布附近筑有高约 160 米的摩天塔，上设旋转餐厅，每小时自转一周。坐在餐厅里，品尝美味佳肴，俯视塔下瀑布，饱览周围风光，真是美不胜收。难怪查尔斯·狄更斯会在他的游记中写道："我们走遍瀑布地区的每个角落，从不同角度观赏瀑布……即使是特纳在其全盛时期创作的最好山水画，也无法表现出我所看到的如此轻灵，如此虚幻，而又如此辉煌的色彩。"

也许美丽的东西只能为人类所共享，作为世界知名的三大瀑布之一，尼亚加拉瀑布成为美国与加拿大共同拥有的一道美丽景观。它位于北美洲伊利湖和安大略湖间的尼亚加拉河上，河心的山羊岛将瀑布分为东西两部分，东属美国，称亚美利加瀑布，也叫美国瀑布；西属加拿大，因形似马蹄而称马蹄瀑布。

马蹄瀑布气势宏伟壮观，以一泻千里的姿态排山倒海而下。据说，这里每分钟流量达一万亿加仑。瀑布似万马奔腾，溅出的水珠如白烟缭绕久久不散。加拿大一侧以瀑布为中心划出一大片绿地为维多利亚女王公园。在精心保护下，瀑布及周围风景区呈现出一派和谐与优美的景象，每年所吸引的游客数量高达 1200 多万人次。

美国瀑布是由阔度 323 米、落差 51 米的地理形势形成，但与马蹄瀑布相比，它就大为逊色了。因此，尼亚加拉瀑布是产在美国，而壮观在加拿大。因为，瀑布正好在美国境内，但从观赏的角度，游客在美国只能俯视。这样即使瀑布再好看，也只能是闻其声而不见其形了。只有到了加拿大，才能真正领略她的壮观。

夜幕低垂，射灯齐明，此时看瀑布，是八方生辉，色彩斑斓，加上维多利亚女王公园内的各种艺术演出，西边是人声鼎沸，此起彼伏；这时瀑布东边，也就是美国境内，却是隔岸观景，艳羡之中好生凄凉！不过，美国人似乎永远在培养着自己的梦：从阿波罗号升空，到挑战者号诞生，他们一直都在自己的幻想里企图改变生存现实。这一点，当你站在连接美加两国的主要通道——彩虹桥上时，就会感觉得到。抬眼望，尼亚加拉瀑布的东边，也就是美国边境城市的上空，正高悬一轮圆月，一会儿高，一会儿低，但永远掉不下来。这就是美国所谓的人造月亮，它是用热气球做的，目的是想招揽加拿大这边的人流。

美国的传统文化常常把月亮当作不祥之物。认为它暴戾而难于把握。美国一位名叫爱伦·坡的作家就在自己作品中写道："暗红的月亮升起来了，水边出现怪异的变化……心头满是灾祸临头的不祥之感。"另一位名作家托马斯·伍尔夫也写道："外边早已升起的月亮，正以一种新奇、灿烂，摆脱不祥的魔法，照耀在阿尔卑斯山的森林和积雪上。"而对于月光，同样是作家，中国的张九龄吟出了"海上升明月，天涯共此时"、苏东坡则大唱"但愿人长久，千里共婵娟"！在中国，月亮在更多的时候，是一种美好和希望的象征。不知为什么美国人会把这月亮与诡谲和恐怖联系在了一起？既然如此，让人费解的是，为什么在那个让全球惊梦的 9·11 事件过去一周年的晚上，当成千上万的美国人以及在美国纽约曼哈顿滞留的外籍人士，到世贸大厦废墟前纪念那些在 9·11 事件中遇难的人们时，会对着月亮默默祈祷着人类的和平呢？是否，见证和拷问人类灵魂的，除了这一弯冷月，就只有每个人脸上那屏息的肃穆？

在结束这篇文章的时候，又到了美国 9·11 事件三周年的夜晚，乳白色的月亮升起来了。这样一个晚上，月亮下面全世界的人，共同期待的是人与人之间的和平相处。曾有这样一则流行语，叫"美国的月亮比中国圆"，用于讽刺那些崇洋媚外者。要说圆，今晚美国这颗用热气球做成的人造月亮可以说是够圆的了，但它却不属于中国，而仅仅属于美国这一个城市。它所能影响的，自然也就是少数人的生活而已。

谁都无法否认，真正属于中国也属于美国，更属于全世界的月亮只有一颗，尽管这颗月亮一年中真正圆的日子也只有那么几天！

享受的蒙特利尔

加拿大的蒙特利尔是一座浪漫的城市。与加拿大其他地方的人相比，这里的人显得很会生活。在他们眼里，重要的是曾经拥有，而并不太在意明天会怎样，所以，这里人的勤劳，有人会感到难以恭维。

蒙特利尔人总预备为某件事庆祝一番。在这里，很多教堂在世界上都有着它们的位置。比如圣母大教堂、世界女王玛丽教堂，还有奥拉托利·圣约瑟夫教堂。这些教堂尽管建造时都有着不同的历史背景，但如今都无一例外地成了蒙特利尔人走向神秘，享受生活的理由。年年岁岁，岁岁年年，风雨中，青苔覆盖的墙壁里，印下了多少长长短短的晨钟暮鼓、梵音缭绕的唱和，至今让人一靠近它，一触摸它，就会肃然起敬。

——走进蒙特利尔，有耐心是很重要的。

进教堂、出教堂，街道的路边、教堂的门边，或蹲着、或站着，到处是乞丐，旁边的一个盘子，让他省去话语无数。他们完全是微笑着看你，从不显示出一点点乞求之意。与我们国内所见的缠人术和跪讨术相比，他们该是乞讨的高手了。难怪我会一下子产生蒙特利尔是一个乞丐文化城市的念头。在这里，乞丐似乎成了一种很正常的职业。据说，这里有一个名叫佛亭的"专业乞丐"，他积 13 年行乞之经验，写了一本《乞丐世界》，论述高科技社会中丐帮的生存发展之道。佛亭打算在自费出版的书里，阐明乞丐也有乞丐的职业标准和道德纪律。他说，乞丐应该穿着整洁，但不要太整齐，更不能太炫耀；挑一个固定地方伸手要钱，不要常换位置；不能跟一个路人说话说太久，否则别人就不给你钱了。这本书除了描述乞丐在街头的实际作为，也解释"我们是谁，我们做什么，为什么这么做，以及我们的社会地位"。

没有谁愿意这样津津乐道于乞讨，除了蒙特利尔人。蒙特利尔真是一个一心一意在享受生活的城市，就连乞讨也成了一种另类的享受。

在蒙特利尔的圣丹尼斯大街，本地人对生活乐趣的享受心情表露无遗。随意走在大街上，扑向你的，都是对生活滚烫的热爱。街道一旁，一只圆圆的木板上面站着一个卓别林模样打扮的人，眼睛一动不动，身上的一切仿佛凝固了一般；再看河边，一个少女又是美国自由女神雕塑的打扮。这些人旁边都放着一个用来装钱的盘子或帽子。做这些的，一般都是艺术院校的大学生，他们既是在装点着城市景观，同时也在乞求着游客的施舍。

在大街上见得最多的，当然是摆摊的艺人了。周末的时候，无论走到哪里，只要热闹的地方，都能看到各种各样的艺人，或带着一辆自行车，或带着几件乐器，简单的行囊随意往地上一放，抑或自行车笼头往空中一翘，一声吆喝，表演开始了。或一人自娱自乐，或三五成群，表演者挥发的是汗水，观众回报的是笑声。有人从外面挤进来，也有人从里面挤出去。流动的是游客，不走的是艺人。虽然没多久就大汗淋漓，虽然掌声常常少于笑声，虽也有，很多人看到最后什么也没留下就走了，但那表演的艺人依然如痴如醉。也许在他们眼里，这世界原本就有一种极致的艺术，那就是自己尽其所能，并不在乎他人回报什么，只是为了一吐心中的痛快。

在老城邦斯库尔大街，我曾遇到三个来自西班牙的年轻人，因为都爱好音乐，大学毕业后他们就组成了一个乐队，一边创作曲子，一边弹奏，然后灌成 CD，边走边唱。就这样，一下从欧洲的西班牙唱到了美洲的加拿大。头发长了，皱纹多了，音乐的底蕴厚了。每到一地，只要看他们那种对音乐的投入，你的灵魂就会被他们用心灵与脚步奏出的音乐感动，得到由外而内穿透并震撼的感觉。音乐是没有国界的，那浸润了岁月沧桑的音乐，或许更让人魂牵梦萦。

当我上前买他们的碟，并表示出浓厚的兴趣时，三个小伙子说，今后有机会一定会到中国这个东方文明的国度来。说这话时，他们脸上是一堆一堆的自信和羡慕。

如果上面这三位算得上是音乐使者，那下面这位就当之无愧是和平使者了。就是在这个城市，有一位伟人在中国可谓家喻户晓，来这里的华人没有不带着崇敬的心情去瞻仰的——他就是诺尔曼·白求恩。

白求恩的塑像在市中心的一个小广场上，穿一件白色外套，高昂的头永远向着东方。从他那紧蹙的眉宇间，你可以想象得出他不远万里漂洋过海，奔向中国的抗日前线。枪林弹雨中，在医疗条件极差的情况下，他是怎样完成一个个风险极大的手术，多少抗日好男儿的生命又是怎样在他的手中得到延续的。70多年过去了，魂归故里，英名留在了中加两国人民心中，留在了世界上一切爱好和平的人心中。如今，先生塑像的五层底座上，无论什么时候，都会有这样一种奇观，那就是每一层都栖息着白色的和平鸽，有时，和平鸽还会不时地落在先生雕像的肩上或头顶一只只飞起的白鸽划出的轻柔而又连绵的弧线里，寄托的是这个喜欢享受的城市主人对世界和平的真诚守望！

伤心最是离别时

一觉醒来，送我们去温哥华国际机场的车已经到了楼下。因为回家心切，大多数人昨晚也如我一样，几乎一直未睡安稳，等到终于熬不过疲劳而最终进入梦乡时，天已经亮了。行李早已收拾好了，梳洗罢，拖着、背着就到了一楼大堂。等我们把行李全摆上车时，中国驻温哥华总领事馆的文化参赞周勇和妻子也到了。得知我们今天要回国，他俩特意一大早赶来送行。因为离出发时间还有一会儿，他俩就坐在对着门的一个沙发上休息，我们则到旁边的自助餐厅吃早饭。

这些日子，我和江苏广播电视总台文艺中心主任、我国实力派导演陈小杭几乎形影不离。陈小杭比我年长 15 岁，不说他在电视艺术，尤其是在电视剧创作上的赫赫成就，单凭他坦诚、随和的为人，以及看问题的敏锐，就已经足够让我景仰了。加上大家都是江苏人，又都爱好文学，所以，我们似乎很谈得来，我也一直把他当老师看。事实上，一次次耳闻目睹他举手投足、谈笑风生中对豁达人生的感悟，我还真比别人的这次加拿大之行多了一分收获。印象中，小杭对名利、对金钱看得很淡；而对朋友，对亲人却很是认真。印象最深的是那一次在蒙特利尔服装市场为他妻子买衣服，当时已经是黄昏时分，由于不知道妻子的腰围是多少，他想去公用电话亭给妻子打电话，因为当时手机全球通业务还刚起步，所以境外电话一般只能去公共电话亭打。而当他好容易从前面长长的队伍中变为排头，拎起话筒准备拨号时，却又迟疑了，并很快回头向后面等着打电话的人说了句"sorry"后，又站到了排尾。原来，他无意中看到了手表上的时间，那是当地时间下午 5：30，这个时间在中国南京，人们还正在酣睡中呢。为了让妻子多睡一会，他决定再等半个小时……买完衣服回到住地，他立马打开行李，拿出老花镜戴上，然后将衣服小心地摊放在床上，搭配好上下装，拉平衣角，扣好扣子，然后，时而近看，时而远观，那样子，仿佛一位画家在很苛刻地检查自己刚完成的画。完了，他又叫我去为他参考。其实，刚才在决定买之前，他已经叫我为他参考过了。知道了他如此的细心，也就不奇怪他这些年拍的很多电视剧为什么都能得奖了。

如果没有下面这件事，这次的枫叶之国之行该是非常顺利的了。正如在卡尔加里机场少掉行李时的心态一样，出门在外，平安始终是大家时时铭记在心，又时时不愿多提的两个字，但冥冥之中，似乎老天又总在和我们开玩笑。

小杭又去电话亭那边给妻子打电话通报回国的具体时间了。可等他打完电话回来，我们吃完早餐准备各自拿行李上车时，他这十多天来一直笑意朗朗的脸，一下像换了个人似的煞白：原来他随身带的一只背包不见了。本来他的包是和我的放在一起的，是那种会议上统一发的黑色帆布包。开始他还以为是我拎错了，等证实我确实没拿错时，他竟一下子没了主见。说来也怪，我们吃饭时，几乎没别人进来过，而且，我的包也就放在他旁边。只不过我的手机、护照、身份证、信用卡等物是放在身上坤包里了，而他却把随身带的坤包连同相机等物悉数放在了包里，里面有他的护照、身份证和一只数码照相机以及各种信用卡和 3000 美元现金。

归期已到，护照没了，这下他怎么登机呢？我们顿时紧张起来，便聚到一起回忆这一早晨的点点滴滴。温哥华总领馆文化参赞周勇的妻子小刘回忆，说就在我们吃早饭时，曾有两个黄皮肤的矮个青年进来过，而且还曾到我们放包的地方站过，当时他以为是我们一起的，就没有在意，说不定，包是被他们拿去了。

接下来，是赶紧去补办临时护照。好在温哥华总领馆周参赞在这里，办事方便。经过商量，周参赞带着我和小杭去总领馆办护照。因为当初办出国手续时，我们是一起申领的护照，所以，他的编号应该是紧挨着我的，不是前一个就是后一个。另一拨人则留下来与宾馆方面交涉。然而，和他们论了半天却没有丝毫结果，最后提出来查看早晨的监控录像，但对方不同意。无奈之下，只得求助当地警署。因为温哥华的华人多，所以一般稍大点的警署都配有会中文的警察。等我们报完案，警察很快就来了，但宾馆方面除了敷衍地回答了几个简单问题外，监控录像还是没让看。警察双手一摊，回给我们一脸无奈。原来在加拿大，警察未经企业的允许，是没有权利进行搜查或取证的，除非你有足够证据能证明他确实已经触犯了法律。见我们露出不解，那位警察后来说了这样一件事，说就是让我们看了监控录像也无济于事，因为在加拿大，宾馆里虽然都装有探头，但监视器一般是不开的。

到了总领馆楼下，抬眼望，鲜艳的五星红旗在风中高高飘扬。此时此刻，我俩紧张的心突然有了一种回到家的感觉。那一刻，真的像是一个受尽委屈的孩子，突然扑进了母亲的怀里，两个大男人嗓子一痒，眼泪竟在眼眶里打起转来。在国内，上班下班，国旗始终在眼里飘扬，但从来没有现在这样让人自豪，这一刻，仿佛我们的心脏真的在和北京一起跳动！

跨进总领馆那道高高的门槛，看着持枪警卫一脸严肃的神情，我们是那样的坦然。有周参赞帮忙，临时护照到下午 3：00 终于办妥了，等回到宾馆时，大家的心都稍稍舒坦下来。尽管财物损失了，但毕竟可以按期回国了，否则，形单影只的小杭留在异国他乡，那滋味一定不好受，而我们的心情也可想而知。

双脚踏上温哥华飞往北京的飞机上时，我们的心早已落到了北京，落到了那个养育我们的江南……

城市的骨骼

每一座名城都有它独特的气质，正是这样的气质，使一座城市在时间与文化的潮流中变得无可取代。体会伦敦，你会觉得那些时尚生活只是现代社会所带给它的表面影响，而深层次的气质却是往昔文艺复兴时代的辉煌。

——摘自《世界人文之旅》

2012 年 7 月 27 日 20 时 12 分（伦敦当地时间），第三十届夏季奥林匹克运动会将在位于伦敦东区的斯特拉特福德奥林匹克体育场开幕。随着时间的临近，这个继 2008 北京奥运会之后的又一场世界体育盛会，让世界的期待越来越强烈。

此时此刻，素有时尚之都美誉的伦敦，又在演绎着怎样的音符呢？

——题记

伦敦奥运凭何朴实

12 个小时的空中穿越之后，潮湿而多雾的伦敦就出现在了眼前。因为时间已是傍晚 6 点多，从希思罗机场办完入关手续出来，外面已经笼罩上了一层灰暗的雾。这里，冬季的西风明显沾满了从大西洋带来的水汽，吹在脸上冰凌一般凉，我们所怀有的让异国他乡的新鲜感顿时大打折扣。尽管我们一个个都下意识地竖起了衣领，并尽量退回机场进关的门房，但浑身仍不禁打哆嗦。毕竟 10 月底的天气，虽然温度只有零度，身临其境于这样一个海港城市，初来乍到，不适应是自然的，何况还有时差的反应？

　　这时候，人最期待的，就是赶快坐进一辆前来接机的大巴，但偏偏负责后勤的领队打了半天电话，那辆早就租好的大巴还是无法进来，原因是机场通勤不放。

　　放下电话，领队刘浪狠狠地扔下一句话："就这样的办事效率和工作态度，我看你伦敦明年的奥运会怎么办下去？"

　　刘浪的话是牢骚，也是现实。

　　在欧洲，公勤人员做事大多一板一眼，往往你急得火冒，他那里还是"比安诺比安诺！"（意大利语"慢慢来慢慢来！"）西方人大多体胖，除了面包、牛肉的摄入量远高于东方人外，这种悠闲的心态恐怕也是其中一个因素。心宽自然体胖，再加上这里每3分钟就有一架飞机起降，来来往往，匆匆都是客，谁没有个希望给自己方便的理由？

　　难挨的等待中，刘浪的那句关于伦敦奥运会的话，让我留意起了这个号称世界十大都市之一的城市，当下迎接四年一届并维系各参与国民众脸面的世界体育盛会的方方面面来。

　　众所周知，中国几乎所有城市都喜欢把车站、机场作为城市窗口，把广场作为城市客厅重金投入，精心打造。尤其最近几年，无论经济实力怎样，中国大多数城市在车站和机场的建设投入上都是不计成本，一个比一个豪华。至于英国这样"绅士国家"的机场，此前我的想像也必定是建筑现代、设施豪华、秩序井然、效率一流。而事实上，尽管希思罗机场是欧洲客运量最大，世界上最繁忙的机场之一，但除了工作效率因为每个岗位都严格执行中规中矩，即使你是地方首脑也无VIP通道惠顾，而让心急的东方人难以忍受之外，这里的站房设施、交通秩序和服务条件，几乎远不及国内所有机场：天是灰的，通道是狭窄的，站房装潢是简陋的；甚至，进关的边检大厅里，头顶上好几个地方的烟道管竟直接暴露在外，一些过道墙面因为油漆剥落，只是简单地用一长条蛇皮塑料布挡着……第一次到伦敦，映入眼中的这些显然让人诧异。更别说，7个月后这里就要举办一场世界体育的大狂欢了。

　　相比2008年奥运会开幕之前，北京日新月异的城市巨变，和一丝不苟的各种配套服务培训，还有那"北京欢迎您"的热烈氛围，眼前这一切，实在让人怀疑2012伦敦奥运会是否已经取消了。如果没有取消，那伦敦朴素的背后，又究竟隐藏着什么秘诀呢？

20 多分钟后，接机的大巴终于来了。

坐进车，窗前，奥运前的伦敦依次成了移动的风景：一幢幢陈旧的古建筑、隔离出一条条陈旧的街道；一段段陈旧的护栏，划分出一条条并不宽敞的陈旧道路。灰霾笼罩下的伦敦，俨然一幅有些年代的油画。若非那一个个衣着鲜艳的金发女郎翩翩而过，你一定以为自己走进了 16 世纪的时空里。400 多年前的一切，如文物般呈现于眼前，关于伦敦的种种现代的赞美，此刻都难以与眼前的景象对应。

街上，几乎所有通道都满是车子；路边，所有路面都是柏油加水泥侧石将绿化带自然分割。在这里，你几乎一点都找不到中国城市里，正在流行的那些将花岗岩或金山石等，大度地用于城市道路装饰的点滴身影。难道就这样简单地迎接一场世界的体育狂欢吗？——伦敦的回答是一种朴素，这种朴素实在有些不慌不忙得让我们这些中国人牵挂！

凭什么伦敦如此淡定呢？

因为常年奔走于欧洲各国，家住奥地利维也纳的奥籍华裔领队刘浪在去宾馆的路上给我们揭开了谜底：曾经因为占有世界三分之二土地，英国一度号称日不落的大英帝国，但随着英国和美国因为利益关系构成了穷兵黩武的哼哈二将，经常不断挑起对外战争，仅最近十多年，就先后共同参与发动了海湾战争、伊拉克战争、利比亚战争等多次战事。国家财政因此被拖垮，国力一年不如一年，以致航母造好了，却没有钱买飞机。而且，10 年前，英国人上公立大学一律免费，但现在不仅上大学要缴费，就是学费也是一年比一年看涨，目前已经达到了每学年 9000 英镑。所以，从 2010 年开始，英国大学生因为抗议学费过高而频繁上街游行示威的事件是此起彼伏。

当然，除了财力不济之外，英国人一贯对城市建设的保护也是一个重要原因。

尽管伦敦市中心的公共运输系统很发达，但在伦敦较外围的地方仍以汽车为主。伦敦内环道路、北方和南方环状道路以及一条高速公路环绕着伦敦市区，并且和多条繁忙的道路交会，但几乎没有高速公路穿越伦敦的市中心。19 世纪 60 年代，一项称为"伦敦环状道路"的高速公路规划开始筹备，计划兴建穿越市区的高速公路，但由于居民的反对以及耗资过于庞大，这项计划终于在 19 世纪 70 年代早期中止了。

时间的力量总是不可抵挡，尽管城市在一点一点地改变，但因为民众的保护以及政府的维护，使得一切面貌上的改变都被限制在所能承受的最小范围之内。所以有人觉得，在伦敦，即使福尔摩斯复生，拿着他那招牌式的手杖，从贝克街散步到泰晤士河，也未见得就会迷路。如今的城市景致，很大程度上归功于文艺复兴时代，那时的政治变革与文化气氛使这座城市的格局让数百年来的英国人从来不舍得改变。难怪至今伦敦街头的许多宾馆，还有不少都在沿用着古老的名称，像伦敦大法官文艺复兴饭店等，而人们对文艺复兴时代的钟爱与怀念还远不止于此。

伦敦，也许就是这样，她始终带着一种电影胶片的颜色，静静地和世界同步发展，也静静地保持着旧日里绅士淑女的风范——凡到过伦敦的人，几乎都有这样的感慨！

国徽里的平等善恶

晚上 8 点左右，我们到达了下榻的宾馆。

这是一家 DAYS 连锁店，就一幢五层的长条建筑横在路边，四周除了路，就是小山坡，毫无遮拦，不像中国的宾馆，大多会拥有自己单独的院子。而且，这里的宾馆客房从一楼到顶楼一律都没有防盗窗，大大的窗洞，所有窗户都是两扇可以移动的铝合金玻璃。拉开，外面的人就可以自由进入，而且宾馆门口也没有保安。

不仅如此，在英国任何地方，几乎难得看到人们会在窗户上装防盗窗。是英国所有的人都富裕得吃穿不愁，还是果真就没有"梁上君子"呢？当然不是。在英国，尽管少，但抢劫或扒窃作案的人还是大有人在。比如，在伦敦著名的文化景点大英博物馆，几乎每 10 分钟就有人的钱包和护照、高档数码相机被人顺手牵羊；还有在伦敦最为热闹的唐宁街，那里的小偷也是防不胜防。所以，那些地方总有一句既是玩笑，又是提醒的话在耳际萦绕："你包里的钱夹是你的，也可能不是你的。"既然如此，又为什么难得看见防盗窗呢？让我从英国国徽上来揭开这个谜底吧，也许你会觉得很可笑，但它又值得深思。

英国国徽中心图案是一枚盾徽，盾徽两侧由一只头戴王冠、代表英格兰的狮子和一只代表苏格兰的独角兽支扶着。盾徽周围用法文写着一句格言，意为"恶有恶报"。

从国徽的含义里，就能体会出英国的宾馆为什么不用砌围墙、防盗窗和保安了。因为，这里的小偷即使穷得一无所有，也不屑于干那些爬窗入室的鸡鸣狗盗之事。英国人向以绅士自居，"恶有恶报"的信条不仅镶嵌在了国徽里，更融进了他们的骨髓里。在我看来，这也许是一个曾经是世界上最强大的国家，对自身行为感同身受的一种反省。只要走进世界最大的博物馆——大英博物馆，看到那些大量来自包括中国在内的世界各地的珍贵文物，就不难想象昔日的那个太阳永不落大英帝国的强悍了。曾经，他们凭借自己的骄横一路攻城掠地，巧取豪夺，坑蒙拐骗。不仅使疆域遍布五洲，而且，几乎搜刮了世界各地的奇珍异宝。如今大英博物馆里的中国馆，依然每天人流如织。来自中国的众多珍贵文物，比如青铜器、古陶瓷、唐三彩、书画作品、敦煌壁画、佛像、金银器等，国宝级的精品琳琅满目。这些东西是怎么来的？历史早已告诉我们，那是中国人的一段耻辱史。

1860 年，英法联军抢劫并火烧圆明园。事后参与其事的英国巴特勒上尉曾经写信给法国作家雨果，问他对这次"胜利"赞赏到什么程度。雨果在复信中说："我们一向自认为是文明人，把中国人当成野蛮人。这就是文明对野蛮的所作所为。这两个强盗一个叫法国，一个叫英国，我希望法国有朝一日能够摆脱重负，洗清罪恶，把这些赃物归还被劫掠的中国。"

前事不忘，后世之师。如今能够深刻反思并铭记"恶有恶报"，也算是一种良知的回归。而这种回归，给他们带来的是国际上绅士风度的认同。于是，1982 年的 8 月 24 日，当邓小平这位有着"铁嘴"之称的中国改革开放总设计师，与那位同样有着"铁娘子"之誉的英国首相撒切尔夫人一番长谈，并最终用"一国两制"解决中英两国关于香港问题的百年之争而步行出人民大会堂的时候，尽管那位国际政坛的"铁娘子"在走下台阶的一刹那，曾出现了一个被国际舆论普遍聚焦并无限放大的趔趄之叹；尽管香港回归之际，英国国旗缓缓降下，五星红旗和紫荆区旗慢慢升起之际，站在当时的中国国家主席江泽民旁边目睹此情之景的英国首相难免也有几分伤感，但在那些崇尚正义与和平的人心目中，他们赢得的却是一份难能可贵的尊重！

当然，这种"恶有恶报"的坚守，给英国带来的更多的是国民安全感的提升——英国尤其在伦敦，尽管随着移民的逐年增加，各种治安问题也在不断涌现，但相比而言，她依然是一个国际公认的犯罪率比较低的城市。这里社会安定、生活稳定，犯罪率低并极少有暴力行为发生。

所以，英国的除夕夜，人们常带上糕点和酒出去拜访，他们不敲门，就可以径直走进任何一个亲友家。按英国人的风俗，除夕夜过后，第一个来拜访的客人是个黑发的男人，或是个快乐、幸福而富裕的人，主人就将全年吉利走好运……宴会上备有各种美酒佳肴和点心，供人们通宵达旦地开怀畅饮。午夜时分，人们打开收音机，聆听教堂大钟的新年钟声，钟声鸣响时，人们一片欢腾，举杯祝酒，尽情欢呼，高歌《往昔的日光》。

英国国徽上还有一句话，它写在中心图案盾徽下端悬挂着的嘉德勋章饰带上："天有上帝，我有权利"。这是对国王的约束与百姓享有平等人权的一种明示。生活中，这种平等无所不在。

在英国，宾馆一般只承担自助餐。所以，服务人员大多比较少。早晨，他们只负责添加好面包、谷粒、麦麸、果酱、牛肉卷、牛肉等，其他都由住客自己负责。尽管英国人一向讲究早餐的质量，但一旦坐到这里，希望得到怎样的服务，就全凭自己的感觉和勤劳了。别指望会像中国餐馆那样，有勤快的服务生在旁边眼睁睁地看着你独自享用美食，并随时听你招呼，随时伺候你。"天有上帝，我有权利"这句话，光明正大地宣示：人是平等的，即使是国王或首相来了，在这里也没有特殊的VIP。曾经有一次，英国首相布莱尔到地铁中微服私访，虽然当时正值上下班时间，却没有人抬起头来和他打招呼。后来英国广播公司（BBC）记者跟踪采访此事，许多当事人都表示当时自己认出了布莱尔，但并没有主动和首相打招呼的欲望。"不打招呼有什么关系呢？"这样的回答，曾被人解读成英国人对事物的漠然。可假如仔细研究了英国人的是非善恶观，就不得不首肯他们这种平等、自律的价值理念。

怀旧中的时尚之都

我们到达伦敦的时候，刚好遇上2011全球时尚之都评选尘埃落定。伦敦一举击败法国巴黎和美国纽约而拔得头筹。有人认为，伦敦入围的最大原因，当归功于威廉王子和凯特王妃的大婚——那是一场几乎让全世界媒体都疯狂的全球性婚礼直播，能够把婚礼办得如此张扬而隆重，怕非英国王子莫属了。而在我看来，伦敦的时尚，应该一直是沉湎于怀旧之中的。这一点，不仅是这个城市对传统的固守，同样还有一种对悠久人文历史的坚贞。她完全可以被人称为是一个名副其实的有着多年历史的时尚之都。

伦敦是个车水马龙、熙熙攘攘的热闹城市，很多建筑物都是维多利亚时代的遗物。市区中最高的建筑是高189米的邮政电信塔。市区设有皇家学会、伦敦大学、不列颠博物馆、不列颠图书馆等。1864年第一国际在此成立。伟大的无产阶级革命导师马克思、恩格斯和列宁都曾在这里领导过国际工人运动；海格特墓地有马克思墓。这里还有许多著名的建筑物，如建于1087年的托威尔城堡、高110米的圣保罗教堂、白金汉宫、威斯敏斯特教堂等。城东南格林尼治天文台原址，是地球经度起算点（本初子午线）。

如果把泰晤士河比喻为银河，那么，伦敦的各部就是银河周围的星辰，中心地带是特拉法尔加广场。由此去各主要景点，步行都不超过45分钟。地铁则以查灵十字站为中心，由此乘坐地铁到各主要景点只需15分钟。假如先到广场对面的国家画廊，之后再决定去哪个方向。向东可以探寻伦敦城、伦敦塔。北面到大英博物馆可以参观人类文化遗产。向南可以听听大本钟的轰鸣，再到白金汉宫一睹皇族的威严与奢华。

泰晤士河上，28座建筑风格不同的桥梁把两岸连成一片。滑铁卢大桥是英国人为纪念威灵顿将军击败拿破仑而命名的。最漂亮的伦敦塔桥风格独特，气势磅礴，在两个巨大的桥墩上建有5层楼的高塔。桥面是开启式的，每当有高过桥面的船只通过时，桥面可分开吊起。连接双塔顶层的是一条高出水面140米的行人桥，站在塔顶可观赏附近的绮丽风光。

交通方面，伦敦有两种巴士穿梭于大街小巷。一种为老式的，乘客由车的尾部上下，车本身没有门，即使没有到站，比如在等绿灯或堵车时，乘客也可以上上下下。巴士车站有两种，一种是巴士到站必停（除了满员车以外），一种是必须举手示意才停。站台上对其均有不同的标示。英国人等车时自然也要排队。但排在前面的人不一定乘坐同一路车，如果不在队中举手示意，有的车会直接开过去的。此外，在英国，人们习惯于把手伸直向前示意。这看起来，似乎很有些中世纪的古典风味。

也许建筑群的归整和交通方式的另类，都只是伦敦在传统中不失时尚的

当时只道是寻常：许建俊散文选

一个方面。这个城市时尚的另一面，还体现在思想的引领上。这一点，在海德公园身上体现得较为充分。

占地约160公顷的海德公园，是伦敦最大也是最著名的皇家公园。矗立在海德公园东北角的大理石宫门，原是白金汉宫前面的石拱门。由于门洞狭窄，1851年扩建白金汉宫时，将它拆迁到海德公园。而这座雕镂精致、造型美观的石拱门附近，就是海德公园著名的"演讲者之角"。

资料介绍，尽管19世纪英国政府禁止传播马克思主义，但却允许人们到"演说角"宣传马克思主义。于是从19世纪以来，差不多每个星期天下午，都有人来这里站在装肥皂的木箱上发表演说。因此有"肥皂箱上的民主"之说。现在，演讲者大多数站在自带的梯架上高谈阔论，慷慨陈词。演说内容除了不准攻击英国王室、不准对任何人进行人身攻击外，什么都可以。从19世纪末起，海德公园自然而然成为英国工人集会和示威游行的地方。每当有大规模的示威游行，参加者会从各处赶到海德公园，集合后再前往市内主要街道游行。

2001年，一位中国人因为好奇，特意走进海德公园寻找那个著名的"演讲者之角"。这时迎面走来一位老妇人，这位中国人主动上前打招呼问"演说角"在哪儿？老妇人很矜持，但还是伸手一指，告诉他大致的方向。"那里有意思吗？"他问。"那是疯子们去的地方"。老妇人淡淡地说。"疯子？"他一愣。老妇人似乎有点不高兴："没错，是疯子，那是疯子们的角落。好好的人，谁会跑那儿去胡说八道。"谢过她之后，这位中国人便朝所指的方向走去。转了大半圈，突然听到叫喊声，好像有人在争吵。停下脚步张望，发现远处有不少人聚集在一起，而且围成好几圈，有人在大声叫喊。原来这里正是"演说角"。

演讲者大多站在自带的小梯子上，离地面不到1米。有的自言自语，既没有讲台，也没有听众；一个小伙子声情并茂地讲演着，愤怒声讨美国大兵虐待伊拉克战俘，若干张美军虐俘照片被放大后贴在硬纸板上。一个中年人时而抑扬顿挫地陈述，时而停下沉思；两个牧师模样的人打扮严肃，似乎在讲和上帝有关的话题；有个人披着一头乱发，手拿空矿泉水瓶，边说边挥舞瓶子，想吸引行人的注意；有几位像是流浪汉，或是疯子，在那里目中无人地唠叨着；几个年轻人在一个长者的带领下唱着宗教歌曲，只是，在这吵闹的环境里，谁有兴致听呢？

仔细观察，这里每个演说的人都很动情。但听的人一般都是听两句就走了，而且多数没有反应，几乎听不到附和声或掌声，其他人也不会特意跑来看热闹。只有一处，一个听众与演说者吵了起来，围观的人及时把他们拉开，否则他们会扭打起来。英国警察介绍，到这儿演讲的都是常客，他们讲得投入，也希望有人听。

今天，同样是一个星期天，当我再次走进海德公园，走进"演说角"时，尽管这里人的语言我并不完全听得懂，但耳中分明传来了这样的声音："一个幽灵，共产主义的幽灵，在欧洲游荡。为了对这个幽灵进行神圣的围剿，旧欧洲的一切势力，教皇和沙皇、梅特涅和基佐、法国的激进派和德国的警察都联合起来了……"

英国是一个具有多元文化和开放思想的社会，这就是《共产党宣言》为什么会在伦敦诞生。也难怪，伦敦会在成为世界工业和金融、文化中心之后，又戴上一顶全球重要的传媒中心的帽子。在这里，包括英国广播公司（BBC）和路透社在内的多家电视及广播媒体都在伦敦设立总部，另还有 ITV、第四频道（Channel 4）和第五频道（Five）等。伦敦城的舰队街是英国报业的集中地，著名的报刊有《泰晤士报》《金融时报》《每日电讯报》《卫报》《观察家报》《周刊》等。

比之罗马和威尼斯，今天的伦敦恐怕是更具古典情怀的一座城市，关于文学和艺术的高谈阔论在一些伦敦的酒吧里丝毫也不显得不合时宜。谈话中，当地人往往愿意把话题引向辉煌的伊丽莎白时代，从那里对伦敦做一番虔敬的慎终追远……英国绅士的风范也更多地停留在伊丽莎白黄金之治的飞扬神采里，那些才是英国的骨骼与脏腑！

后 记

　　尽管现代科技已经可以抵御众多披着真理的伪科学猜测，但因为将信将疑于各种关于末日的预言，对于已经走进的 2012 年，忐忑担忧者仍然不乏其人。当我们把杞人忧天这个早就听出老茧的故事，套到别人头上之时，面对世纪末的悲观，是否，我们中的每个人都能够执着于那份依赖于科学的信念？

　　叛逆起于浮躁，游移缘自空虚。

　　当一个人仅有丰盈的物质而缺乏精神的厚重之时，依附于其躯体的骨骼和脏器，也许开始变得臃肿而充满虚火。此时此刻，没有谁能够安慰自己，也不可能有所谓的灵丹妙药，可以为已经松散的骨骼和脏器疗伤。

　　战国时郑地人秦越人，就是那位医术高明的民间郎中扁鹊，曾三次见到当时的齐国国君田午，即那个自以为是的齐桓公。初次见面，心直口快的秦越人毫无忌讳地脱口而出，曰："君有疾在腠理，不治将恐深。"不想田午很不愉快。幸亏是初次相见，不便发火，才说了句"寡人无疾。"秦越人刚离开宫殿，田午便大笑秦越人刚才这是故弄玄虚，好大喜功："医之好治不病以为功。"十天过去，秦越人再次见到田午，察言观色之后，再次劝说："君之病在肌肤，不治将益深。"田午这次只当秦越人的话是下身冒出来的一股气，根本没搭他的话。秦越人见自讨没趣，赶紧离开，田午尽管一脸不悦，也最终以大人不计小人过之度量，没有计较。

　　常说凡事一二不过三。10 天过去，执着的秦越人竟然又来进言，说："君之病在肠胃，不治将益深。"田午当然还是没理会。又是 10 天过去，秦越人在路上偶然碰到了出宫视察的国君田午，忙用长袖遮脸，急于逃避。田午见此，好生奇怪，便派老大臣上前问他何故如此，秦越人立即打开话匣："疾在腠理，汤熨之所及也；在肌肤，针石之所及也；在肠胃，火齐之所及也；在骨髓，司命之所属，无奈何也。今在骨髓，臣是以无请也。"可惜，他这番掏心窝子的话，在别人看来简直是痴人说梦，并无人应。五天之后，齐国国君田午果然浑身疼痛，这时再派人去找秦越人，此刻他已经躲到秦国去了，而田午也很快驾崩！

之所以绕这么大一个圈子，絮叨一个人们可能已经听厌的故事，我本意只想表明，人在任何时候，都别轻易荒芜自己那片精神家园！

此刻，不管捧读此书的你承认与否，我相信，每一个人，无论地位高低，官职大小，学历如何，经济条件怎样，或者年龄大小，性别如何，每个人都会有自己的一片圣洁的精神领地。在那里，你可以自由耕种，也可以自由收获，只要你相信，任何一片云彩都有雨露，也都有阳光。

这本书，就是我在自己的精神家园里，为你捧出的果实。

感谢常州市文化馆编辑、常州籍著名作家高建新先生，是他的热诚推荐和帮助，才使这本书顺利出版！虽然与高老师同住一城，且有着做过教师、当过记者、眼下都在做着编辑的差使，但平时真正见面的机会其实并不多。他除了有着文人特有的一份清高之外，平素一向知趣，所以，与我认识也只是因为文字上的相互欣赏，以及由此而产生的那一份牵挂。实际上，我们共同的脾气是，文字可以写，那是自己精神的颐养；但书却可以不出，尤其是那种需要自己去忙销路的书，更用不着去费心思。但高老师真的很不容易，在常州，文人圈的氛围并不浓厚，而向来为人低调的他，却更是在默默辛劳于自己那份为人作嫁衣的工作之余，痴迷在自己的文字世界里，冷不丁几年过去，竟然有4种发行万册以上的"纯文学"畅销书面世。有平面媒体同行采访老高时，说他这位从农村走出的作家"依然有一颗农民的心"，这话不错，但在我看来，似乎有些狭隘，不如说成"有良知的文人担当"更妥当。高建新已从乡间小道走向外面的世界。

作为一名中国作家协会会员，高建新给我的，最重要最可敬的两个字就是"良知"。

"也许，拥有真性情的心灵，才会是好文章的源泉。而好的文学作品界定又是怎样的呢？个人认为，只要不是敷衍自己，那作品都是优秀的，即使鲜有人认可。文字，若是沾上了社会的浮躁之气，怕也委屈了它们。"这段话是我女儿许沁从她那篇《手书无愧看是非——我对文学的感悟》文章中摘录的；事实上，这也是我和老高，或者每一个喜欢文字的人共同的心声！

感谢天资聪慧的女儿许沁，因为喜欢纳兰容若的《饮水词》，正在上高二的她，听说我在整理书稿，竟然脱口而出，为本书取了个《当时只道是寻常》的书名。不仅如此，她还为我的另一本报告文学集取了个《人生若只如初见》的名字。品味再三，竟觉得容若《饮水词》中的这两句词，仿佛早就给我留在那儿了。

一直以为，散文尽管形散，却又是人思想的灵魂，是天马行空中的心灵史。于作者而言，她是一方劳作之余的精神树荫；于读者而言，相信她不仅可以为你打开一片绿色星空，也可以慰藉累累压力之下，那曾经百无聊赖的心灵！